Un roman non officiel de Minecraft

LES CHRONIQUES
DE
ELEMENTIA
LIVRE UN

L'auteur

Sean Fay Wolfe a écrit *Les Chroniques d'Elementia* à seize ans. C'est un joueur passionné de Minecraft. Fan de camping sauvage et de randonnée, musicien, ceinture noire de karaté, il est étudiant à l'université de Rhode Island.

Dans la même série :

Les Chroniques d'Elementia, livre I : Le combat pour la justice
Les Chroniques d'Elementia, livre II : L'ordre nouveau
Les Chroniques d'Elementia, livre III : Le message d'Herobrine
(novembre 2016)

SEAN FAY WOLFE

LES CHRONIQUES DE ELEMENTIA
LIVRE UN

LE COMBAT POUR LA JUSTICE

Traduit de l'anglais (États-Unis)
par Michel Leydier

POCKET JEUNESSE
PKJ·

Titre original :
The Elementia Chronicles, Book One :
Quest for Justice
publié pour la première fois en 2015 par HarperCollins
Children's Books

Contribution : Vanessa Canavesi

loi n° 44-956 du 16 juillet 1949 sur les publications
destinées à la jeunesse : octobre 2016.

ISBN : 978-2-266-27240-7

« La justice ne sera rendue que lorsque ceux qui ne sont pas affectés seront aussi indignés que ceux qui le sont. »

Benjamin Franklin

Prologue

Des pas inquiétants résonnèrent dans le château de briques tandis qu'une silhouette se hâtait dans un couloir. Sa tenue rappelait celle d'un roi anglais du Moyen Âge : pourpoint rouge, pantalon ajusté et élégant manteau bordé de fourrure blanche. L'homme jouait à Minecraft sur le serveur Elementia. Son pseudo était Charlemagne77, mais le plus souvent on l'appelait Charlemagne.

Des tableaux pixélisés étaient accrochés aux murs, le long du couloir, ainsi que des torches dont la lumière servait à repousser les mobs[1] qui pouvaient naître de l'obscurité. Des fenêtres en arc donnaient sur une vaste métropole qui s'étendait à perte de vue, bien au-delà des murs protecteurs du château. Tous les éléments de ce paysage

---

1. Créatures monstrueuses.

étaient construits de cubes d'un mètre de côté, dans des matières dont la texture rappelait la brique, le bois, le verre et d'autres matériaux.

Dans Minecraft, le monde entier était fait de ces blocs cubiques qui étaient assemblés pour imiter les arbres de la forêt, l'eau des océans, les collines verdoyantes et les pierres et minerais que l'on trouvait sous terre. Les êtres vivants n'échappaient pas non plus à cette règle, y compris Charlemagne et tous les autres humains, animaux et monstres qui habitaient ce monde.

Charlemagne courait car il était en retard à la réunion du conseil des Opérateurs. Le Conseil était composé des meilleurs joueurs du serveur et présidé par le roi Kev, plus communément appelé le Roi.

Une question de la plus haute importance était à l'ordre du jour. Question dont la résolution entraînerait la chute du Roi, de Charlemagne et de bien d'autres. Et qui mettrait un terme à la vie de luxe réservée aux citoyens de haut niveau d'Element City, dont ils faisaient partie.

Charlemagne atteignit enfin les lourdes portes en fer de la salle du Conseil. Il fit retentir le carillon de la sonnette et entra dans la vaste pièce. Autour d'une table ronde – clin d'œil du roi Kev au majestueux roi Arthur – siégeaient six des huit

membres du Conseil. Installé sur un trône suré-
levé par huit blocs, le roi Kev présidait, entouré
de ses deux conseillers personnels. À sa droite se
trouvait déjà César894, à sa gauche, le siège
réservé à Charlemagne.

Le Roi portait un pourpoint bleu clair, un pantalon bleu marine, des bottes noires et une cape
rouge sang. Une couronne en or était posée sur sa
chevelure blonde.

— Veuillez excuser mon retard, votre altesse !
déclara Charlemagne en s'inclinant.

Il regardait le sol, son épée d'or à la main. Cette
dernière était purement symbolique. Chaque
membre du Conseil en possédait une. Ce n'étaient
pas des armes destinées au combat.

— Excuses acceptées ! gronda le Roi en pointant vers lui sa propre épée, ce qui pouvait aussi
bien être interprété comme un signe de bienvenue
que comme la manifestation d'une intention de
tuer.

— Je suppose que tu as une bonne raison d'être
en retard ?

— Oh oui, mon seigneur, sourit Charlemagne.
J'étais en mission secrète, dissimulé dans une
armure en cuir, infiltré chez les paysans les plus
pauvres pour discuter avec eux de la dernière loi
que vous avez adoptée.

Certains membres du Conseil grincèrent des dents. Comme la plupart des joueurs de classe supérieure, ils détestaient se mélanger aux gens du peuple.

— La loi de la Mort Unique ? demanda le Roi.

— Oui, mon seigneur. Le peuple est partagé. Certains, principalement ceux dont le niveau ne dépasse pas 10, pensent que c'est une loi juste car elle augmente les risques pour tous les joueurs sans distinction, mais la plupart estiment qu'elle porte atteinte à la supériorité des bons joueurs. Pour être tout à fait franc, je suis d'accord avec les deux arguments.

— Tu oses remettre en question le principe de ma loi ? cria le Roi. N'as-tu aucun respect pour mon autorité ? Je devrais te faire exécuter sur-le-champ !

Charlemagne savait que le Roi ne ferait jamais une chose pareille, il était assez rusé pour déjouer toute tentative de Kev en ce sens. Et puis, il connaissait les secrets du Roi, ses secrets les plus sombres. Ce dernier serait bien mal avisé de le pousser à les dévoiler.

— Ce que j'essaie de vous dire, c'est que je suis d'accord avec les deux points de vue, mais dans une certaine mesure seulement. Le jeu est beaucoup plus... excitant, maintenant que l'on peut mourir à tout moment et se retrouver à jamais banni du serveur, plutôt que de revenir à la place qu'on occupait avant de mourir, comme c'était l'usage dans Minecraft. Cependant, ça ne veut pas dire que le jeu est rendu plus difficile pour ceux qui ont gravi l'échelle, tels les membres de ce Conseil. Nous autres, joueurs de haut niveau, nous possédons les meilleures parcelles de terre du serveur et une abondance de provisions. Si, par exemple, je devais mourir, je laisserais derrière moi une terre fertile et une maison remplie d'or, de diamants, d'émeraudes… Et je ne pourrais jamais revenir les récupérer. En attendant, un joueur pourrait débouler chez moi, voler tout ce que je possède, et ainsi devenir riche en ne faisant quasiment rien ! Je suppose que vous pouvez imaginer ce qu'en pensent les gens de la ville qui ont lutté ardemment pour arriver là où ils sont.

Il y eut un murmure d'approbation autour de la table.

— Tu as peut-être raison, dit le Roi. Cette nouvelle loi dessert notre classe supérieure. Que proposes-tu pour régler le problème ?

César894, habillé comme son célèbre homonyme romain, se leva.

— J'ai une idée ! lança-t-il.

— Je t'écoute, répondit le Roi.

11

— Il me semble que, dans l'enceinte de notre ville, il ne reste pratiquement plus de terre fertile. La forêt qui s'étend au-delà des limites de la cité, de tous côtés, ne donnerait pas une bonne terre agricole. Si nous voulons maintenir notre train de vie, il nous faut engager plusieurs actions. Tout d'abord, nous devons cesser de gaspiller ce qu'il reste de terres fertiles disponibles. Ensuite, nous devons forcer les citoyens de bas niveau à quitter la ville. Comme l'a fait remarquer sire Charlemagne, ils sont susceptibles de nous piller si nous venions à mourir, et même de se soulever contre nous, nous assassiner pendant notre sommeil juste pour nous voler nos provisions. Ils sont deux fois plus nombreux que nous. Nous devons les chasser. Si nous y parvenons, la ville aura de nouveau des terres pour ceux qui le méritent. Le village d'Adorian pourra absorber la plupart de nos parias. Il doit y avoir une étendue de terres fertiles quelque part au-delà du désert d'Ender, même si nos cartographes ne l'ont pas encore dessinée. Certains réfugiés pourraient s'y établir. Une chose est sûre : les bas-niveaux doivent partir !

César894 termina son discours sous un tonnerre d'applaudissements, le Roi se redressa.

— Parfait ! Nous ajouterons à la loi l'article suivant : « Tout citoyen d'Element City dont le niveau est inférieur à 15 est tenu de quitter la ville dans un délai d'une semaine. Au-delà de cette date, celui qui n'aura pas obéi sera tué et ses biens seront détruits. » Qui approuve cette modification ?

Tous les membres du Conseil levèrent la main.

Aucun d'eux n'avait la moindre idée de la façon dont les habitants d'Element City réagiraient à cette nouvelle loi, ni des conséquences sur leur mode de vie, sur leurs destinées et celle du serveur de Minecraft.

— Motion adoptée ! annonça le Roi. La loi sera appliquée le jour de sa proclamation. Il est temps, pour l'élite de cette ville, de reprendre possession du royaume.

Au même moment, tandis que le Conseil acclamait le Roi, un nouveau joueur du nom de Stan2012 faisait son apparition sur la colline de Spawnpoint.

Première partie
Bienvenue dans Minecraft

- 1 -

Bienvenue dans Minecraft

Une semi-obscurité régnait dans l'immense forêt. La visibilité était réduite à cause des arbres géants qui entouraient la colline fleurie. Qui pouvait savoir ce qui se cachait dans l'ombre ? On voyait encore les étoiles, mais le carré blanc qui représentait le soleil pointait à l'horizon, colorant le ciel de douces lueurs roses et orangées. Les hurlements d'un enderman[1] déchirèrent soudain la douceur de l'aube.

C'est le décor saisissant dans lequel bascula un nouveau joueur en se connectant sur le serveur

---

1. Créature humanoïde qui peuple l'Ender.

Elementia. Il se trouvait parachuté sur la colline de Spawnpoint.

Son pseudo était Stan2012. De toute évidence, il s'agissait d'un débutant. Il ne tenait rien dans sa main rectangulaire et contemplait, émerveillé, l'infinité de cubes de bois de chêne, d'herbe, de terre qui composaient la colline, sa prairie et sa forêt. Il avait les cheveux bruns et portait une chemise turquoise et un pantalon bleu – l'allure standard d'un joueur de Minecraft qui n'avait pas encore changé d'apparence. C'était certain, ce type n'avait jamais joué à Minecraft auparavant. Il ne le savait pas, mais il n'aurait pu choisir pire moment pour rejoindre le serveur.

« Waouh ! pensa-t-il en regardant de tous côtés. C'est génial, tout est fait à partir de cubes ! La terre, les arbres, les feuilles ! Même la rivière, là-bas ! Et on peut ramasser ces blocs et construire soi-même quelque chose avec ? »

Il n'en revenait pas. L'endroit où il se trouvait avait vu défiler de nombreux joueurs. Il était entouré de torches pixélisées qui s'élevaient du sol. Il y avait également des panneaux couverts d'inscriptions et des coffres. Un des panneaux l'informa qu'il se trouvait sur la colline de Spawnpoint, point d'entrée de chaque nouvel inscrit. Son attention fut attirée par un autre panneau situé près d'un coffre. « Si vous n'avez jamais joué auparavant, prenez un livre dans le coffre ! »

Stan s'en approcha et l'ouvrit. Il était divisé en plusieurs compartiments. L'un d'eux était rempli de miches de pain, un autre d'épées de bois, et un troisième contenait des livres. Stan en prit un et descendit la colline avec. Il s'assit sur la berge de la rivière et plongea ses pieds dans l'eau. Il s'apprêtait à ouvrir son livre quand quelqu'un cria dans son dos.

— Eh, bouge pas !

Se détachant sur un ciel bleu vif, une silhouette apparut. Il s'agissait vraisemblablement d'un autre joueur. Comme il descendait à son tour la colline, Stan nota qu'il portait une simple tunique et un pantalon blancs, et des bottes marron. On aurait dit qu'il partait vivre dans le désert. Quand il fut arrivé en bas de la pente, il se planta au-dessus de Stan.

— Salut ! Mon pseudo, c'est KingCharlesXIV, mais tu peux m'appeler Charlie. Je n'ai encore jamais joué à ce jeu et je n'ai aucune idée de ce qu'il faut faire. Tu peux m'aider ?

— Peut-être. Moi, c'est Stan2012, mais appelle-moi Stan. Je n'ai jamais joué non plus. J'ai juste entendu dire que c'était marrant et que ce serveur était génial pour apprendre. Il y a un panneau là-haut qui dit que ce livre nous expliquera comment jouer.

— Bon, ben, lisons-le !

Et Charlie s'assit à côté de Stan, qui lut à voix haute :

« Introduction
Bienvenue dans Minecraft, nouveau joueur !
Ceci est un jeu très amusant, sans objectif particulier.
Le monde autour de toi est fait de blocs. Tu peux détacher ces blocs avec des outils et les déplacer. Quand tu auras choisi un endroit où t'installer, tu pourras travailler et construire des structures fantastiques avec ces blocs, qui te protégeront des monstres de la nuit.
Tu te trouves à présent sur la colline de Spawnpoint, où les nouveaux joueurs comme toi débutent. Avant de te mettre à inventer des constructions délirantes, tu vas devoir rejoindre une communauté.
Suis le chemin que tu vois là-bas. Il te mènera au village d'Adorian, où vit une communauté dédiée à la formation des nouveaux joueurs. C'est à une journée de marche d'ici, donc prends une épée en bois et deux morceaux de pain dans le coffre. Le pain te nourrira et l'épée pourra t'être utile pour lutter contre les monstres de la nuit. Si tu n'es pas arrivé au village avant la tombée du jour, construis un mur autour de toi avec des blocs pour les éloigner. Si tu as des questions, ce livre fourmille d'informations sur les blocs, les monstres et la création. Bonne chance et à bientôt au village ! »

Ainsi s'achevait l'introduction.

Les pages suivantes contenaient des informations sur les différentes sortes de blocs et leurs propriétés, des instructions pour l'élaboration de divers outils, ainsi que des descriptions de monstres.

Stan se tourna vers Charlie.

— Tu savais qu'il y avait des monstres dans ce jeu ?

— J'ai entendu parler d'un truc qui s'appelle... le creepy ? Mais je ne pense pas que ce soit une créature réelle, en fait.

— Espérons qu'on ne tombera pas dessus ! Ni sur quoi que ce soit d'autre. Au fait, tu le vois, ce chemin ? Parce que j'aime bien le nom de ce village : Adorian.

— T'as raison, essayons de le trouver !

Ils se levèrent et regardèrent autour d'eux. Pas de chemin en vue... Mais Stan remarqua autre chose. Quelqu'un se tenait dans l'ombre d'un arbre. Un autre joueur ?

— Tu crois qu'il sait où se trouve le chemin ?

— C'est possible, répondit Charlie. Allons lui demander !

Ils remontèrent la colline dans sa direction. Il faisait sombre, le feuillage vert cachait le soleil. C'est alors que l'inconnu se tourna vers eux et s'avança, les bras tendus.

— Génial ! s'exclama Charlie. Il nous a vus.

Stan eut un mauvais pressentiment. Quelque chose clochait dans le comportement du nouveau venu.

— Attention, Charlie !

L'inconnu venait de sortir de l'ombre. Il était habillé exactement comme Stan, mais sa peau était verte et décomposée, et ses cavités oculaires vides. Il sentait la mort et poussait des petits gémissements. Charlie se figea, pris de panique. Stan fit la première chose qui lui traversa l'esprit : il se précipita vers le monstre et le frappa à la tête avec le livre.

La créature fit quelques pas à reculons en titubant, mais resta debout. Puis il se remit à avancer, en direction de Stan cette fois. Celui-ci se mit à courir, mais le monstre le suivait de près. Il sortit du bois, traversa un champ et s'arrêta. Devant lui s'ouvrait un précipice si profond qu'il n'en voyait pas le fond. Il était piégé ! Terrifié à l'idée de mourir avant même d'avoir commencé à jouer, il serra les poings et se retourna, prêt à se battre.

Le monstre avait cessé de le poursuivre. Il fuyait dans une autre direction en grognant bruyamment. De la fumée émanait de sa peau et ses chairs se consumaient, libérant une odeur pestilentielle. Soudain, la créature s'écroula et s'enflamma. Elle se tordit par terre et termina entièrement carbonisée, laissant derrière elle un petit tas de chair putréfiée.

Charlie sortit du bois et regarda, figé, ce qui restait du monstre. Stan était sous le choc.

— C'était quoi, ce truc ? demanda Stan.

— J'en sais rien. Sûrement pas un joueur.

— C'était peut-être un de ces monstres dont le livre parlait. Peut-être un de ces… Comment tu appelles ça… creepy ?

— Laisse-moi vérifier !

Il ouvrit le livre à l'article « Monstres » et tomba rapidement sur ce qu'il cherchait. À côté de l'image d'un monstre semblable à celui qu'ils venaient de rencontrer se trouvait une description :

« Les zombies sont des créatures hostiles qui apparaissent la nuit ou dans des endroits particulièrement sombres. Ce sont, parmi les créatures hostiles, les plus faciles à vaincre car leur attaque ne consiste qu'à se diriger vers un joueur pour se battre avec lui. Les zombies se consument à la lumière du soleil. Ils sont également capables de forcer des portes. Ce sont les principaux attaquants lors du siège d'un village PNJ[1]. Quand un joueur en tue un, le zombie se transforme en petit tas de chair putréfiée. »

— C'était donc un zombie, déclara Charlie. Et ces trucs sont censés être les plus faciles à tuer ?

---

1. Village habité par des Personnages Non Joueurs.

— Apparemment.

Stan ramassa la chair du zombie.

— Tu crois que c'est comestible ?

— Ah ! Dégueu ! s'exclama Charlie à la vue de l'immonde morceau de viande vert et brun. Vérifie quand même.

Stan s'empara du livre et trouva une page se rapportant à la chair putréfiée.

« *La chair putréfiée est ce qu'il reste d'un zombie ou d'un cochon zombie après qu'il a été tué. On la trouve généralement dans les temples. Elle peut être consommée, cependant il est déconseillé d'en manger en raison des risques d'intoxication alimentaire. En revanche, elle n'est pas toxique pour les chiens.* »

— On en mangera seulement en cas de situation désespérée.

— T'as raison, acquiesça Stan. De toute façon, on a droit à deux miches de pain et une épée chacun. L'épée devrait nous être utile pour repousser les monstres qui pourraient se présenter.

— Exact ! Allons récupérer tout ça dans le coffre et fichons le camp ! Il est encore tôt, mais Adorian est à une journée de marche d'ici.

Une fois le ravitaillement fait, Charlie trouva le fameux chemin, et ils se mirent en route, épée en main.

- 2 -

La première nuit

Les abords du chemin avaient été dégagés, de telle sorte que la lumière du jour protégeait les deux joueurs contre les mauvaises rencontres. Ils aperçurent cependant quelques monstres dans les bois. Les zombies étaient les plus courants, mais les garçons constatèrent la présence d'espèces différentes. Charlie remarqua une créature semblable au zombie mais beaucoup plus mince, et Stan aurait juré qu'elle tenait un arc et portait un carquois de flèches dans le dos. À un autre moment, Stan regarda la cime des arbres et vit deux yeux rouge sang qui le contemplaient. Heureusement, aucune de ces mystérieuses créatures ne les poursuivit.

— On ferait bien de se dépêcher d'arriver au village, dit Charlie, l'air inquiet. Je ne voudrais pas être là quand la nuit arrivera et que ces trucs sortiront chasser.

Stan hocha la tête. Mais les choses se gâtèrent à partir de cet instant. La largeur du chemin diminuait au fur et à mesure qu'ils s'enfonçaient dans la forêt. À plusieurs reprises, ils s'égarèrent dans des culs-de-sac. Au bout de l'un d'eux, les joueurs tombèrent sur un zombie. Ils réussirent tout juste à le distancer avant qu'il se désintéresse d'eux.

Le ciel prit une jolie teinte rose, mais ils n'eurent pas le loisir d'en profiter. Après s'être trompé de direction pour la cinquième fois, ils revinrent sur leurs pas jusqu'à la route principale.

— On devrait se construire un abri pour la nuit, proposa Stan. On pourrait monter un mur de deux blocs de haut, les monstres ne pourront pas le franchir facilement.

Charlie acquiesça.

— Je vais chercher les blocs de terre. Occupe-toi de trouver du bois !

Stan hocha la tête et ils se séparèrent. Charlie eut tôt fait de remplir sa mission. Il suffisait de donner quelques coups par terre pour que des blocs se détachent. Il en avait accumulé une pile dans son inventaire[1] quand il partit retrouver Stan.

Ce dernier éprouvait plus de difficultés. Il lui fallait frapper très fort et de nombreuses fois dans les troncs d'arbres pour les disloquer. Il était fourbu.

— Qu'est-ce que… je donnerais… pour une… tronçonneuse ! grogna-t-il en serrant les dents.

Quand il parvenait à détacher un bloc, les feuilles restaient en suspension dans l'air. Il réalisa que Minecraft ne respectait pas toujours les lois de la pesanteur.

Les deux joueurs se retrouvèrent au bord de la route un peu plus tard. À la nuit tombée, ils avaient construit une petite boîte rectangulaire de deux blocs de haut, sans toit. Ils mangèrent leur premier morceau de pain, puis s'accroupirent dans leur fort.

— Accroche-toi ! lança Stan. Les attaques ne devraient pas tarder.

Charlie déglutit et sortit son épée.

À leur grande surprise, rien ne se passa pendant un bon moment. Ils regardaient au-dessus des blocs de temps en temps pour s'assurer qu'aucun

---

1. Fenêtre secondaire utilisée par un joueur pour ranger et organiser les objets qu'il transporte.

danger ne les menaçait. Quand la demi-lune culmina dans le ciel, Stan était sur le point de déclarer qu'il n'y avait aucun monstre dans le secteur et qu'ils feraient aussi bien de lever le camp et de continuer leur chemin. Soudain, une flèche siffla, frôlant sa chemise.

— Attention ! cria-t-il, tandis qu'un déluge de flèches volait au-dessus de leurs têtes.

Charlie esquiva. Il regarda à travers un petit trou dans le mur et vit quatre squelettes animés qui se tenaient à distance de leur abri et les arrosaient de flèches. Il les observa un instant puis fit un bond en arrière lorsque la tête d'un zombie apparut dans le trou.

— Des zombies ! s'écria Charlie. Et des squelettes ! Il y en a une tonne et…

Il regarda par d'autres interstices.

— Ça grouille derrière le mur !

Il ne se trompait pas. Les squelettes les bombardaient de flèches et un groupe de zombies essayait d'abattre le mur de leur abri. Mais l'horreur ne s'arrêtait pas là.

— Tssssk !

Quelque chose tomba du haut d'un arbre et atterrit juste derrière Stan, qui se tenait accroupi. Sans réfléchir, il fit volte-face et abattit son épée aussi fort qu'il le put, plusieurs fois, jusqu'à ce que le monstre ne bouge plus. Il le regarda alors de plus près et sursauta. Il avait devant lui le cadavre de l'araignée la plus énorme qu'il ait jamais vue. La bête avait les yeux rouges et son corps velu était gris foncé. C'était cette créature qu'il avait aperçue au sommet d'un arbre dans la journée. Le monstre disparut soudain, laissant sur place un peu de fil.

D'autres araignées se mirent à tomber des arbres.

— Aide-moi, Charlie ! s'écria Stan en combattant les intruses avec son épée.

Le sang de Charlie se glaça à la vue des horribles bestioles. Il utilisa son épée pour les attirer à lui. Pendant que tous deux luttaient pour les abattre, Stan réussit à couper la branche au-dessus de leur abri qui servait de sautoir aux araignées. L'assaut cessa aussitôt.

— Ouf, elles ne nous embêteront plus ! soupira Stan.

Il se trompait. Les araignées étaient capables d'escalader les murs. Il faudrait sans doute les combattre toute la nuit. Les deux joueurs se mirent dos à dos et jouèrent de l'épée inlassablement.

Cette première nuit fut longue et pénible. Le flot d'araignées semblait illimité et ils ne pouvaient toujours pas relever la tête sous peine de prendre une flèche en pleine figure. Miraculeusement, aucun d'entre eux ne fut blessé.

Au bout de quelques heures, le ciel commença à virer au rose, puis au bleu. Les flèches cessèrent de pleuvoir, et les araignées renoncèrent à escalader leur abri. Ils étaient enfin en sécurité.

— J'ai cru que la nuit ne finirait jamais, marmonna Charlie, épuisé, se laissant glisser contre le mur.

— Je dormirais volontiers, moi aussi, répondit Stan avec un bâillement. Mais il faut qu'on y aille. Je ne veux pas subir ces araignées une seconde nuit.

— T'as raison, allons-y !

Charlie se releva. Mais aussitôt il hurla et s'accroupit de nouveau.

— Qu'est-ce qui se passe ? demanda Stan.

— Ne regarde pas par-dessus le mur ! gémit Charlie, stupéfié. Surtout pas !

Stan n'écouta que son courage et se leva à son tour. Ce qu'il vit lui retourna l'estomac. La route grouillait d'araignées qui rampaient ou se battaient entre elles. Les zombies et les squelettes avaient disparu, mais les insectes aux yeux rouges étaient si nombreux que les genoux de Stan flanchèrent, et il se laissa retomber à côté de Charlie.

— Pourquoi elles ne sont pas mortes ? demanda-t-il. Je croyais que les monstres s'enflammaient au soleil.

— Pas les araignées, apparemment. Qu'est-ce qu'on fait ? On les combat toutes ?

Il jeta un coup d'œil à leurs épées. Elles étaient enduites des entrailles des cadavres de la nuit, et les combats les avaient beaucoup abîmées. Encore quelques chocs et elles se briseraient en deux.

— Non, c'est pas une bonne idée, répondit Stan.

Puis il pensa à quelque chose.

— Mais… si ces araignées sont encore là, pourquoi est-ce qu'elles ne grimpent pas au mur comme cette nuit ?

— Bien vu !… Peut-être qu'elles n'attaquent que la nuit ?

— Il y a qu'une façon de le savoir.

Stan se releva.

— Où tu vas ? s'écria Charlie.

— Voir si elles m'attaquent.

— Et si c'est le cas ?

— Alors, je suis mort.

— Tu ne peux pas faire ça.

— T'as une meilleure idée ?

Charlie resta silencieux.

— C'est bien ce que je pensais, conclut Stan.

Charlie lui tendit son épée.

— La tienne est sur le point de céder, tu risques d'en avoir besoin.

— Souhaite-moi bonne chance ! ajouta Stan, nerveux.

Puis il sauta par-dessus le mur et ferma les yeux.

Rien ne se passa. Quand il les rouvrit, il put constater que les araignées ne s'occupaient pas de lui, comme si elles ne l'avaient pas repéré. Il s'aventura parmi elles, sur la pointe des pieds, sans provoquer la moindre réaction de leur part.

— C'est bon, Charlie, elles sont inoffensives ! s'écria-t-il. Tu peux venir.

Charlie était terrorisé. Néanmoins, il ramassa à l'aide de ses mains cubiques la toile laissée par les araignées mortes dans leur fort, avec l'idée que cela pourrait leur être utile pour plus tard. Puis il enjamba le mur et courut à toute vitesse à travers la marre d'insectes géants qui le séparait de Stan.

— Regarde ! lui lança ce dernier.

Il se dirigea vers un amas d'os et de flèches et se pencha pour saisir un os.

— Un des squelettes a dû se faire surprendre par la lumière du jour et laisser ça derrière lui.

Il le tendit à Charlie.

— Tu crois que ça peut nous servir à quelque chose ?

— Regarde dans le livre à « Os » et à « Flèche » !

Stan s'exécuta et lut à voix haute :

« *Les os sont les objets qui restent des squelettes après*

*qu'on les a tués. Ils ont deux utilités principales : 1)
on peut les transformer en farine d'os, 2) on peut les
utiliser pour apprivoiser un loup et en faire un chien.
Cette dernière utilisation peut nécessiter plusieurs os.* »
« *Les flèches peuvent aussi bien être abandonnées par
des squelettes morts que fabriquées à partir de silex,
de bâtons et de plumes. On peut s'en servir comme
projectile, avec l'aide d'un arc ou d'un distributeur de
redstone[1]. Les squelettes les utilisent pour chasser.* »

Stan referma le livre.

— Les os seront pratiques si on croise un loup.
Et on ferait bien de se dégoter un arc pour pouvoir
expédier ces flèches.

Charlie acquiesça, puis tous deux démolirent leur
abri pour en ranger les éléments dans leurs inventaires. Ensuite, ils reprirent la direction d'Adorian,
sous le soleil, avec la perspective d'une agréable
journée.

Ils venaient juste de faire une pause pour avaler
leur dernier morceau de pain quand quelque chose
surgit de la forêt.

C'était un joueur. Il pointa son épée, vraisemblablement en pierre, sur le cœur de Stan.

---

1. Minerai de couleur rouge, riche en énergie, qui sert
notamment à fabriquer des torches.

- 3 -

Mines
et creepers[1]

L e joueur avait une corpulence semblable à celle de Stan et de Charlie, mais Stan remarqua quelque chose de féminin dans son apparence : une queue-de-cheval blonde dépassait de sa tête cubique. La jeune fille portait une tunique en cuir et un short rose fluo.

— Donne-moi tout ce que vous possédez, ou je plante cette lame dans la poitrine de ton ami ! dit-elle à Charlie.

---

1. Créatures hostiles qui explosent en approchant des joueurs. Ils possèdent quatre jambes mais pas de bras et fournissent de la poudre à canon en mourant.

Charlie, tétanisé par la peur, obéit et déposa son épée en bois, un tas de terre, un morceau de chair putréfiée, un os, cinq flèches, un peu de bois et une pelote de fil d'araignée. La fille examina l'ensemble d'un air dégoûté.

— J'aurais dû m'en douter. Vous n'avez rien de plus intéressant ?

Ce n'était pas une question mais un constat.

— C'est tout ce qu'on a ! confirma Charlie.

Stan, qui était resté immobile jusque-là, profita de la diversion pour tirer son épée et frapper la fille à la poitrine. Elle fit un bond en arrière et tomba à la renverse. Le coup ne l'avait pas blessée, mais il avait déchiré son armure en cuir, découvrant un T-shirt orné d'un cœur du même rose que son short. Stan avança et pointa son épée sur elle. Charlie fit de même.

— Si j'étais toi, je ne me risquerais pas à tenter quoi que ce soit, lança Stan, affichant une assurance étonnante. Nous sommes deux !

Mais, à sa grande surprise, elle se releva et répondit d'un air las :

— À quoi ça servirait ? Vous tuer tous les deux ne serait pas difficile mais ne mènerait à rien. Vous n'êtes que des débutants. Si vous décidez de m'attaquer, prévenez-moi ! Je vais m'asseoir.

Elle alla se poser contre une souche d'arbre, mit ses mains derrière la tête, croisa les jambes et ferma les yeux, comme si elle se prélassait dans une chaise longue sur une plage. Stan se sentit rougir de honte.

— Comment sais-tu qu'on est nouveaux dans ce jeu ? demanda Charlie, méfiant.

— Il a raison, et si on se baladait juste avec des trucs sans valeur pour tromper les gens comme toi ? ajouta Stan d'un ton sec.

Elle rouvrit les yeux et le regarda.

— Premièrement, vous êtes sur la route d'Adorian, le village des nouveaux. Deuxièmement, n'importe quel joueur pas trop bête sait qu'il ne faut jamais rester sans une arme défensive à la main. Surtout depuis la nouvelle loi imposée par le Roi.

— Quelle nouvelle loi ? voulut savoir Charlie.

— Troisièmement, il n'y a que les noobs qui ne savent pas encore que le serveur vous exclut définitivement du jeu si vous mourez.

— Attends une seconde ! la coupa Stan. Si tu n'es pas nouvelle, qu'est-ce que tu fais avec cette épée ? Je n'ai pas l'impression que la pierre soit un matériau très recherché par ici.

— C'est une histoire stupide, expliqua-t-elle. Avant, je jouais sur un autre serveur qui s'appelait

Johnstantinople. Je me débrouillais vraiment bien. Malheureusement, un jour, j'ai tué un joueur qui se trouvait être le type qui gérait le serveur. Il m'a bannie... J'ai dû rejoindre celui-là et repartir de zéro... J'ai piqué cette épée minable à un gars qui dormait.

Les garçons étaient décontenancés. La jeune fille en eut assez : elle se leva et fit mine de partir.

— Où tu vas comme ça ? cria Charlie.

— Je pars à la recherche de gens qui possèdent des choses qui m'intéressent, répondit-elle sans se retourner.

— Attends ! s'écria Stan à son tour. Pourquoi tu ne te joins pas à nous ?

Elle se retourna brusquement.

— T'es sérieux ? répliqua-t-elle en même temps que Charlie.

— Elle vient d'essayer de nous tuer ! Elle nous trahirait à la moindre occasion, ajouta celui-ci.

— Vous croyez que je vais faire équipe avec des noobs ? Et si vous pensez que je vous protégerai, vous vous fourrez le doigt dans l'œil ! rétorqua la fille.

— Taisez-vous ! s'écria Stan.

Il se tourna vers elle.

— Écoute, si tu te retrouves face à des joueurs mieux armés que toi, tu vas te faire massacrer.

Alors pourquoi tu ne viendrais pas à Adorian avec nous ? Là-bas, ils t'aideront à obtenir une nouvelle épée en fer. Ensuite, nos chemins se sépareront.

Pendant qu'elle réfléchissait à la proposition, Charlie marmonna quelques faibles protestations que Stan ignora.

— Très bien, finit-elle par répondre. On fait la route ensemble jusqu'à Adorian. Après, je vous laisse vous débrouiller.

— Alors, allons-y ! conclut Stan. C'est par là.

Charlie le dévisageait, incrédule. Mais Stan avait pris sa décision et rien ne le ferait changer d'avis.

Ils se mirent en chemin, tous les trois.

— Au fait, mon nom, c'est KitKat783, dit la fille. Mais vous pouvez m'appeler Kat.

Ils marchèrent en silence, Stan en tête, suivi de Kat. Charlie fermait la marche. Il n'aimait pas la savoir derrière lui. Vers midi, Stan repéra quelque chose sur le bas-côté de la route, une sorte de grand trou dans le sol, entouré de pierres. Ils s'arrêtèrent pour l'examiner. On ne distinguait pas le fond, plongé dans l'obscurité.

— C'est une mine ! s'exclama Kat, enthousiaste. Il y a des minerais là-dessous, il suffit d'aller les prendre !

— T'es dingue !? rétorqua Charlie, encore agacé par sa présence. On n'y voit rien ! Y a sûrement des monstres !

— Arrête de faire le bébé ! se moqua-t-elle. Tu vois ces traces foncées ?

Elle désigna une des pierres délimitant le trou, tachetée de noir.

— C'est du minerai de charbon ! On peut fabriquer des torches avec, pour voir dans la nuit et pour éloigner les monstres. Et puis, s'il y a des créatures là-dessous, on les combattra ! On a tous une épée, non ?

Après l'épisode des araignées, Stan redoutait la perspective de descendre dans une mine sombre. Mais sa curiosité l'emporta.

— Je suis partant !

Ce n'était définitivement pas le cas de Charlie.

— Je me fiche de ce que vous direz, moi je reste ici. Aucune envie de retrouver ces araignées !

Il s'assit sur un tronc posé en travers du chemin et les défia du regard, les bras croisés.

— Très bien, déclara Stan, tu n'as qu'à rester ici. Essaie de trouver quelque chose à manger, nous, on descend !

— Attends ! l'arrêta Kat en lui lançant une sorte de pioche. C'est plus facile pour détacher les minerais, et on se fait moins mal aux mains. J'en ai deux.

Ils entamèrent leur descente et Stan s'arrêta le premier après avoir repéré du charbon. En quelques minutes, il en détacha une dizaine de morceaux d'une belle taille. Puis il alla les montrer à Kat qui s'était attaquée à la paroi rocheuse. Elle sortit alors des bâtons de son inventaire et coupa les blocs de charbon en quatre. Elle confectionna ainsi une quarantaine de torches.

— Maintenant, on peut s'enfoncer dans la mine, dit-elle.

Ils continuèrent à descendre en plantant des torches le long de la paroi. Elles s'allumaient automatiquement, sans allumette ni briquet.

Bientôt, la jeune fille repéra un nouveau gisement de charbon.

— Je m'en occupe ! Pendant ce temps, trouve de la pierre pour remplacer mon épée et celle de Charlie, lança Stan en se mettant à piocher.

Quelques instants plus tard, Kat l'appela.

— Stan, viens voir !

Elle avait creusé une brèche importante dans un mur et fixait un bloc à l'aspect différent des autres. Comme un cube de charbon, mais marron clair. Kat recula.

— J'ai jamais vu ça ! Tu crois que c'est… de l'or ?

— Ça se pourrait. Éclaire-moi !

Elle approcha une torche tandis qu'il sortait son livre. Il alla à l'article « Blocs » et s'arrêta à la page où figurait la description du minerai d'or.

— Non, la couleur ne correspond pas, fit-elle. Regarde les autres pages !

Il revint sur la précédente, et Kat s'exclama :

— C'est celui-là ! Qu'est-ce qu'ils disent ?

« Le minerai de fer se trouve généralement sous terre et dans des régions montagneuses. Fondu, il donne un lingot de fer, élément essentiel dans la fabrication d'un grand nombre d'objets : épée, armure, seau et bien d'autres outils. Les objets en fer sont de meilleure qualité que ceux en pierre ou en cuir, mais moins bons que ceux en diamant. »

Une partie de la description avait capté l'attention de Kat.

— On peut se servir du minerai de fer pour confectionner une épée…

— Apparemment, acquiesça Stan.

— Super ! s'exclama-t-elle, joyeuse, en se mettant à taper avec sa pioche.

Ils avaient réussi à extraire quatre blocs de fer quand Charlie les appela au secours. Ils remontèrent en catastrophe à la surface.

Lorsque Kat et Stan avaient disparu sous terre, Charlie avait marché, l'air renfrogné, à la recherche d'une éventuelle parcelle de blé.

« Pourquoi elle intégrerait notre groupe ? s'était-il demandé. Elle a failli nous tuer ! »

Puis il avait détaché un bloc de feuilles d'un arbre avec son épée. Il avait lu dans le livre de Stan que, de temps à autre, une pomme pouvait en tomber.

Mais Charlie ne cessait de penser à Kat. « Elle nous retarde dans notre progression vers Adorian. »

Il n'avait même pas vu la pomme tomber, plongé dans ses pensées. « Et si elle nous tendait un piège ? Et si elle avait entraîné Stan dans la mine pour le tuer et venir s'attaquer à moi ensuite ? », songeait-il, inquiet. Il devait prêter secours à Stan.

Il s'était précipité vers l'entrée de la mine et avait commencé à descendre quand il avait aperçu une silhouette inconnue, une sorte de monstre. Il était aussi grand que lui, deux blocs de haut, mais il n'avait pas de bras et se tenait debout sur quatre jambes massives. Charlie s'était approché et la créature s'était soudain tournée vers lui et l'avait fixé. Il n'avait jamais rien vu d'aussi terrifiant.

Ça ressemblait à une citrouille d'Halloween ver-dâtre, avec des orbites vides et un trou béant à la place de la bouche qui lui adressait un atroce sourire.

Charlie avait balancé un coup d'épée qui avait fait reculer la créature, or son arme en bois s'était brisée en mille morceaux. C'est alors qu'il avait crié au secours.

Mais le monstre était rapide et silencieux. Tandis que les zombies gémissaient, les araignées cliquetaient et les squelettes crépitaient, celui-ci ne faisait aucun bruit. Il l'avait suivi en courant hors de la mine, sans que Charlie ne pût entendre ses pas derrière lui. Le pire, c'est qu'il ne semblait pas craindre la lumière du jour.

Kat et Stan surgirent de la mine au moment où Charlie y revenait, le monstre à ses trousses.

— Couchez-vous ! cria Kat.

Le mob, pratiquement sur eux, commençait à siffler et à se gonfler comme un ballon de bau-druche. Kat poussa Stan, qui tomba à la renverse dans le trou de la mine, et elle tacla Charlie juste à temps. Il y eut alors une explosion assourdis-sante, puis un nuage de poussière s'éleva. Et tout redevint calme. Stan réapparut quand la poussière se dissipait. Le monstre s'était volatilisé, laissant derrière lui un énorme cratère.

— Comment tu t'es débrouillé pour qu'un creeper te coure après ? demanda Kat. Tu avais refusé de descendre dans la mine.

— J'ai… j'ai voulu vous donner un coup de main, mentit Charlie. Comme je ne trouvais pas de nourriture, j'ai décidé de vous rejoindre. Et, en me battant avec le monstre, j'ai cassé mon épée…

Kat semblait aussi exaspérée qu'amusée.

— Bon, on ferait mieux de repartir. Tu vas avoir besoin d'une autre épée, mais je ne sais pas les fabriquer.

Quand ils furent de nouveau en marche, Charlie se jura de ne jamais abandonner Kat : elle lui avait sauvé la vie !

Il faisait encore jour. Le chemin traçait une ligne droite et les joueurs commencèrent à voir des blocs de feuilles volants sur les bas-côtés. Ils se rapprochaient de la civilisation, pensèrent-ils.

Ils passèrent devant un champ de pastèques. Chacun se servit et se rassasia. Kat, qui était la plus affamée des trois, dévora en plus deux côtes de porc crues qu'elle avait dans son inventaire, sous l'œil dégoûté des garçons. Ils étaient sur le point de repartir quand un autre joueur surgit du bois, une épée d'or à la main.

Ils réagirent en une fraction de seconde. Kat et Stan brandirent les leurs et Charlie sautilla sur ses jambes en serrant les poings tel un boxeur.

L'intrus était habillé comme un agent des services secrets : il portait un smoking noir et des lunettes noires. Il avait une tête d'olive.

— Qu'est-ce que tu veux ? lui demanda Kat.

Le quatrième joueur fronça les sourcils.

— Je veux beaucoup de choses. Pour commencer, je veux ma vie d'avant. Tout était parfait...

— On se fiche pas mal de tes histoires ! coupat-elle. Tire-toi avant de faire quelque chose que tu pourrais regretter ! Tu ne fais pas le poids.

Il parut très offensé et pointa son épée sur Kat.

— C'est pas toi qui vas me dire ce que je dois faire ! Vous êtes tous les trois des débutants, avec vos épées minables. Moi, je suis l'honorable Monsieur A, le guerrier le plus puissant du serveur ! Si tu connaissais la moitié des raisons pour lesquelles j'aime voir mourir les novices comme vous...

— Oh, la ferme ! coupa-t-elle à nouveau. Tu n'as aucune chance contre nous, honorable Monsieur A. D'ailleurs, si tu connaissais le sens du mot honneur, tu ne tendrais pas d'embuscade à des joueurs qui n'ont que des « armes minables ».

Fiche-nous la paix et retourne d'où tu viens !
Espèce de griefer[1] !

Monsieur A ne semblait pas savoir ce que cela
voulait dire, mais ça ne changeait pas grand-chose.
Il se prépara à attaquer. Stan était prêt. Comme
l'épée en or était sur le point de s'abattre sur son
crâne, il leva la sienne pour parer le coup. Les deux
lames volèrent en éclats. Furieux, Monsieur A
se rua sur Stan, poing tendu. Ce dernier voulut se
protéger avec son bras quand, au même moment,
Kat taillada la jambe de l'agresseur et Charlie lui
envoya son poing dans la figure. Le griefer tomba
lourdement à la renverse. Il se releva aussitôt,
mais il grimaça en se tenant le dos.

— C'est bon ! Vous avez gagné ! Mais n'allez
pas croire que la partie est terminée. Je vous retrou-
verai, et quand ça arrivera, vous serez morts !

Il sortit un arc et une flèche et visa les bois.
Stan, Charlie et Kat regardèrent le projectile voler
tandis que Monsieur A partait en courant dans la
direction opposée.

Lorsque la cible fut atteinte, un gémissement
de douleur se fit entendre. Quelques secondes plus

---

1. Joueur qui s'amuse à harceler les autres joueurs et à van-
daliser leurs biens.

tard, un animal blanc aux yeux rouges sortit du bois en furie. Un loup ! Il se précipita sur l'être vivant le plus proche de lui : Stan. Ce dernier était désarmé. Il se mit à courir, mais le loup, plus rapide, le rattrapa. Il se jeta sur lui et le cloua au sol en grognant, ses yeux maléfiques rougeoyant. La bête s'apprêtait à planter ses crocs dans sa gorge quand un sifflement dans son dos la fit se retourner. Kat lui tendait un os qu'elle venait d'arracher à l'inventaire de Charlie. Les garçons regardèrent bouche bée les yeux de l'animal virer au noir. Le loup pencha légèrement la tête avant de faire quelques pas vers Kat. Il s'arrêta à ses pieds et elle lui donna l'os. Docile, il remuait la queue. Kat sortit un foulard rouge de son inventaire et l'attacha autour du cou de l'animal.

— Ça fait deux fois que je te sauve la vie aujourd'hui, dit-elle à Stan d'un air suffisant tout en caressant son nouveau chien. Je crois que je vais l'appeler Rex.

— Quelle imagination débordante ! marmonna Charlie dans sa barbe, mais elle ne l'entendit pas.

— Stan, tu peux regarder dans ton livre ce qu'ils disent à propos des chiens ? Je voudrais savoir comment il faut s'occuper de ce petit bonhomme.

Stan s'exécuta. Mais il ne trouva rien concernant les chiens.

— Essaie les loups ! suggéra-t-elle.

Une pleine page leur était dédiée.

« *Le loup est un mob neutre vivant dans les régions forestières. Il se déplace habituellement en meute et n'est pas dangereux pour les joueurs. Cependant, il peut devenir agressif s'il est attaqué. Il devient alors aussi rapide et agile qu'une araignée. Si un loup en meute se fait attaquer, toute la meute le défendra. Un loup peut être apprivoisé avec un os de squelette pour devenir un chien. Il reste alors quelque part ou accompagne un joueur dans ses aventures. Si un joueur combat un mob, le loup apprivoisé combattra à ses côtés. La position de sa queue indique son état de santé : plus elle tombe, moins bien il se porte. Il guérit avec n'importe quelle viande. À la différence des joueurs, il ne risque pas l'intoxication alimentaire en avalant de la chair putréfiée ou du poulet cru.*

Kat examina la queue de Rex. Elle remuait avec gaieté mais pendait presque par terre.

— On dirait que cette flèche lui a fait mal. Il a dû être séparé de sa meute. Pauvre petit ! se lamenta-t-elle.

Stan la dévisagea, déconcerté, tout en frottant les égratignures que Rex lui avait faites dans le cou avec ses griffes.

— Charlie, fais-moi voir la chair putréfiée que tu as dans ton inventaire ! lança Kat.

Charlie la sortit et la lui tendit. Rex la dévora à même la main de la jeune fille. L'instant d'après, sa queue se redressa.

— Bon, dit-elle, on dirait qu'on a un chien !

— On ? s'étonna Stan. Je croyais que tu devais nous larguer dès que tu aurais dégoté ton épée.

— Tu plaisantes ? répliqua-t-elle en souriant. Sans moi, Rex t'aurait déchiqueté. Et je ne vous parle même pas du creeper de la mine ! Allez, on y va ! J'ai besoin d'une épée !

Ils se remirent en route. La jeune fille riait tandis que les garçons enrageaient. Quel caractère ! Lorsque le soleil commença à décliner dans le ciel, deux tours leur apparurent. Puis ils entendirent une voix crier :

— Des nouveaux joueurs ! Des nouveaux arrivants ! Bienvenue à Adorian !

– 4 –

Le village
d'Adorian

Adorian ne ressemblait à rien de ce que Stan avait vu de Minecraft. Les bâtiments étaient composés de trois matériaux : des planches de bois, des fenêtres en verre et de la pierre. Il y avait des torches un peu partout et les rues étaient pavées.

Un joueur aborda les trois arrivants lorsqu'ils franchirent une grande porte en bois flanquée de deux tours de guet. Il se présenta sous le pseudo de Jayden10 et les invita à le suivre pour rencontrer la maire du village. Les rues étaient envahies de joueurs qui ne paraissaient pas hostiles. Ils leur adressaient même des petits signes de la main. L'un d'eux lança à Kat :

— Sympa, le chien !

Jayden10 s'immobilisa devant un grand bâtiment en briques.

— Voilà la mairie ! Adoria, la maire, habite ici. Elle a fondé le village. C'est une joueuse de haut niveau. Entrons ! Elle aime faire connaissance avec les nouveaux.

Ces derniers échangèrent des regards avant de suivre leur guide à l'intérieur du bâtiment, laissant Rex assis dehors.

Stan fut très impressionné. Le sol du couloir était recouvert d'un tapis rouge et bordé de lampes électriques éteintes, car la lumière du soleil filtrait à travers une magnifique verrière. Sur un mur, un tableau pixélisé représentait un lever de soleil. Un autre, plus grand, montrait le visage d'un creeper, ce qui fit sursauter Charlie.

Jayden10 s'arrêta au bout du hall et appuya sur un bouton. Une porte s'ouvrit. Stan aperçut une femme avec une tresse brune, en train d'écrire à son bureau. Elle leva la tête vers eux.

— Bonjour, Jayden ! Je suppose que ce sont les nouveaux joueurs ? lança-t-elle d'une voix aimable, qui rappela à Stan celle de sa mère.

— Oui, madame Adoria.

La maire se leva. Elle portait une chemise rose et une jupe rouge.

— Bienvenue à Adorian ! Je suis Adoria1, mais je vous en prie, appelez-moi Adoria.

Stan déclina à son tour son pseudo avant de présenter les deux autres joueurs.

— Ravie de vous rencontrer ! reprit-elle. Avez-vous déjà joué à Minecraft ?

Les garçons secouèrent la tête.

— Moi, oui, répondit Kat. Mais sur un autre serveur, et je n'y suis pas restée longtemps. Je n'ai pas beaucoup plus d'expérience qu'eux.

Stan et Charlie s'étonnèrent de sa réponse, tandis que la maire hochait la tête.

— Dans ce cas, nous serions très heureux de vous aider à apprendre à jouer. Nous vous proposons un stage de quatre jours qui vous enseignera tout ce que vous devez savoir sur Minecraft. L'hébergement et la nourriture sont fournis. Qu'en dites-vous ?

— C'est d'accord pour moi, déclara Stan.

— Moi aussi, ajouta Kat.

— Pareil, approuva Charlie. Mais… quel genre de choses allez-vous nous apprendre ?

— Il y a un groupe de gens qui s'occupe de l'entraînement des nouveaux. Chacun a sa spécialité. Ils vous montreront comment se battre, créer, construire, etc.

Jayden prit alors la parole.

— Pratiquement tous les nouveaux suivent ce stage. La plupart des habitants d'Element City sont passés par là.

— Qu'est-ce que c'est, Element City ? demanda Stan.

— C'est la capitale du serveur, répondit Adoria. Construite sur une immense plaine entourée de forêts de tous côtés, c'est la ville qui a la plus forte population. Là-bas les gens construisent leurs maisons et tout ce qui leur passe par la tête. Au centre de la ville se dresse le château, où le Roi préside le Conseil qui vote les lois.

— Ça a l'air sympa, commenta Stan. Vous pensez qu'on devrait y aller après le stage ?

— Euh… oui !… Pourquoi pas ?

Ses hésitations n'échappèrent pas à Stan et lui mirent la puce à l'oreille. Quelque chose clochait à propos d'Element City.

— Bien, y a-t-il un endroit où on pourrait dormir ? interrogea Charlie en bâillant. Je suis crevé, ça fait bientôt deux jours qu'on a commencé à jouer et on n'a pas fermé l'œil une minute.

— Oh, mais certainement, allez-y vite ! s'exclama Adoria avec un large sourire.

Elle se tourna vers Jayden.

— Jayden, conduis-les à leur chambre, s'il te plaît.

— Bien, madame.

Ils quittèrent la maire et ressortirent tous les quatre de la mairie. Ils récupérèrent Rex puis s'acheminèrent vers le motel.

— Vous avez quoi dans vos inventaires ? demanda Jayden.

— Pas grand-chose, répondit Charlie. Un peu de terre, cinq flèches, de la ficelle et du bois.

— Moi, j'ai une épée en pierre, une pioche, du gravier et quelques torches, ajouta Kat.

— Et moi, juste un peu de charbon, la pioche que Kat m'a donnée et le livre, dit Stan.

— Il va vous en falloir un peu plus pour survivre dans ce jeu, rétorqua Jayden d'un air taquin.

Les garçons le remercièrent ensuite pour le livre, les épées et le pain mis à leur disposition à Spawnpoint. Sans cela, ils ne seraient jamais arrivés à Adorian.

— C'est mon amie Sally qui s'occupe d'aller remplir le coffre chaque semaine. À propos, pourquoi avez-vous mis deux jours pour arriver ici ? Ce n'est qu'à une journée de marche.

Ils racontèrent toutes leurs péripéties : le zombie de Spawnpoint, les détours sur la route, la nuit avec les araignées, les squelettes et les zombies, la rencontre avec Monsieur A, la mine, le creeper…

— Et toi, Jayden ? Que fais-tu ici ? Tu dois t'ennuyer à mourir, non ? interrogea Kat.

— Non, pas vraiment. C'est cool de transmettre ce qu'on sait aux nouveaux. Je donne des cours de combat à la hache. Sinon, j'aide mon frère à la ferme, et Adoria m'envoie parfois en mission.

En même temps qu'il parlait, ils parvinrent au motel, un vaste complexe de quatre étages fait de planches de bois. L'une des façades était en chantier.

— Nous y voilà ! lança Jayden. On est submergés par les nouveaux, en ce moment. Il n'y a plus de place dans l'aile principale et l'extension est loin d'être finie. Vous avez de la chance, vous allez dormir dans ma chambre avec mes amis. Suivez-moi !

Il se dirigea vers une échelle appuyée contre le bâtiment et commença à grimper.

— Attends ! s'écria Kat. Qu'est-ce qu'on fait de Rex ?

— Laisse-le là sans lui dire de s'asseoir ! Je pense qu'il se débrouillera pour monter.

Tous les quatre empruntèrent l'échelle ; la chambre de Jayden se trouvait en haut du bâtiment. C'était une grande pièce qui pouvait accueillir huit joueurs. Il y avait quatre matelas au sol, un coffre posé à côté de chacun d'eux, une table, un four en pierre qui abritait un feu et, près de l'entrée, une boîte munie d'une fente sur le dessus.

Deux joueurs étaient là, sur leurs lits. L'un d'eux portait un costume de squelette et avait des cheveux rouges. L'autre était tout doré, de la tête aux pieds, ainsi que sa peau. Seuls, ses yeux verts le différenciaient d'une statue en or.

— Tu fais les présentations ? demanda le squelette à Jayden.

— Ce sont des nouveaux. Ils vont dormir là car le motel est complet.

— Super, j'adore les soirées pyjama ! fit une voix féminine dans leur dos.

Tout le monde se retourna. Une jeune fille en jupe et débardeur était appuyée contre la porte. Une tresse brune descendait le long de son dos et elle tenait dans sa main une épée en fer dont la lame était couverte de boyaux d'araignée.

— Sally est revenue ! s'exclama Jayden. T'en as mis du temps !

Elle répondit par un petit sourire fatigué.

— Qui sont ces noobs ? demanda-t-elle.

Jayden présenta les arrivants à Archie, le squelette, Goldman alias G, le joueur à la tenue dorée, et Sally.

— Super, ton chien, Kat ! lança Goldman.

Rex, qui venait d'entrer dans la chambre, se frotta contre les jambes de sa maîtresse. Kat n'en croyait pas ses yeux.

— Comment il a fait pour monter à l'échelle ?

— Mystère ! répondit Goldman de façon inquiétante.

Après un silence, Sally reprit la parole.

— Alors, bienvenue, les noobs !

— Tu pourrais arrêter de nous appeler comme ça, s'il te plaît ? demanda Stan. Ça devient lourd.

— Désolée, moi aussi je suis passée par là. De toute façon, les gens vont vous appeler comme ça jusqu'au niveau... 10, peut-être ? Alors, autant vous y faire... Et comme ça a vraiment l'air de t'agacer, raison de plus pour que ça continue.

Stan soupira et se tourna vers les autres.

— Elle est toujours comme ça ?

— Pas du tout ! répondit Archie, ironique. Sally est très facile à vivre. Elle n'est ni odieuse, ni méprisante, malgré ce que tu pourrais penser.

— C'est bon, vous avez fini ? fit-elle en levant les yeux au ciel.

Goldman changea de sujet.

— Vous commencez le stage demain ? demanda-t-il aux nouveaux.

— Apparemment, répondit Stan. Jayden nous a dit que vous donniez des cours, tous les quatre.

— Exact ! répliqua Sally qui s'était assise sur son lit en croisant les jambes. Je vous apprendrai tout ce que vous devez savoir en matière de combat à l'épée. Et pareil pour le crafting[1].

— Et moi, je vous apprendrai à vous battre avec une pioche et à exploiter une mine, dit Goldman.

— Moi, j'enseigne le tir à l'arc, intervint Archie. D'où mon costume et mon pseudo.

— Je vous apprendrai les techniques du combat à la hache et l'agriculture, ajouta Jayden.

Il sortit du coffre posé près de son lit une hache dont la lame en diamant brillait à la lueur des torches. Stan était très impressionné.

— C'est mon bien le plus précieux, avoua Jayden. Mon frère me l'a donné quand j'ai quitté sa ferme.

— Arrête de te vanter ! G en ouvrant son coffre. On ne peut pas tous avoir des outils en matériau précieux.

— Attends ! C'est quoi, ça ? s'exclama Charlie le doigt pointé sur un objet du squelette.

— Ça ? fit G en sortant une pioche en or.

— Tu viens de dire que…

---

1. Action de créer des objets à partir des éléments disponibles dans l'univers de Minecraft.

Goldman ricana.

— Ça a de la gueule, j'avoue, mais c'est trop fragile. Je le sors juste pour frimer de temps en temps. Ça va bien avec mon look, non ?

Il désigna son corps doré puis rit de sa blague. Kat souleva un sourcil et étouffa un rire amusé.

— Bon, on est tous épuisés, il faut dormir, maintenant, décida Jayden. G et Sal, tirez les lits d'appoint. Les nouveaux, il faut que vous mangiez quelque chose.

Il sortit de son coffre deux steaks et une côte de porc cuits qu'ils avalèrent en silence. Puis ils se glissèrent tous les sept dans leur lit respectif et cinq d'entre eux s'endormirent aussitôt. Stan était lui aussi sur le point de basculer dans le sommeil quand une voix dans son dos le fit sursauter.

— Tu dors, le nouveau ?

Il se retourna. Sally était accroupie au pied de son lit.

— Je peux t'aider ? demanda Stan en se redressant.

— Oui. C'est ta première expérience Minecraft ? T'as déjà joué à des jeux du même genre ?

Puis elle haussa les épaules.

— Laisse tomber. Ma question, c'est plutôt : est-ce que tu crois que tu es quelqu'un de spécial ?

— C'est ce que ma mère me dit tous les soirs, répondit-il, sarcastique. « N'écoute pas ce que les autres disent, pour moi tu seras toujours spécial. »

Sally rigola.

— T'es un marrant, toi.

— C'est pour ça que tu m'as réveillé ? Je suis fatigué. Laisse-moi dormir, s'il te plaît.

Il se laissa tomber sur son oreiller, mais le rata de peu et se cogna la tête par terre. Une douleur intense le fit se redresser. Sally mit sa main sur sa bouche pour ne pas éclater de rire. Comment lui en vouloir ? Il s'était ridiculisé.

— Bon, qu'est-ce que tu voulais me dire ?

— On en parlera plus tard. Il faut que tu dormes. Bonne nuit, le nouveau !

Elle se leva et alla s'allonger sur son lit.

« Chouette fille », pensa Stan. « Mais un peu agaçante quand même. »

Il sombra dans le sommeil l'instant d'après.

- 5 -
Le stage

Bonjour, viande fraîîîîîîîche !

— Les trois nouveaux se dressèrent sur leur lit, complètement perdus. Kat brandit son épée et donna des coups dans tous les sens, comme si des dizaines de mobs lui tombaient dessus.

Archie était debout sur la table, les mains en porte-voix. Derrière lui, Goldman et Jayden riaient à gorge déployée. Kat se planta devant les trois anciens, les mains sur les hanches.

— C'est pas drôle ! J'aurais pu en blesser un. Quelqu'un aurait pu mourir !

— Désolé, s'excusa Archie. Mais quelle idée de dormir avec ton épée à la main, aussi !

Sally entra dans la chambre à cet instant et comprit que les garçons se moquaient de Kat.

— Kat, si l'envie te prend de les tuer, je serais très heureuse de te filer un coup de main.

— Offre acceptée ! Ces idiots m'ont réveillée en me hurlant dessus !

— C'était trop drôle ! expliqua G. Tu l'aurais vue avec son épée…

Jayden, Archie et Goldman s'esclaffèrent à nouveau.

— Vous êtes des vrais gamins ! lança Sally. Bon, descends de la table, Archie, je vais crafter le petit déjeuner. Regardez ce que j'ai apporté !

Elle sortit de son inventaire trois seaux de lait, un œuf, du sucre et du blé.

— Sal, ne me dis pas que tu vas préparer… ? demanda Archie avec des yeux gourmands.

— Quand c'est à moi de faire le petit déjeuner, je préfère m'appliquer, répondit-elle. Surtout que nous avons des invités !

Stan se sentit visé.

Elle se lança alors dans une série de manipulations complexes et, en quelques minutes, elle obtint une tarte aux fraises carrée, découpée en six parts égales. Stan avait du mal à comprendre car elle n'avait ajouté ni fraises ni glaçage.

— Servez-vous ! dit Sally.

Chacun prit un morceau, sauf elle, puisqu'ils étaient sept. Stan était sur le point de mordre dans le sien quand il croisa le regard de Sally qui le dévisageait d'une drôle de façon.

— Tu veux qu'on partage le mien ? lui proposa-t-il.

— Avec plaisir, Stan, merci !

Elle prit un couteau et coupa sa part en deux. Puis elle avala sa moitié en une seule bouchée, après quoi elle rota bruyamment.

— Merci pour cet excellent petit déjeuner, Sally, lança Jayden en se levant.

Des murmures d'approbation s'élevèrent.

— Si certains ont encore faim, reprit-il, on s'arrêtera prendre des pastèques à la ferme de mon frère en allant à l'école. Les nouveaux, rangez vos affaires dans le coffre vide, là-bas dans le coin, et suivez-moi !

Quand ils furent prêts, ils laissèrent Rex dans la chambre et descendirent par l'échelle avec Jayden et les autres. L'entrée de la ferme se trouvait à côté de la mairie.

— C'est là qu'habite mon frère, expliqua Jayden en passant sous une haie. C'est le plus gros exploitant agricole du village et le seul à être mieux classé qu'Adoria. Elle est au niveau 49, lui au 54 !

Un joueur en tenue de fermier et à la tignasse grise accourut.

— Salut, Jay ! Hé, vous, vous êtes nouveaux, non ? C'est des trucs de nouveaux, tous ces objets en pierre que vous avez là !

Il avait l'air très nerveux.

— Steve, tu as recommencé ? ! gronda Jayden. On avait dit que tu ne prendrais plus de QPO en travaillant !

— Mais je n'en ai pas pris, qu'est-ce qui te fait croire ça ?

L'instant d'après, Steve-le-Dingo, comme l'avait baptisé Jayden, s'écroula et perdit connaissance.

Jayden leva les yeux aux ciel, exaspéré, tandis que les trois nouveaux s'inquiétaient.

— Qu'est-ce qu'il a ? Ça va aller ? s'inquiéta Charlie.

— Oui, soupira Jayden, mais j'en ai vraiment marre de le guérir à chaque fois.

Il sortit une pomme en or de son sac et la fourra dans la bouche de Steve.

— Steve a un problème avec un truc qui s'appelle la Potion de la Rapidité, expliqua Jay. On appelle aussi ça le QPO, ou la Foudre. Ça donne de l'énergie, mais après on se sent très faible. Un soir de match de spleef[1], Steve en a trop pris, et depuis, il ne peut plus en boire sans tomber dans les pommes. C'est dommage, ça l'a vraiment aidé à gérer cette ferme et à la rendre si productive.

Stan regarda Jayden, interloqué.

— Attends ! Tu veux dire que Steve est ton frère ?

— Ouais, admit Jayden d'un air triste. La seule façon de le guérir, c'est de lui donner une pomme en or. Le problème, c'est que les pommes et l'or sont rares, et il faut les deux pour crafter des pommes en or.

Tandis que Steve revenait à lui, Stan en profita pour observer l'exploitation. Elle était gigantesque et devait couvrir un quart de la superficie du village. Il y avait quantité de champs de blé, de citrouilles, de pastèques et d'autres plantations qu'il ne sut identifier. Des rigoles couraient le long des allées pour irriguer les plants. Il y avait aussi des pâturages, un troupeau de vaches, un groupe de cochons et quelques moutons. Stan nota également la présence de poules et de loups, mais l'animal le plus surprenant était une sorte de

---

1. Sport de compétition de Minecraft. Le but : être le dernier joueur dans l'arène.

vache blanc et rouge sur le dos de laquelle poussaient des champignons. Jayden en avait parlé la veille et l'avait appelée la champimeuh.

Steve s'était relevé. Il porta une main cubique à son front et gémit :

— Qu'est-ce qui s'est passé ?

— Oh, je t'en prie ! fulmina Jayden. Tu le sais très bien. Tu ne dois pas prendre de QPO quand tu travailles. Je suis à court de pommes en or. Ça ne pousse pas sur les arbres, en tout cas pas dans ce jeu ! Tu dois être plus raisonnable, Steve !

— C'est qui, ceux-là ? demanda-t-il en se tournant vers les nouveaux.

Jayden s'apprêtait à crier sur son frère quand G intervint.

— Ça ne sert à rien, Jay. Steve, je te présente Stan, Kat et Charlie. Les nouveaux, voici Steve.

— Salut les noobs ! lança Steve sans tenir compte du soupir d'exaspération de Stan ni du sourire satisfait de Sally. Je suppose que vous allez commencer le stage, c'est super ! Qu'est-ce que je peux faire pour toi, petit frère ?

— On a juste besoin de quelques pastèques.

Steve se dirigea vers les premiers plans de pastèque. Il abattit sa houe sur deux fruits murs qui se transformèrent en un tas de tranches rouges. Puis il revint vers les joueurs et les leur offrit. Ils finissaient de manger quand Steve s'apprêta à continuer son chemin.

— Amusez-vous bien au stage ! Et soyez prudents ! Encore quelques morts et le Roi pourrait faire interdire la formation.

Charlie recracha sa dernière bouchée de pastèque.

— Quoi ? Qu'est-ce que tu viens de dire ?

Pour toute réponse, Steve laissa échapper un petit rire démoniaque et alla nourrir ses champimeuh. Charlie paraissait pétrifié.

Cinq autres garçons s'étaient inscrits au stage. Ils étaient tous d'un niveau inférieur à 5 et déterminés à apprendre à jouer. Après une brève présentation, les huit nouveaux furent scindés en deux groupes de quatre. Le premier partit avec Goldman pour un cours d'exploitation minière et de combat à la pioche ; le second, composé de Stan, Charlie, Kat et d'un autre joueur, suivit Archie au champ de tir pour apprendre le tir à l'arc. Il s'agissait d'une clairière tout en longueur, au cœur de la forêt, où personne ne risquait d'être blessé. Archie commença par expliquer comment on tenait un arc. Stan, Charlie et Kat écoutaient attentivement, mais le quatrième joueur ne parvenait pas à se concentrer. Il fixait Kat, la bouche ouverte. Apparemment, il ne s'attendait pas à ce que des filles puissent s'intéresser à Minecraft.

Après la théorie vint le temps de la pratique. Un peu partout sur le site, des lampes étaient installées à des hauteurs différentes. Archie, sur le côté, actionnait des interrupteurs pour les allumer et les éteindre. L'exercice consistait à viser la lampe éclairée.

Kat parvint à toucher une lampe deux fois avant qu'elle ne s'éteigne. Stan atteignit sa cible à chaque fois, mais il était très lent. Charlie fut le moins bon : il tira un nombre incalculable de flèches mais ne fit mouche qu'une seule fois. L'une d'elles faillit d'ailleurs se planter dans la poitrine d'Archie, qui sortit son épée à temps et la dévia. Quant au quatrième joueur, c'était peut-être un bon tireur, mais il n'eut pas l'occasion de le prouver : il ne quittait toujours pas Kat des yeux.

La dernière activité de la journée consista en une série d'affrontements. Archie distribua des armures en diamant et des flèches. Le premier qui touchait trois fois son adversaire remportait le combat.

Une fois de plus, Kat s'illustra en battant facilement Stan. Puis elle affronta Charlie en finale, lequel avait éliminé sans peine le quatrième joueur. Charlie passa son temps à courir dans tous les sens sans se préoccuper de tirer une seule fois sur elle. Le match fut interrompu lorsque la jeune fille tomba à court de flèches. Agacé, Archie sortit son propre arc et envoya trois flèches en direction de Charlie. Toutes trois se nichèrent dans son casque. Puis il soupira.

— Allez, on rentre !

Il était clair, au ton de sa voix, qu'il n'avait décelé aucun véritable talent pour le tir à l'arc parmi ses élèves. Ils rentrèrent au motel, fatigués et un peu déçus.

Plus tard, quand les sept occupants de la chambre furent prêts à se coucher, Sally demanda à Stan ce qu'il avait pensé de sa première journée de stage.

— Disons simplement que j'espère que ça se passera mieux demain, répondit-il.

Ils rirent tous deux.

La journée du lendemain fut nettement plus agréable. Les groupes permutèrent et Stan et ses amis suivirent G jusqu'à la lisière du village. De là, ils montèrent dans des chariots qui les conduisirent à l'entrée d'une mine gigantesque, si vaste que Stan en distinguait à peine les parois. Puis ils s'enfoncèrent et aperçurent des dizaines de joueurs en train de tailler dans la roche avec des pioches.

Stan devina que les bons minerais se trouvaient là. Les chariots les emmenèrent ensuite au fond de la mine où se trouvait une grande salle construite avec des pavés. Goldman expliqua à ses élèves comment distinguer les sept types de minerai : le charbon, le fer, la redstone, l'or, le lapis-lazuli[1], l'émeraude et le diamant. Puis il leur indiqua en quoi devaient être faites les pioches pour miner les différents minerais. Il fallait observer quelques mesures de sécurité : ne pas creuser vers le bas, faire attention aux graviers, au sable, etc.

Une fois ces règles de bases transmises, G leur apprit à combattre avec des pioches en pierre qu'il leur distribua. Comme la veille, ils enfilèrent des costumes d'entraînement, et Goldman leur proposa un nouveau tournoi. À la surprise générale, c'est Charlie qui gagna. En finale contre Kat, il menait de deux points quand elle se jeta sur lui. Il tomba à la renverse et lança son arme en l'air. Celle-ci fit voler le casque de la fille, donnant à Charlie le point de la victoire.

Puis ils commencèrent à miner. Stan s'en sortit très bien. Une fois seulement, des graviers lui dégringolèrent dessus, mais il les esquiva rapidement. Il

---

1. Pierre précieuse de couleur bleue.

trouva un peu de charbon et d'or, ainsi que deux blocs de lapis-lazuli qui, selon G, servaient à faire de la teinture bleue. Kat fit quasiment aussi bien que Stan et Charlie excella à nouveau. Il semblait avoir un sixième sens qui lui soufflait où creuser pour trouver les meilleurs minerais. Il mit la main sur trois blocs de lapis-lazuli et sur de l'or.

— Dommage que tout ce qu'on trouve pendant le stage aille dans les réserves du village, commenta G. Mais je suis certain que tu te débrouilleras très bien tout seul, Charlie. De tous les joueurs à qui j'ai appris à miner, c'est toi qui as le meilleur instinct.

Ce soir-là, Stan, Kat et Charlie rentrèrent au motel ravis. Pastèques et pain constituèrent leur dîner. Ils se mettaient au lit quand Sally s'adressa à Stan.

— C'est moi qui m'occupe de vous, demain. Je vais vous apprendre à crafter et à combattre à l'épée.

— Super ! J'ai hâte d'y être.

— Sache que j'attends beaucoup de toi.

L'estomac de Stan se souleva.

— Ah bon ? Au combat ou au craft ?

— Les deux ! répondit-elle en se dirigeant vers son lit.

Le lendemain, après un bol de ragoût de champignon en guise de petit déjeuner, les joueurs se rendirent au dojo[1] du village, situé au sommet de l'immeuble dédié au crafting.

Stan se sentait nerveux. Sally *attendait beaucoup de lui*. Il se devait d'être à la hauteur.

Il s'assit avec Kat et Charlie face à Sally — le quatrième joueur avait finalement rejoint le groupe de ses amis. L'instructrice leur expliqua que le plus important au combat à l'épée était de faire confiance à son intuition, de ne pas trop réfléchir. Après avoir montré plusieurs techniques, elle sortit de son inventaire trois armures en diamant.

— Enfilez ça !

Quand ils furent prêts, Sally appela Kat et Charlie auprès d'elle et leur remit deux épées en pierre.

— Stan, reste où tu es ! ordonna-t-elle en lui lançant une épée en fer. Kat et Charlie, à mon signal, vous attaquerez Stan, qui devra se défendre tout seul. Comme pour les autres combats, on est éliminé après trois touches.

---

1. Mot japonais désignant un temple (ou une salle) dans lequel on pratique les arts martiaux.

Stan eut l'air affolé. Il n'avait jamais pratiqué le combat à l'épée. Il savait que Charlie n'avait pas plus d'expérience que lui, mais Kat était censée avoir combattu sur d'autres serveurs. Elle avait tué un joueur et récupéré son épée ainsi que ses pioches. Comment pouvait-il s'imposer face à elle ?

— Sally, le match est déséquilibré, objecta Stan. Je ne pourrais pas avoir un petit avantage ? Ce serait plus juste.

Elle ricana.

— Si vingt joueurs armés jusqu'aux dents te tendent une embuscade, tu penseras que c'est juste ? La vie est parfois injuste. Cela dit, tu as un avantage : je t'ai donné l'épée en fer. Alors arrête de jouer les mauviettes. En position !

Stan comprit qu'elle ne changerait pas d'avis et se prépara au combat, peu rassuré. Charlie ne l'était pas davantage. Quant à Kat, elle semblait déterminée, une expression d'agressivité gravée sur le visage.

Sally s'assit sur une chaise.

— Maintenant ! s'écria-t-elle.

Stan fut pris au dépourvu. Kat et Charlie se précipitèrent sur lui. Ce dernier lui envoya un uppercut au bras droit que Stan esquiva en faisant un pas de côté. Il en oublia Kat qui lui asséna un coup d'épée sur le casque. Un bruit métallique résonna dans son crâne.

— Un point pour Kat et Charlie ! jugea Sally. Remettez-vous en position de départ !

Cette fois, Stan anticipa l'attaque de Charlie, si bien que, lorsque Kat frappa à son tour, il put parer le coup. Ils se livrèrent alors à un bras de fer, épée contre épée. Kat était forte, mais la position de Stan était plus confortable. Elle était sur le point de céder quand il ressentit une douleur sourde à la cage thoracique. Charlie l'avait contourné pour le toucher au côté droit.

— Deux points pour Kat et Charlie ! annonça Sally. Stan, encore un coup et tu as perdu.

Au lieu de donner le nouveau signal, elle s'approcha de Stan. Elle se positionna derrière lui, posa les mains sur ses épaules et murmura à son oreille :

— Tu ne gagneras pas si tu continues à concentrer ton énergie sur l'un d'entre eux. Quand l'un ou l'autre t'attaque, esquive et profite de l'ouverture pour frapper à ton tour. Mieux encore : utilise leur énergie pour la retourner contre eux ! Et n'oublie pas d'attaquer en priorité le plus faible des deux.

Le match reprit. Stan se sentait de mieux en mieux. Il bondit à côté de Charlie, de manière que ce dernier serve de bouclier entre Kat et lui. Charlie tenta une attaque mais Stan l'évita en reculant. À la première occasion, il bondit en avant et frappa de toutes ses forces l'estomac de son ami. La lame ricocha sur l'armure mais Charlie se courba en deux, le souffle coupé.

— Un point pour Stan ! s'écria Sally.

Tandis qu'ils se remettaient en place, Stan échangea un regard avec elle. Elle lui sourit. Aussitôt, il pensa à une nouvelle stratégie, plus brillante encore que la précédente.

— Maintenant ! lança Sally.

Stan laissa Charlie se jeter sur lui et fit un pas de côté pour l'éviter. Il se retourna et le frappa dans le dos. Selon le plan qu'elle avait mis au point avec Charlie, Kat se rua à son tour et frappa précipitamment, avant de réaliser qu'à la place de Stan se trouvait désormais son partenaire. Son casque vola en l'air et Charlie s'affala comme une masse.

— Le point est pour Stan ! commenta Sally. Charlie, tu as encaissé trois coups, tu es éliminé !

Mais Charlie ne se relevait pas. Tous se précipitèrent.

— Charlie, ça va ? s'inquiéta Stan.

— Oh, Charlie ! Je suis désolée ! cria Kat, les yeux pleins de larmes.

— Charlie, tu m'entends ? demanda Sally en se penchant sur son corps inanimé.

L'estomac de Stan se souleva lorsqu'il vit l'entaille sur le crâne de son ami. Pendant ce temps, Sally fouilla dans son inventaire pour en extraire une pomme en or – la même que celle que Jayden avait utilisée pour réveiller son frère. À peine Charlie l'eut-il avalée qu'il se redressa.

— Ben... c'était pas très agréable, lâcha-t-il avec un sourire sombre.

Kat poussa un cri de soulagement.

— Qu'est-ce qui s'est passé ? demanda Stan à Sally. Je croyais que ces armures absorbaient tous les coups ?

— En principe, acquiesça-t-elle en fronçant les sourcils. Fais-moi voir son casque !

Stan alla le ramasser et le lui tendit.

— On dirait qu'il n'a pas été correctement enchanté[1], conclut-elle après un bref examen. Il protège contre le souffle d'une explosion, mais pas contre un coup d'épée... Pas grave, on va le réparer !

Elle se tourna vers Stan.

---

1. Enchanter un objet (une arme, un outil, une armure...) consiste à lui attribuer des propriétés particulières.

— Au fait, bravo pour ton geste !

Puis elle se releva.

— Bien, on a un match à finir. Kat et Stan, en place !

Mais l'épée de Kat avait explosé dans le choc. Il ne restait plus que le manche et des morceaux de pierre. Sally félicita Kat pour sa force. Puis elle lui lança l'arme de Charlie.

— Prêts ?... Maintenant !

Sur cette dernière reprise, il ne fit aucun doute que Kat était plus forte que Stan. En quelques secondes, elle le toucha à la jambe et l'élimina à son tour.

— Kat a gagné ! s'exclama-t-elle. À présent, suivez-moi, il faut qu'on aille crafter !

Les trois nouveaux retirèrent leurs armures avec soulagement : elles étaient très inconfortables à la longue. Puis ils descendirent à l'étage inférieur par une échelle. Sally leur expliqua que les tables équipées d'outils qui se trouvaient dans la pièce s'appelaient des établis. On pouvait y fabriquer un tas de choses très différentes. Puis elle tendit à chacun un livre identique à celui que Stan avait pris dans le coffre en arrivant à Spawnpoint.

Pour crafter les objets, ils devaient utiliser ce qui se trouvait dans les coffres. Tous les trois montrèrent d'excellentes aptitudes pour cet exercice.

Ils fabriquèrent des planches en bois, des établis, des bâtons, une épée et une hache en pierre, un arc, quelques flèches et des armures en cuir.

Après leur avoir transmis ces bases, Sally expliqua comment fondre[1]. Puis ils rentrèrent enfin au motel. La journée avait été longue et dure, mais satisfaisante.

Comme les jours précédents, Sally s'arrangea pour parler à Stan seul à seul. Il s'y attendait.

— Tu es vraiment bon à l'épée, dit-elle.

— Non, Kat est meilleure, protesta-t-il.

— C'est exact, elle est plus forte que toi. Mais tu es doué pour innover. Une fois que tu étais dans le coup, tu as réussi à marquer deux points contre deux adversaires face à toi. Ce n'est pas donné à tout le monde.

— Merci, dit-il en souriant. Mais j'avais une super prof !

Elle sourit à son tour.

— Allez, au lit, le nouveau ! Demain, vous êtes avec Jayden, et ne t'attends pas à ce qu'il soit aussi gentil que moi ! Repose-toi, tu en auras besoin.

---

1. Il est possible de modifier les propriétés de certains blocs en les mettant au four.

– 6 –

L'incendie

Un sifflement réveilla Stan avant le lever du jour.

— Très drôle, les gars ! marmonna-t-il. On dirait un vrai creeper...

Puis il poussa un cri terrifiant. Ce n'était pas une blague : un creeper se tenait devant lui, avec son horrible visage de citrouille vide. Le monstre commençait à gonfler. Stan se jeta sur lui et lui lança son poing en pleine face. À son grand étonnement, le creeper n'explosa pas. Au lieu de ça, il fut projeté en arrière. Comme il revenait vers Stan, il bascula soudain sur le côté. Une flèche lui avait traversé la tête. Archie se tenait dans un coin de la chambre, son arc à la main. Le corps du mob s'évapora, laissant un petit tas de poudre grise sur le sol.

Cette fois, tout le monde était réveillé. Rex se mit à aboyer.

— Qu'est-ce qui se passe ? s'écria Kat, épée à la main.

— C'est vrai, c'est quoi tous ces bruits ? gémit Goldman. Je voudrais bien dormir, moi.

— Un creeper est entré dans la chambre, répondit Stan.

Sally se redressa sur son lit, les cheveux en bataille.

— Quoi ? Mais comment un creeper a pu entrer ici ?... Attendez ! Pourquoi il fait si sombre ? Où sont les torches ?

— On nous les a volées ? s'inquiéta Jayden.

— On dirait bien, répliqua Charlie. Mais pourquoi quelqu'un entrerait dans la chambre juste pour nous voler les torches ?

Ils remarquèrent alors que la porte avait également disparu.

— C'est sans doute un griefer, estima Archie en rangeant son arc dans son inventaire. Un de ces types qui prend du plaisir à énerver les autres. Ça a dû l'amuser de penser que des monstres pourraient nous rendre visite pendant la nuit.

Stan repensa à Monsieur A qui les avaient atta-qués sans raison apparente sur la route d'Ado-rian.

— Bon, c'est l'heure de se lever, de toute façon, décréta Jayden. C'est mon tour de préparer le petit déjeuner. Pendant que je vais chercher ce qu'il faut, Sally, occupe-toi de crafter une nouvelle porte et quelques torches !

Lorsqu'il revint, quelques minutes plus tard, avec du blé et un peu de poudre brune, Sally avait fait ce qu'il avait demandé. Il s'installa à table et, en quelques minutes, confectionna des sortes de chips au chocolat que tout le monde apprécia.

Kat donna de la chair putréfiée à Rex, puis Jayden s'adressa aux nouveaux.

— Venez avec moi, tous les trois ! On va s'en-traîner au combat à la hache et faire un peu de farming[1].

Stan eut le pressentiment qu'il serait mauvais à ce combat-là. Il était plutôt maladroit... Com-ment balancer un bâton avec un morceau de métal à son extrémité pouvait être son fort ? Cette pensée le rendit triste. Charlie avait excellé à la pioche, Kat à l'épée, si lui ne se distinguait pas à la hache,

---

1. Travail de ferme.

avec quoi devrait-il se battre ? En quittant la chambre, il crut entendre Sally murmurer :

— Bonne chance, le nouveau !

Il se sentit aussitôt plus confiant.

Stan, Kat, Charlie et Jayden se rendirent à la ferme de Steve-le-Dingo.

— Dans le cadre du stage, vous allez faire un peu de bénévolat ici, dit Jayden. Vous aiderez mon frère.

Ils entrèrent dans une cour vide, délimitée par des clôtures. Steve labourait un lopin de terre avec sa houe dans le champ de citrouilles voisin. À en juger à son comportement calme et méthodique, il n'avait pas pris de QPO.

— Salut frérot ! lança-t-il en soulevant son chapeau de paille. C'est gentil de venir filer un coup de main à un vieux fermier comme moi. Et c'est pas de refus, parce que mes champimeuh me donnent du fil à retordre.

— On doit d'abord étudier le combat à la hache, répondit Jayden. Mes élèves t'aideront après.

Il sortit une hache d'un coffre qui se trouvait dans la cour et la souleva.

— La clé, c'est de laisser la hache vous guider, leur dit-il. Elle sait ce qu'il faut faire. Vous n'êtes pas son maître. Vous n'êtes que son modeste serviteur.

— Oh ! là, là ! grommela Kat à voix basse, agacée par ces instructions.

Jayden expliqua les règles de base du combat, et Stan s'étonna de bien les assimiler.

— Pour vraiment apprécier cet art, reprit Jayden, vous allez devoir relever un défi.

Il se tourna vers son frère et lui demanda de lui envoyer quatre citrouilles. Steve s'exécuta. Jayden en rangea trois dans le coffre et sortit quelque chose qui ressemblait à de grands blocs de neige. Il en empila deux au fond de la cour.

— L'objectif est de traverser la ligne rouge, là-bas.

Il la montra du doigt.

— Vous devrez pour cela tuer l'ennemi que je suis en train de créer.

Les interrogations des nouveaux fusèrent simultanément.

— Comment ça, créer ? Tu vas faire un creeper ?

— Je ne comprends pas ! On n'est pas censés porter une armure ?

— Mais pourquoi la neige ne fond pas ?…

— Ne vous inquiétez pas, je vais répondre à toutes vos questions, les rassura Jayden. Charlie, viens par ici, s'il te plaît !

Ce dernier marcha d'un pas hésitant jusqu'aux blocs de neige. Jayden lui lança une citrouille.

— Quand je te le dirai, tu la poseras sur la neige, d'accord ?

Charlie hocha la tête, un peu perdu. Stan non plus ne comprenait pas où leur instructeur voulait en venir.

Jayden se tenait à l'opposé de la ligne rouge et des blocs de neige. Il sortit une hache en fer du coffre, se mit en position de combat et dit :

— Prêt, Charlie ?... À toi !

Charlie plaça la citrouille sur la neige et tomba instantanément à la renverse en hurlant, terrifié. Au contact de la citrouille, les blocs s'étaient transformés en une sorte de bonhomme de neige animé. Des bâtons avaient poussé sur ses flancs et il jetait violemment des boules de neige qui sortaient de nulle part en direction de Jayden. Ce dernier courut vers lui en évitant les projectiles. Arrivé à son niveau, il sauta en l'air et fit une sorte de pirouette pour éviter une boule. Lorsqu'il retomba, il donna un coup de hache sur les jambes de son agresseur. Puis il tourna sur lui-même et le trancha en deux au niveau du buste. Il sauta encore et, cette fois, la hache frappa la tête de citrouille. Le bonhomme de neige était sérieusement blessé. Dans un dernier effort, Jayden lui administra un coup puissant sur la tête. La créature s'effondra en une pluie de boules de neige et la citrouille éclata pour laisser place à quelques graines et un peu de chair orange.

Ne faisant aucun cas des bouches béantes de ses élèves, Jayden ôta la neige et la citrouille de sa hache, puis il franchit calmement la ligne rouge. Stan, Kat et Charlie applaudirent, impressionnés.

— Incroyable ! s'exclama Stan.

— C'était quoi, au juste, ce truc ? demanda Kat.

— Un golem[1] ! Ce sont des créatures qui bombardent les monstres et les indésirables de boules de neige. Bien, qui veut commencer ?

Le sourire qu'arborait Stan s'effaça. Étonnamment, Charlie, qui ne se portait jamais volontaire, se dévoua.

— C'est bon, je me lance ! dit-il, docile.

Jayden lui lança sa hache et prépara le golem.

La prestation de Charlie fut un désastre. Dès le départ, il se précipita vers l'avant, mais tomba aussitôt sur les fesses. Il avait sous-estimé le poids de la hache. Assis par terre, il offrit une cible parfaite au golem qui s'en donna à cœur joie avec les boules de neige. Pas moyen de les éviter.

---

1. Créature utile faite par le joueur. Elle peut être de neige ou de fer.

Heureusement, Steve jeta sa houe en direction de la créature. Elle s'empala sur sa tête de citrouille. Mais Charlie était sérieusement touché et Jayden, mécontent, dut sortir une nouvelle pomme d'or de son inventaire pour le guérir.

Kat ne fit pas mieux que Charlie. Elle décida de lancer la hache sur la tête du golem. Cela aurait pu marcher si elle avait mieux visé. La hache termina son vol sur le crâne d'une vache dans le champ voisin, la tuant sur le coup. Il ne lui restait plus qu'à éviter les boules de neige. Elle se débrouillait mieux que Charlie, mais, sans arme, elle ne pouvait s'imposer face au golem. Jayden mit fin au combat en transperçant sa tête de citrouille avec trois flèches.

Stan prit enfin la hache. L'estomac noué, il se mit en position de combat. Quand le golem s'anima, il décolla littéralement. Esquiver les projectiles ne lui parut pas difficile. Il se baissait ou se contorsionnait à temps pour passer au travers. En quelques enjambées, il arriva sur le bonhomme de neige et une idée géniale lui vint. Plutôt que d'imiter Jayden avec ses multiples sauts, il se jeta en avant en brandissant sa hache et tourna sur lui-même. La lame trancha le golem si vite et si fort que la créature se transforma instantanément en poussière. Stan avait mis tant d'énergie dans son saut qu'il retomba derrière la ligne rouge. Personne n'aurait pu dire qu'un ennemi avait tenté de lui barrer la route quelques secondes plus tôt. Aucune trace de la citrouille. Et, en lieu et place de la neige, juste un peu de vapeur d'eau, à travers laquelle le soleil cubique dessina un arc-en-ciel.

Charlie, Kat et Jayden applaudirent à tout rompre, stupéfaits. Un large sourire illumina le visage de Stan. Sa démonstration avait paru si facile, si naturelle ! Steve le regardait d'un air bizarre, comme s'il tentait de comprendre qui il était vraiment.

Les amis de Stan s'approchèrent pour le féliciter.

— Je crois qu'on a trouvé ta discipline, admit Jayden.

La suite de l'entraînement donna raison à l'instructeur. Avec sa hache, Stan écrasa Kat et Charlie, et parvint même à dominer Jayden, qui en fut réellement impressionné, et sans doute un peu vexé.

La leçon de farming ne posa aucun problème aux trois stagiaires. Steve apprécia beaucoup leur aide. Jayden et les nouveaux s'apprêtaient à quitter la ferme quand le fermier demanda à parler à Stan en tête à tête. Jayden, Kat et Charlie s'éloignèrent

vers la sortie. Steve-le-Dingo s'assit sur une clôture.

— Je suppose que tu dois avoir une mauvaise
opinion de moi, depuis cette histoire de QPO,
commença-t-il. Mais je suis sur ce serveur depuis
très longtemps. Je suis au niveau 54, le meilleur
du village. Je sais un tas de choses sur le serveur :
qui le gère, comment il fonctionne... Pour dire la
vérité, les choses vont très mal.

Stan ouvrit la bouche, mais Steve l'interrompit.

— Laisse-moi finir ! Ceux qui nous gouvernent,
à Element City, n'aiment pas les débutants comme
toi. Tu me suis ?

— Mais qu'est-ce qu'ils ont contre nous ?
demanda Stan. Et qu'est-ce que ça a à voir avec
moi ?

La réponse du fermier ne vint pas. Une flèche
s'était plantée dans sa tempe.

Stan le regarda, pétrifié, jusqu'à ce que la vibra-
tion d'un second tir le pousse à rouler au sol. Il en
profita pour ramasser la houe en fer de Steve et la
lança dans la direction de l'agresseur. Il le toucha
et vit alors un joueur torse nu, tout en muscles. Il
portait un masque de ski de couleur noire et reculait en titubant et en se tenant le visage.

Steve, lui, ne bougeait plus. Il saignait abondamment de la tempe. Tous ses objets étaient éparpillés

autour de lui. Il ne faisait pas de doute qu'il était mort. Stan ne prit pas le temps de réfléchir. Il saisit la hache en fer de Steve et se retourna vers l'assassin juste au moment où celui-ci lui envoyait une nouvelle flèche. Il la dévia d'un revers de hache et chargea son agresseur qui, aussitôt, tourna les talons. En fuyant, il sortit un morceau de silex et un anneau en fer de son inventaire. Il les frotta l'un contre l'autre, faisant naître des gerbes d'étincelles qui mirent le feu à tout ce qui se trouvait à sa portée : les melons, l'enclos de la porcherie, des bûches de fèves de cacao. Les flammes se propagèrent à vive allure, interdisant à Stan de le poursuivre.

La situation était critique. Stan dut prendre des décisions rapides. Il fourra dans son propre inventaire tous les objets de Steve, puis il agrippa les épaules de ce dernier et le tira en direction de la sortie tout en appelant Jayden à l'aide.

Il venait de franchir la haie en forme d'arche, déjà en feu, quand Jayden et les autres arrivèrent en courant. À la seconde où il vit la ferme de son frère en proie aux flammes, Jayden pâlit. Mais quand ses yeux se posèrent sur le corps sans vie de Steve, il devint fou furieux.

— Qu'est-ce qu'il s'est passé ? hurla-t-il en secouant Stan par les épaules.

Ce dernier, en état de choc, lui raconta tout. Il comprit dans le regard de Jayden que le joueur au masque de ski avait déjà frappé. Jayden leva la tête vers le ciel. Et il se mit à hurler, maudissant le griefer. Ses élèves semblaient terrifiés.

Stan vit des gens courir avec des seaux d'eau, entendit les sanglots d'Adoria et de Jayden. Bientôt, il n'y eut plus assez de flammes pour éclairer la nuit sombre qui était tombée entre-temps.

Stan, à demi-conscient, redescendit sur terre quand la douce voix de Sally lui murmura :

— Tout va bien, le nouveau ?

Il se tourna vers elle et voulut répondre que, non, tout n'allait pas bien. Que Steve-le-Dingo ne pourrait plus jamais revenir sur le serveur à cause de la nouvelle loi. Et qu'il ne comprenait pas comment on pouvait agir comme le griefer l'avait fait, en sachant ce que cela entraînerait. Au lieu de ça, il la fixa et lâcha :

— Ça va aller.

Elle avait les yeux pleins de larmes.

— Sally, on a un problème ! s'écria Adoria, paniquée, en se précipitant vers eux. Cette attaque risque de se renouveler. Il faut transférer les bas-niveaux dans la mine, mais il n'y aura jamais assez de place. Et ce serait trop dangereux. Je ne sais plus quoi faire, Jayden est totalement bouleversé, G et Archie se préparent à faire évacuer les débutants... On devrait faire quoi, à ton avis ?

Stan répondit à la place de Sally.

— On va partir, Charlie, Kat et moi. De toute façon, notre stage est fini. Demandez à d'autres volontaires de s'en aller aussi, vous arriverez mieux à défendre le village et ses habitants.

Adoria s'apprêtait à protester mais Sally intervint.

— C'est une bonne idée. On pourrait envoyer ceux qui ont fini le programme à Element City, ils auront de bonnes chances de survivre.

— Et que se passera-t-il s'ils rencontrent des griefers en chemin ? s'inquiéta Adoria.

— Ils n'en rencontreront pas. Les griefers évitent les grandes routes, de peur de tomber sur des voyageurs mieux armés qu'eux. Ce sont des lâches ! Et d'ailleurs...

Elle sourit à Stan.

— ... ce griefer de tout à l'heure, pourquoi s'est-il enfui ? Je parie que c'est toi qui l'as fait fuir.

Stan acquiesça.

— C'est d'accord ! finit par répondre la maire avant de filer en direction de la mine, jupe au vent.

Stan regarda Sally et dit :

— Sally, je...

La jeune fille l'embrassa sur la joue.

— Reviens me rendre visite un de ces jours ! Oh, et n'oubliez pas de prendre des armes et de la nourriture dans l'entrepôt !

Et elle partit rejoindre Adoria.

- 7 -

L'orage

« **J**e le savais ! Je savais qu'elle m'aimait bien. Je reviendrai à Adorian, c'est certain. Je ne m'attendais à rien de précis en me lançant dans cette aventure, mais certainement pas à ça ! »

Telles étaient les pensées de Stan, tandis qu'il quittait le village au pas de course en compagnie de Kat et de Charlie. Ces derniers n'avaient pas sauté de joie à l'idée de partir. Pour couronner le tout, la pluie commençait à tomber.

Stan avançait en éclaireur avec sa hache en fer. Il avait rangé dans son inventaire un établi, un four et du charbon. Kat était derrière lui, un arc en bandoulière et un carquois de douze flèches dans le dos. Une épée de fer étincelante se balançait contre sa hanche et Rex trottinait sur ses talons. Charlie suivait de près, une pioche de fer à la main. Son inventaire débordait de pastèques ; c'est lui qui était chargé de transporter la nourriture pour le groupe.

Ils étaient bien entraînés et sûrs d'eux. Tout ennemi qui leur barrerait la route passerait un sale quart d'heure.

Ils firent une pause pour souffler et discutèrent de la situation.

— Quelle journée ! s'exclama Charlie.

Le choc de la mort du frère de Jayden commençait à s'estomper. Mais la tristesse et l'incrédulité étaient encore bien présentes.

— Je ne comprends toujours pas pourquoi ce type s'en est pris à Steve. Il aidait les bas-niveaux !

Stan repensa aux dernières paroles du fermier : « Ceux qui nous gouvernent, à Element City, n'aiment pas les débutants comme toi. »

— Et si c'était le gouvernement qui avait envoyé ce griefer ? supposa-t-il.

Charlie et Kat s'étonnèrent de sa réaction.

— Pourquoi ferait-il ça ? Steve ne faisait que nourrir les débutants comme nous ! dit Kat.

— Justement ! répliqua Stan avant de leur raconter sa brève conversation avec Steve.

— Ça n'a pas de sens ! rétorqua Charlie. Pourquoi le gouvernement nous en voudrait-il ?

— Je ne sais pas, répondit Stan. Steve allait me le dire quand…

Il soupira.

— C'est bizarre, cette histoire, dit Kat en se relevant. Mais on y réfléchira plus tard. On doit continuer.

Elle avait dû forcer sa voix pour couvrir le bruit de la pluie qui tombait de plus en plus fort. Rex aboya quand un éclair zébra le ciel. Stan eut le temps d'apercevoir une sorte de tour sur le chemin.

— Qu'est-ce que c'est ? demanda-t-il en la pointant du doigt.

Un nouvel éclair permit aux deux autres de voir de quoi il parlait.

— Peut-être un abri, suggéra Charlie. Ou la maison d'un autre joueur…

— Allons voir ce que c'est ! s'écria Kat. Il faut sortir de cet orage, ça devient dangereux.

Il pleuvait à verse, le vent redoublait de violence et les coups de tonnerre se rapprochaient. Bientôt, la foudre s'abattit sur un arbre proche, le transformant en torche géante. Heureusement, la pluie l'éteignit presque aussitôt.

Lorsqu'ils approchèrent de la tour, ils se rendirent compte qu'il s'agissait d'une pyramide. Sa base, très large, occupait toute la route et empêchait leur avancée. Une fois tout près d'elle, Stan remarqua qu'elle était faite de blocs de TNT.

— Pour quelle raison quelqu'un l'aurait construite là ? demanda Kat.

— J'en sais rien, répondit Stan. Mais ce n'est pas prudent de rester là.

Il n'eut pas le temps d'expliquer pourquoi. Un éclair se posa sur la pointe de la pyramide, faisant sauter le premier bloc.

— Abritez-vous ! hurla Stan.

Les trois joueurs et Rex se mirent à courir aussi vite que possible tandis que les blocs explosaient les uns après les autres, de haut en bas. C'était comme un volcan en éruption qui crachait sa lave tout autour de lui. Le tumulte dura plusieurs minutes, puis le calme revint. Par chance, ils avaient échappé au pire : aucun n'avait été touché par un projectile en flammes.

La pluie avait diminué, ils pouvaient à nouveau parler normalement. L'air était saturé de poussière et les explosions avaient causé un énorme trou dans le sol. Ils ne pouvaient pas rejoindre l'autre côté de la route.

— On passe par les bois ? demanda Stan d'une petite voix.

Ils échangèrent des regards inquiets. Quitter la grande route, cela voulait aussi dire s'aventurer en territoire ennemi !

— Tu plaisantes ! riposta Charlie. On...

— Stan a raison, coupa Kat en faisant un effort démesuré pour garder son sang-froid. On n'a pas le choix. Allez, venez !

Elle prit la direction des bois et Rex lui emboîta le pas en grognant. Les garçons la suivirent.

La forêt était plongée dans une obscurité quasi totale. Stan distinguait à peine le rose fluo du T-shirt de Kat. De temps à autre, un éclair permettait d'entrevoir une toile d'araignée, un tronc d'arbre ou un zombie dans le lointain.

Soudain, Stan perçut un bruissement. Quelque chose se rapprochait de lui.

— Courez ! s'écria-t-il.

Il utilisa sa hache pour se frayer un chemin parmi les branches. Lorsqu'il déboula sur la route, il remarqua qu'ils avaient dépassé le cratère géant. L'instant d'après, Kat, Rex et Charlie le rejoignirent. Stan éleva sa hache des deux mains au-dessus de sa tête ; Kat tira son épée et se mit en position de combat ; Charlie brandit sa pioche dans ses mains tremblantes. Et la chose qui les avait coursés surgit du bois.

Kat éclata de rire.

— Tu te fiches de moi ? T'as eu peur de ce petit cochon ?

Elle avança vers l'animal et lui caressa le cou, ce qu'il eut l'air d'apprécier. Rex s'approcha à son tour et se mit à le renifler.

— Ne nous refais pas ce coup-là, Stan ! ajouta Charlie. Mon cœur a failli me lâcher.

— Je suis désolé, admit-il en souriant. Kat, éloigne ton chien du cochon, j'ai faim.

Kat se retira avec Rex, tandis que Stan levait sa hache au-dessus de l'animal.

— Salut, petit bonhomme ! dit-il en se préparant à abattre son arme.

Mais un éclair frappa le cochon juste avant et la hache heurta une épée en or.

Kat resta bouche bée, Charlie poussa un drôle de petit jappement, et Stan faillit tomber à la renverse. La foudre avait transformé l'animal en monstre. Un cochon zombie, qui avait l'aspect d'un joueur aux chairs pourrissantes. Sur ses tempes, on voyait les os de son crâne et ses côtes sortaient de sa poitrine. Il portait un pagne marron et une épée en or qu'il brandissait contre le fer de la hache de Stan. Il avait l'air furieux.

Le cochon zombie passa soudain à la vitesse supérieure. Il balança son épée pour faire reculer son adversaire, dont il sectionna la hache. Désarmé,

Stan évita les coups d'épée jusqu'à ce que le zombie reçoive la pioche de Charlie en pleine tête. Mais l'attaque ne le tua pas ; elle eut pour seule conséquence de détourner son attention. Le zombie se précipita alors sur Charlie, lui trancha une jambe et lui taillada le front. Charlie s'écroula en hurlant de douleur, tout en ramassant son membre. L'épée d'or s'éleva pour le coup de grâce, quand le monstre s'effondra à son tour.

Sur ordre de Kat, Rex l'avait taclé. Le zombie et le chien luttèrent un moment, mais le zombie prit le dessus. Il jeta le chien jusqu'au bord du cratère. Rex geignait au sol, incapable de se redresser.

Le sang de Kat bouillait dans ses veines. Elle se jeta en furie sur le cochon zombie et tous deux s'affrontèrent à l'épée. Mais les coups de Kat ne semblaient pas affaiblir son adversaire.

Stan se lamenta. Sa hache était brisée, Charlie était sur le point de mourir et Kat en train de s'épuiser. Le garçon aperçut alors une silhouette munie de quatre pattes qui émergeait de la forêt. Un creeper ! Celui-ci avait dû être touché par la foudre, car des petites étincelles électriques dansaient autour de lui. Stan devina que l'explosion d'un tel creeper, chargé d'autant d'électricité, pourrait être fatale au cochon zombie.

— Envoie-moi ton arc et tes flèches ! cria-t-il à Kat.

Celle-ci asséna un coup puissant à son adversaire et l'envoya valser contre un arbre. Elle en profita pour jeter son équipement de tir à Stan.

Ce dernier saisit l'arc, arma une flèche, visa le creeper et tira. Le projectile se planta dans son crâne. Les yeux rouges de la créature le fixèrent méchamment, puis elle le chargea.

Entre-temps, le cochon zombie s'était relevé. Il porta à Kat un coup furieux qui la fit chuter et lâcher son épée.

Ses deux amis à terre, Stan n'avait d'autre choix que d'aller au bout de son plan. Il ramassa l'arme de Kat et fonça sur le zombie. Tout en combattant, il guettait le creeper qui se précipitait sur lui. Les deux mobs ne s'intéressaient qu'à Stan, s'ignorant l'un l'autre. Au dernier moment, Stan plongea aussi loin qu'il put pour éviter le creeper, qui percuta le zombie de plein fouet. L'explosion fut assourdissante.

Stan s'obligea à se relever pour porter secours à ses amis. Charlie gisait sur le côté de la route, saignant de la tête et de la jambe. Rex n'avait pas bougé non plus. Quant à Kat, elle avait disparu. Là où les deux monstres avaient péri, il n'y avait qu'un trou dans le sol, au fond duquel se trouvaient une épée en or et de la chair putréfiée. Stan rangea son épée et celle du zombie dans son inventaire et alla donner la viande avariée à Rex. En quelques secondes, le chien fut sur pattes, léchant la main de Stan. Ce dernier rejoignit Charlie et eut l'idée de lui donner quelques tranches de pastèque. À son grand soulagement, son ami se mit à mâcher, puis il soupira. Stan sut qu'il s'en tirerait.

Il ne restait plus qu'à retrouver Kat.

Il chercha partout, en vain. Il commençait à paniquer quand il entendit une voix faible et rauque bredouiller son nom. L'appel venait de l'énorme cratère causé par l'explosion de la pyramide. Stan accourut au bord du précipice et vit Kat allongée cinq blocs plus bas sur une sorte de corniche. Elle paraissait épuisée. Stan utilisa ses dernières forces pour l'aider à sortir du trou, puis, sans un mot, ils se laissèrent tomber au sol et perdirent connaissance.

Stan fut réveillé par les coups de langue de Rex sur son visage. Le jour s'était levé et le ciel était bleu. Il avait dormi à poings fermés. Il réveilla Kat.

— C'est drôle, dit-elle en grimaçant. Je me dis chaque matin que la journée ne pourra pas être pire que la veille. Et pourtant…

— Je vois ce que tu veux dire. Allons nous occuper de Charlie !

Ils se levèrent et constatèrent qu'ils étaient dans un état de saleté indescriptible.

— À la première occasion, on se trempera dans une rivière, ajouta Stan. On est dégoûtants !

Charlie était toujours inconscient. Ils le soulevèrent, chacun par une épaule, et se mirent en route. Stan respirait difficilement. Kat souffrait de la balafre causée par le cochon zombie dans son dos, sans parler du vol plané qui l'avait envoyée dans le cratère. Charlie était un poids mort. Ses blessures à la jambe et au front étaient graves. Il fallait trouver de quoi le guérir de toute urgence. C'est cette raison, et elle seule, qui les fit avancer.

Ils marchèrent ainsi pendant des heures, qui leur parurent une éternité. Soudain un énorme mur se dessina au loin sur la route. Par-delà, Stan aperçut les hautes tours de ce qui ressemblait à un château. En approchant, il distingua des sentinelles armées d'arcs qui faisaient les cent pas sur les remparts. Tout à coup, il tituba et tomba dans les pommes avant de toucher le sol.

– 8 –

Le jour
de la proclamation

Stan se réveilla allongé sur le sol, dans la poussière et les mauvaises herbes. Deux murs de briques s'élevaient de chaque côté de lui. Kat était accroupie, non loin de là, en train d'introduire une pomme d'or dans la bouche de Charlie, toujours inconscient. La blessure dans le dos de la jeune fille avait disparu. Stan supposa qu'elle avait dû en manger une, elle aussi.

Les plaies de Charlie s'effacèrent et il se mit à remuer.

— Qu'est-ce qui s'est passé ? demanda Stan.

— Tu t'es évanoui devant le grand mur, répondit Kat. Il me fallait des pommes d'or. Aucun des gardes n'a voulu m'écouter. J'ai dû faire trois magasins avant d'en trouver un qui veuille bien m'échanger trois pommes contre presque tout ce qu'on possédait. J'ai juste gardé un peu de pastèque et il estimait quand même que je le volais.

Ça faisait beaucoup d'informations en une seule phrase.

— Une minute, dit Stan. Qu'est-ce que tu entends par magasins ?

— On est arrivés à Element City. C'était ça, le mur.

Stan releva la tête et aperçut une rangée de bâtiments. Au fond, une foule de joueurs grouillait dans la rue principale.

— Il y a une zone marchande à l'entrée de la ville, poursuivit Kat.

— Et on est où, là ?

— Je vous ai traînés jusqu'à la première ruelle que j'ai trouvée et je suis allée chercher les pommes.

Charlie avait retrouvé ses esprits et écoutait Kat avec la même attention que Stan.

— Tu veux dire qu'on n'a plus ni arme, ni four, ni établi, ni charbon ?

— Exact ! Et j'ai dû insister. Les gens d'ici ont l'air complètement débiles, comparés à ceux d'Adorian. Mais je dois dire que le vendeur semblait impressionné quand je lui ai dit que c'était un cochon zombie qui m'avait blessée dans le dos. Apparemment, ils…

— C'est quoi, un cochon zombie ? la coupa Charlie.

Les deux autres le dévisagèrent.

— T'es bouché ou quoi ? lui demanda Kat. À ton avis, qui t'a coupé une jambe et tailladé le front, cette nuit ?

Charlie dut se concentrer pour relier les événements entre eux.

— Sans doute un effet secondaire de la pomme d'or, avança Kat. Quoi qu'il en soit, on est à Element City. Goldman m'a dit que la première chose à faire en arrivant, c'est de trouver un job. En échange d'un travail, on te fournit un logement et de quoi te nourrir. Si la tâche est particulièrement pénible, on te donne en plus des objets que tu troques contre d'autres. Si tu te débrouilles bien, tu peux acheter ta maison et monter une entreprise.

— Alors, allons chercher du boulot ! lança Stan.

Ils avalèrent leurs trois dernières tranches de pastèque et quittèrent la ruelle pour rejoindre la rue principale.

La ville leur coupa le souffle. Les rues pavées débordaient de passants. Un réseau de voies ferrées monorail quadrillait le ciel au-dessus des bâtiments. Le rez-de-chaussée de ces derniers était occupé par des boutiques. Les étages étaient réservés aux logements.

Dans le quartier des affaires, des gratte-ciel surplombaient la métropole. Mais trois tours reliées par des ponts surpassaient tout le reste. En leur centre s'élevait un bâtiment couronné par une flèche élancée. Le château d'Element City.

Sa superficie était incroyablement vaste et couvrait la moitié de l'agglomération. Ses tours, qui se dressaient jusqu'aux nuages, étaient visibles de très loin. De là où ils se trouvaient, les trois nouveaux distinguèrent un drapeau flottant sur l'un des ponts. On y voyait un creeper, une vache et un joueur aux cheveux blonds et au teint pâle. Il tenait dans sa main une épée en or. Stan devina qu'il s'agissait du Roi.

Passé le temps de l'émerveillement, ils finirent par se mettre en quête d'un travail en faisant du porte-à-porte. Ils entrèrent ainsi dans une douzaine de magasins pour proposer leurs services. Chaque fois, on leur demandait leurs niveaux. Lorsque Kat, Stan et Charlie répondaient respectivement 8, 6 et 5, on leur conseillait d'aller voir ailleurs.

Ils étaient sur le point d'abandonner quand quelqu'un les siffla.

— Pssst !

Stan pensa immédiatement à un creeper et fit volte-face en mettant sa main à sa ceinture. Il avait oublié qu'il n'avait plus de hache. Heureusement, ce n'était qu'un joueur qui leur faisait signe depuis un magasin situé sur le trottoir d'en face.

— Venez par ici, vous trois ! leur lança-t-il à voix basse.

Stan était dubitatif. Tous les autres commerces étaient en train de fermer. Pourquoi ce type tenait-il à les recevoir en catimini ?

Ils traversèrent la rue et entrèrent dans le magasin. Les rayons regorgeaient d'armes, d'os, de chair putréfiée, d'yeux d'araignée et mêmes d'armures en cuir ou en diamant portées par des mannequins.

Le joueur les guida jusque chez lui, au premier étage. Il les fit asseoir et leur offrit du pain avant de prendre la parole.

— Si j'ai bien compris, vous cherchez du travail, n'est-ce pas ?

— Oui, on vient d'arriver, répondit Kat.

— Chut ! la coupa-t-il. Pas si fort ! Je m'appelle Blackraven100. J'ai une entreprise de chasse et j'aurais besoin de bras.

— De chasse à quoi ? demanda Charlie.

— Il y a des joueurs riches qui aiment aller chasser le zombie ou n'importe quel autre mob. C'est distrayant et on en revient avec des butins précieux. J'ai fait partie de ces joueurs, mais depuis que j'ai atteint le niveau 50, ça ne m'amuse plus beaucoup. Maintenant, je vends les butins que j'ai accumulés au fil du temps et j'envisage d'acheter un terrain pour construire. Malheureusement, mes réserves baissent. J'ai besoin de joueurs qui aillent chasser pour moi pendant que je garde la boutique. La paie sera bonne. Et, bien entendu, je serais heureux de vous nourrir et de vous héberger. Qu'en dites-vous ?

Stan, Kat et Charlie échangèrent des regards satisfaits.

— Ça nous va ! dit Kat. Merci de nous embaucher. On commençait à désespérer.

— Les joueurs de haut niveau ont beaucoup de préjugés envers les débutants. Disons jusqu'à 14 ou 15. Ils estiment qu'ils sont sur le serveur depuis longtemps et qu'ils ont dû se battre pour grimper. Ils trouvent que les bas-niveaux d'aujourd'hui ne travaillent pas aussi dur et qu'ils profitent de ce que les anciens ont fait.

— J'ai jamais rien entendu d'aussi stupide ! s'exclama Charlie. Si tu savais ce par quoi on est passés depuis…

— Chuuut ! l'interrompit de nouveau Blackraven. Les gens d'ici n'apprécient pas trop que les haut-niveaux fraternisent avec les débutants. Personnellement, je pense que tout ça est ridicule, mais je ne peux pas me permettre de le crier sur les toits. Maintenant, allons au lit.

Il sortit de la laine et du bois d'un coffre et, après quelques minutes de travail sur son établi, quatre lits étaient prêts à les accueillir.

Une fois allongé, Stan repensa à Steve. Était-ce parce que ce dernier fraternisait avec des bas-niveaux qu'il avait été tué par le griefer ? Sûrement. Il sombra dans le sommeil à cette pensée.

Le lendemain matin, Stan, Kat et Charlie partirent pour leur première journée de chasse, chargés comme des mulets. Blackraven leur avait fourni leurs armes favorites en fer, un plastron et un casque chacun, ainsi que six miches de pain. Ils avaient également emporté une boussole pour se repérer dans les bois et une horloge.

— Soyez de retour à midi ! leur avait-il dit. Le Roi doit faire une proclamation.

— Une proclamation ? avait répété Stan.

— De temps en temps, il prend la parole publiquement pour annoncer quelque chose d'important. Vous êtes des citoyens de la ville, maintenant. Vous devez y assister. Mais vous pourrez repartir chasser après.

C'était vrai qu'ils étaient désormais des citoyens d'Element City, pensèrent-ils en franchissant la muraille qui entourait la ville. Et il s'enfoncèrent dans la forêt.

Curieusement, ils ne croisèrent pas beaucoup de mobs. Eux qui avaient fait tant de mauvaises rencontres durent se contenter d'un zombie, de deux squelettes et d'un creeper. Ils rentrèrent peu avant midi, légèrement contrariés. Ils ne ramenaient qu'un morceau de chair putréfiée, trois os, trois flèches et une poignée de poudre à canon.

Lorsqu'ils franchirent les portes de la ville, Stan eut un mauvais pressentiment. Les passants parlaient à voix basse. « Le magasin d'un commerçant a été vandalisé », entendit-il murmurer. Ou encore : « Il paraît qu'il faisait travailler des débutants, quelle idée ! » Sa panique s'accentua lorsqu'il vit une épaisse fumée s'élever au-dessus du quartier où se trouvait le magasin de Blackraven. Des cris provenaient de cette direction. Ils se hâtèrent et furent pris d'effroi face au spectacle du magasin de leur employeur en flammes. Tout le bâtiment brûlait, du rez-de-chaussée jusqu'au toit. Une foule à l'extérieur hurlait de colère.

— Ça te plaît de voir ta maison partir en fumée ?

— Voilà ce que tu as gagné en hébergeant des noofs !

Les gens jetèrent des briques, brisant les fenêtres à l'étage. Stan était tétanisé. Tout cela arrivait à cause d'eux ! Mais où était Blackraven ? Était-il possible qu'il soit encore dedans ?

Puis, ce qui était à craindre se produisit. Il y eut une gerbe d'étincelles et les poutres de soutien du bâtiment cédèrent. L'ensemble s'écroula dans un grand fracas. Il ne resta bientôt plus qu'un tas de braises, quelques flammes et des briques calcinées. Stan eut la conviction que Blackraven était mort.

Comme la foulait applaudissait, Stan sortit sa hache, les yeux pleins de fureur. Il n'avait jamais senti une telle rage brûler en lui. Il leva le manche au-dessus de sa tête et se prépara à se jeter sur la foule quand une force invisible le fit partir à la renverse. Il tomba sur les fesses.

Kat l'avait retenu par le col pour l'empêcher de faire une bêtise. N'écoutant que sa colère, Stan sauta sur ses pieds et la précipita au sol. Il s'apprêta à charger à nouveau la foule, mais Charlie se posta devant lui, déterminé à lui barrer le chemin. Kat en profita pour se relever et le retenir par-derrière. Elle était plus forte que lui, pourtant il se débattait comme un diable. Charlie et elle le traînèrent dans une allée déserte et bataillèrent pour le clouer au sol.

— Stan, secoue-toi ! s'écria Charlie, hystérique.

Des larmes coulaient sur ses joues.

Ce fut la douleur dans sa voix qui ramena Stan à la raison.

— On est tous bouleversés. Ce n'est pas notre faute ! expliqua Charlie. Blackraven a bien agi. Si je m'écoutais, j'irais tuer tous ces gens moi-même. Mais à quoi ça servirait ? Ils s'en prendraient à nous et ça ferait quelques morts inutiles de plus. Ils nous détestent, ne l'oublie pas !

Charlie parlait à présent d'une voix triste.

Après un silence, Kat se releva.

— Allez, les gars ! Allons écouter cette histoire de proclamation et on décidera après ce qu'on fait.

Charlie se mit debout à son tour.

Stan resta par terre un instant. La colère et le chagrin l'avaient quitté. Mais le dégoût envers cette foule était toujours là. Il avait envie de partir loin d'ici.

— C'est bon, allons-y ! dit-il enfin en se levant.

Le soleil était haut dans le ciel et le peuple se pressait déjà dans le parc du château. Les portes du monument s'ouvrirent et le Roi apparut. Il s'avança jusqu'au pont qui reliait les deux tours en façade, son poste habituel pour s'adresser à ses sujets.

Tous les habitants de la ville étaient là. Lorsqu'ils aperçurent leur Roi, des clameurs et des applaudissements s'élevèrent.

César, le bras droit du Roi, se tenait légèrement en retrait. Il lui tendit un microphone. Le Roi s'éclaircit la gorge puis se lança.

— Citoyens d'Element City, je vous salue !

Sa voix profonde et puissante résonna dans les haut-parleurs du parc.

— Je vous ai fait réunir pour la raison suivante : la dernière fois que je me suis adressé à vous, une nouvelle loi avait été votée. Elle excluait définitivement du serveur tout joueur dès sa première mort.

Des murmures de désapprobation se firent entendre.

— Je sais que beaucoup d'entre vous n'y étaient pas favorables. Ceux-là ont signé une pétition qui m'a amené à faire ce compromis. J'ai renoncé à mes pouvoirs d'opérateur dus à mon statut de roi en échange du maintien de cette loi. Je suis un homme de parole. Depuis, je suis aussi mortel que chacun d'entre vous. Cependant, le mécontentement n'a pas cessé et un nouveau point a été soulevé : le nombre de joueurs débutants ayant rejoint le serveur ces derniers temps a explosé. Ceci provoque un grand mécontentement chez les hauts-niveaux d'Element City qui ont légitimement gagné la terre sur laquelle ils vivent. L'afflux de ces nouveaux provoque une pénurie d'emplois, de nourriture et de terres.

La foule devint frénétique. Les anciens acclamaient les paroles royales tandis que les débutants criaient leur désaccord. Le Roi dut élever la voix pour poursuivre.

— Je proclame donc une nouvelle loi : À compter d'aujourd'hui, tout citoyen d'Element City dont le niveau est inférieur à 15 est tenu de quitter la ville dans un délai d'une semaine. Au-delà de cette date, celui qui n'aura pas obéi sera tué, et ses biens…

C'est à ce moment-là que la flèche frappa le Roi.

Heureusement pour lui, celui qui l'avait tirée n'était pas un champion. La flèche rebondit sur sa couronne, qui tomba, de même que le Roi.

L'assemblée se tut d'un coup.

Le Roi se releva rapidement et regarda par-dessus la balustrade. Il remarqua un mouvement de foule à l'arrière de la pelouse. Tout le monde s'éloignait de trois joueurs qui se retrouvèrent isolés. Une fille blonde portait un T-shirt rose fluo, un chien assis à ses côtés. Le second avait l'aspect d'un nomade du désert. Tous deux semblaient sous le choc. Le troisième tenait encore son arc, brandi en direction du Roi. Même à cette distance, le monarque put voir la haine gravée sur le visage de celui qui avait tenté de le tuer.

Deuxième partie
La naissance
de la rébellion

- 9 -

La colère du Roi

Il y eut un moment de silence hébété, tandis que le Roi, sa suite et la foule prenaient conscience de l'énormité du geste de ce joueur. Puis ce fut une pagaille monstre.

Le joueur en question se rua vers les portes du château, suivi de près par ses amis et leur chien. Le Roi était encore trop choqué pour laisser sa colère s'exprimer. Il savait de toute façon qu'ils ne s'en sortiraient pas vivants. Ses loyaux sujets détruiraient celui qui avait voulu l'éliminer.

Pourtant, la foule se fendit pour laisser s'échapper les trois joueurs. Les hauts-niveaux cherchaient à les en empêcher, mais les bas-niveaux faisaient tout pour protéger leur fuite. Ils étaient prêts à se battre, eux aussi.

Le Roi sortit alors de sa torpeur. Pris d'une colère noire, il ordonna que l'on cadenasse les grilles du château et que la brigade anti-émeute intervienne immédiatement.

Mais les trois joueurs franchirent les portes juste avant qu'elles ne se referment. Le Roi poussa un hurlement inouï et exigea que toutes les forces de police disponibles passent la ville au peigne fin jusqu'à ce qu'elles retrouvent le criminel et le tuent, lui, et tout éventuel complice.

Entre-temps, la brigade anti-émeute était entrée dans la bataille. Elle se servait principalement de flèches pour tenter de maîtriser les bas-niveaux. Minotaurus, son chef, faisait deux fois la taille d'un joueur ordinaire et portait une hache à double lame en diamant qui avait pour particularité d'être inusable. En principe, le Roi interdisait les joueurs transformés sur le serveur, mais Minotaurus avait démontré qu'il possédait un goût cruel pour les massacres. Son chef lui avait ordonné de prouver sa loyauté en tuant son propre frère et ses deux sœurs et il avait obéi sans sourciller. Il était absolument impitoyable, or le Roi adorait ça. C'est pourquoi ce dernier l'avait nommé à la tête de la brigade anti-émeute.

Armé et fort comme il était, Minotaurus pouvait à lui seul mettre fin aux révoltes rapidement – elles étaient fréquentes à Element City. Pas plus d'une heure avant la proclamation, le Roi l'avait envoyé maîtriser une foule en colère qui avait tué un commerçant et brûlé sa boutique. Le monarque n'avait aucune sympathie pour ce joueur qui avait abrité des bas-niveaux. Mais le feu s'était propagé et la foule avait continué à l'attiser. En une minute, le problème avait été réglé. Les émeutiers avaient été chassés ou tués.

Minotaurus dirigea les représailles contre les insurgés dans l'enceinte du château. Il trancha sans pitié la tête à tous ceux qui se trouvaient sur son chemin. En quelques minutes, la révolte avait cessé. Pourtant, Minotaurus continuait à tuer. Il fallut que ses propres hommes lui jettent cinq potions de lenteur pour qu'il s'arrête.

Le Roi sourit. Tant que Minotaurus serait à ses côtés, il n'avait pas grand-chose à craindre. Cependant, il fallait retrouver cet assassin, qui était susceptible de créer un soulèvement parmi son peuple.

L'assassin devrait convaincre beaucoup de bas-niveaux s'il voulait peser face aux forces royales. Et il n'y avait qu'un seul endroit où les débutants grouillaient. C'était là qu'il fallait frapper !

Le Roi prit la liberté d'aller personnellement trouver Minotaurus.

— J'ai une mission pour toi.

— Quel genre ? demanda le chef de la brigade anti-émeute de sa voix de stentor.

Son œil brillait déjà d'excitation.

— Tu vas laisser la moitié de tes hommes ici, au cas où les émeutes reprendraient. Et tu vas partir avec l'autre moitié à Adorian. Détruis tout. Ne laisse aucun survivant. Et fais en sorte que ce qui s'est développé là-bas ne puisse pas recommencer ! Prends ce dont tu as besoin dans l'armurerie. Rends-moi ma fierté, Minotaurus !

Le minotaure salua le Roi.

— Bien, monsieur. Nous ne vous décevrons pas.

Stan, Charlie, Kat et Rex coururent dans la forêt, contournèrent le cratère puis continuèrent sur le chemin qu'ils avaient emprunté deux jours plus tôt. Ils ne s'arrêtèrent que lorsqu'ils pénétrèrent dans Adorian. Stan n'en revenait toujours pas d'avoir essayé de tuer le joueur le plus puissant du serveur. Il s'était montré mauvais au tir à l'arc avec Archie. Pourtant, face au Roi, il avait atteint sa cible.

Les voyant de retour, Sally et Jayden coururent vers eux. Mais leurs sourires s'effacèrent quand ils distinguèrent l'expression sur leurs visages.

— Qu'est-ce qui s'est passé ? interrogea Jayden. Vous avez l'air…

Stan et Charlie étaient trop essoufflés pour parler.

— Stan a essayé de tuer le Roi avec une flèche, répondit Kat.

Adoria et Charlie venaient de se joindre à eux. Tous restèrent sans voix.

— Tu as essayé de faire quoi ? finit par demander Adoria, qui avait très bien entendu.

— Mais qu'est-ce qui t'a pris ? ajouta Jayden, les yeux exorbités.

La rage se réveilla en Stan. Il bredouilla quelques paroles incompréhensibles puis lâcha simplement :

— Il l'a mérité.

Il raconta ensuite tout ce qui leur était arrivé depuis leur départ. Quand il en vint à la proclamation du Roi, les anciens furent abasourdis.

— Le Roi va chasser tous les bas-niveaux d'Element City ? répéta Sally.

— Comment pourrait-il faire ça ? s'étonna Adoria. Ils représentent les deux-tiers de la population, aujourd'hui.

Charlie expliqua cette histoire de pénuries dont le Roi avait parlé.

— Tout ça, c'est pour obtenir plus de terres, s'écria Jayden. Il pourrait ordonner d'abattre une partie de la forêt, ça ferait plus de terrain à cultiver, ça créerait des emplois. C'est le Roi, il a toute la ville à sa merci, il peut décider ce qu'il veut !

— C'est plus compliqué que ça, argumenta Adoria. Il pense que les bas-niveaux profitent des efforts des anciens. Quand on sait que le Conseil de la ville est composé uniquement de joueurs de haut niveau, ce n'est pas étonnant qu'ils votent des lois aussi égoïstes.

— C'est bien beau, tout ça, mais ça ne change rien au problème, intervint Kat. Stan a essayé de tuer le Roi de ce serveur. Et si vous pensez qu'il n'y aura pas de représailles...

Une flèche enflammée heurta soudain le bâtiment derrière elle, lui coupant net la parole. Puis d'autres suivirent, comme un essaim de frelons. Ils coururent se mettre à l'abri tandis que le bâtiment prenait feu. Un bataillon d'hommes portant l'uniforme blanc de la brigade anti-émeute se déploya dans le village. Les six joueurs s'étaient réfugiés derrière la mairie.

— Vous devez repartir, tous les trois ! lança Adoria aux trois nouveaux.

Stan s'attendait à tout sauf à ça.

— Quoi !? Mais on veut vous aider à les chasser ! C'est moi qui vous ai mis dans le pétrin. C'est à moi de vous en sortir !

— Non, ça ne ferait qu'empirer les choses, insista Adoria. S'ils se rendent compte que vous n'êtes pas là, ils repartiront peut-être. Je vais aller leur parler. Pendant ce temps-là, allez-vous-en ! Vite !

Avant qu'ils ne puissent argumenter, elle quitta sa cachette et rejoignit les hommes en blanc qui se pressaient devant la mairie.

— Je m'appelle Adoria et je suis la maire du village. Je sais pourquoi vous êtes ici. Vous êtes venus venger la tentative d'assassinat du Roi d'Elementia. Mais le coupable n'est pas là. Si vous ne me croyez pas, je serais heureuse de soumettre mes administrés à une fouille complète. Je vous promets de collaborer en paix.

Un silence suivit sa déclaration. Puis une hache à double lame en diamant vola en direction d'Adoria. Elle se planta dans sa tête et traversa son corps jusqu'à son estomac. Adoria s'écroula. Morte.

Stan, Kat, Charlie, Jayden et Sally étaient trop choqués pour réagir. Un joueur gigantesque aux allures de taureau s'avança jusqu'au cadavre de la maire pour récupérer son arme.

L'acte de ce monstre avait poussé Jayden et Sally à bout. Ils surgirent sur la place de la mairie en poussant des cris de spartiates. Jayden sortit sa hache en diamant et Sally tira ses deux épées en fer, une dans chaque main. Puis ils défièrent le guerrier géant en continuant à pousser leurs cris de guerre.

Stan n'avait pas totalement recouvré ses esprits. Il s'était contenté de suivre Kat, Charlie et Rex en direction des bois. Au moment où ils y pénétrèrent, Stan se retourna. Adorian était en feu. Les maisons brûlaient et s'écroulaient les unes après les autres. La mairie explosa, projetant des briques dans le ciel et à travers tout le village. Les habitants mouraient chez eux. Des flèches enflammées s'abattaient sur ceux qui osaient sortir.

Stan vit une fille tuer un soldat blanc par-derrière avec une épée en bois. Le minotaure fondit sur elle et leva sa hache. Stan tourna la tête pour ne pas voir la suite. Il perçut néanmoins le bruit de la lame en diamant s'abattant sur le corps de la joueuse.

Plus que de la tristesse, plus que de la colère, Stan ressentait surtout de l'écœurement. Pourquoi agissaient-ils ainsi après les paroles conciliantes d'Adoria ? Pourquoi toute cette haine ? Pourquoi tous ces morts ?

Stan se pencha et vomit. Puis il pleura.

- 10 -

L'envol
vers la jungle

Le Roi était mécontent.

Le chef de la police avait retourné toute la ville sans trouver trace de l'assassin et de ses deux complices. En revanche, ces derniers figuraient dans les registres à l'entrée d'Element City. Ils s'appelaient Stan2012, Kitkat783 et KingCharles_XIV. Tous trois avaient un niveau inférieur à 15. Selon le Roi, il ne faisait pas de doute qu'ils venaient d'Adorian, à en juger par l'adresse du tireur. Il avait bien fait d'envoyer son minotaure rayer cet ignoble village de la carte d'Elementia.

La sonnette retentit. Le Roi appuya sur un bouton et la porte s'ouvrit. César et son camarade Charlemagne entrèrent et s'inclinèrent. Le Roi pointa son épée vers eux d'un air distrait. Ils se redressèrent.

— Qu'y a-t-il, mon seigneur ? demanda Charlemagne.

— Avez-vous capturé l'assassin ? interrogea César.

Le Roi regarda ses deux conseillers.

— Non. Ils ne sont plus en ville. C'est pourquoi je vous ai fait venir. J'ai besoin de votre aide. Ensuite je déciderai seul ce qu'il conviendra de faire. Je suspends le Conseil en raison de l'état d'urgence actuel. Je ne fais plus confiance qu'à vous deux.

— L'état d'urgence ? s'étonna César. Tout le serveur est à la recherche de ceux qui ont voulu vous tuer. Ne pensez-vous pas qu'ils seront morts d'ici quelques jours ?

Le Roi se tourna lentement vers lui.

— Tout le monde ne veut pas la mort du coupable, César. J'accepte le fait que les bas-niveaux me détestent. C'était le prix à payer pour maintenir le mode de vie des niveaux supérieurs. Mais jusqu'à présent, aucun des débutants n'avait eu le courage de tenter quoi que ce soit pour changer les choses. L'un d'entre eux vient de faire tomber cette barrière en essayant de m'assassiner devant mon peuple. Cela peut donner des idées à d'autres. Nous ne sommes pas à l'abri d'une rébellion. La priorité est de retrouver et de tuer ce joueur, ainsi les bas-niveaux sauront ce qui arrive à ceux qui trahissent leur Roi.

César et Charlemagne se lançaient des petits regards entendus. Ils n'avaient nullement envie qu'une rébellion vienne troubler l'ordre des choses.

— Vous avez raison, mon seigneur, approuva Charlemagne.

— Nous pourrions imposer à tout le serveur de les rechercher, mais aussi étendre nos recherches au-delà de nos frontières. S'ils ont l'intention de fomenter une rébellion, ils la prépareront de l'étranger, pas à proximité d'Element City ou d'Adorian.

Le Roi hocha la tête.

— J'ai pensé à envoyer le RAT1[1] à leur recherche.

Les deux conseillers manifestèrent leur surprise.

— Vous croyez que cette unité est assez compétente pour gérer une affaire de cette importance, monsieur ? demanda César.

— Vous vous souvenez de la dernière fois que vous les avez chargés d'une mission ? ajouta Charlemagne, tout aussi sceptique.

— Oui, oui, je me souviens ! rétorqua le Roi, agacé. C'est le groupe de tueurs le plus efficace dont je dispose. Certes, ils ont échoué lamentablement

---

1. Royal Assassin Team 1 : commando meurtrier royal n° 1.

la dernière fois, mais cela n'était jamais arrivé. Et après tout, un second raté me donnerait une bonne raison de les faire exécuter tous les trois.

César et Charlemagne réfléchirent un instant.

— Votre plan est bon, mon seigneur, acquiesça Charlemagne.

— Je le soutiens également, ajouta César. Par ailleurs, pourquoi Charlemagne et moi n'irions-nous pas, accompagnés de quelques soldats, ratisser le royaume à la recherche de conspirateurs ? Au besoin, nous pourrions procéder à quelques… exécutions sommaires, histoire de décourager les volontaires ?

Le Roi acquiesça.

— Sage idée, César. Vous disposerez de vingt soldats chacun pour quadriller le pays. Vous partirez demain. L'audience est levée.

Les conseillers s'en allèrent. Le Roi sourit, pas mécontent de la tournure que prenaient les événements.

Stan ignorait combien de temps il avait pleuré. Il se souvenait juste de la voix bourrue de Kat lui disant qu'il fallait courir, que la brigade anti-émeute allait commencer à fouiller les bois. Lui voulait rester là, allongé, pour toujours. Il était dans une sorte de coma : son esprit était engourdi, il ne parlait plus. Il ne se rendit pas compte qu'ils marchaient depuis des heures. Il ne remarqua pas non plus que les bois denses avaient fait place à une plaine plus clairsemée, avant de redevenir une jungle très touffue.

Il était à demi conscient quand ses amis décidèrent de se réfugier au sommet d'un arbre de trente mètres de haut. Ils l'escaladèrent tous trois en s'agrippant aux lianes qui l'entouraient et s'arrêtèrent sur une grosse branche.

Là-haut, Stan observa ses amis. Ils avaient triste mine. Charlie avait le regard baissé et l'air soucieux. Kat fixait le ciel étoilé en caressant son chien de manière distraite. Stan venait de réaliser que Rex possédait une sorte de pouvoir de téléportation. Soudain, il sortit du mutisme dans lequel il était tombé depuis l'attentat d'Adoria.

— Ça vous dirait de renverser le Roi avec moi ?

Ses amis se tournèrent vers lui, incrédules.

— Tu plaisantes ? demanda Kat.

— Non, répondit Stan en souriant béatement.

Charlie et Kat échangèrent un long regard. Kat comprit que Stan était très sérieux et se demanda ce qui s'était brisé dans sa tête.

— T'es dingue !

— Non. Le Roi vient de brûler Adorian sans raison. Il a fait assassiner Steve, Blackraven et

Adoria. Vous voulez vraiment rester sur un serveur dirigé par un tyran pareil ? Il faut mettre en place un nouveau gouvernement !

— Je suis d'accord avec toi, approuva Charlie.

Kat pensa qu'il était devenu fou, lui aussi.

— Ce gouvernement est corrompu, expliqua Charlie. Il faut le changer.

— Quelles nobles pensées ! ricana une voix sarcastique dans leur dos.

Stan la reconnut aussitôt. La dernière fois qu'il l'avait entendue, un loup avait failli lui arracher la gorge. Il fit volte-face en même temps qu'il dégaina sa hache contre l'épée de Monsieur A. Le griefer avait l'air d'aller beaucoup mieux. Son épée en diamant n'était pas neuve mais elle avait sûrement fait de nombreuses victimes.

Kat et Charlie s'étaient dressés, eux aussi. Charlie brandissait sa pioche et l'épée de Kat était prête à frapper à tout moment. Les poils hérissés et les yeux rouges, Rex grogna tandis que la bataille s'engageait entre Stan et le griefer.

Le combat fut rude. Les deux antagonistes étaient indéniablement doués dans leurs disciplines respectives. Kat et Charlie se tenaient prêts à intervenir en cas de besoin. L'épée de Monsieur A se déplaçait aussi vite que l'éclair, parant sans effort toute attaque de Stan. On aurait dit que le griefer s'amusait.

— Au fait, glissa ce dernier entre deux frappes, tu as apprécié mes petits cadeaux ? Tu sais, le creeper dans la chambre à Adorian, le casque défectueux de Charlie pendant le stage… J'espère que ça t'a fait penser à moi.

Le sang de Stan ne fit qu'un tour et la rage le poussa à frapper un coup puissant, mais inutile. Monsieur A s'y attendait. Il fit un pas de côté et lança son bras. Sa lame heurta la tête de Stan. Sans son casque, celui-ci aurait eu le front ouvert en deux. Il fut seulement projeté en arrière. Son casque vola en l'air et atterrit trente mètres plus bas. Heureusement, Charlie agrippa son ami juste avant qu'il ne subisse le même sort. Il serra les dents et mobilisa toutes ses forces pour l'aider à remonter sur la branche.

Pendant que Stan reprenait son souffle, Kat se rua sur Monsieur A. Elle était bonne à l'épée, mais son adversaire était meilleur. En moins d'une minute, il parvint à la désarmer ; l'épée de Kat rejoignit le casque de Stan.

Monsieur A s'apprêtait à lui donner le coup de grâce quand Rex se lança sur lui, le projetant contre le tronc de l'arbre. À son tour, l'épée de diamant chuta en spirale. Le griefer était tétanisé par les grondements du chien.

Stan n'avait pas l'intention de le tuer, mais il s'approcha de lui en brandissant sa hache au-dessus de sa tête, prêt à frapper si Monsieur A tentait de riposter.

— Vous croyez vraiment que vous allez renverser le Roi ? demanda le griefer avec dédain. Vous ne savez pas de quoi vous parlez… Je vous déteste, tous les trois. Et je déteste le Roi plus que n'importe qui sur le serveur. Mais tous ses sujets, de haut ou de bas niveau, ne valent pas mieux que lui. Souvenez-vous de ce que je vous dis : tentez quoi que ce soit, et vous le regretterez. Vous voilà prévenus !

Sans un mot de plus, il sortit de son inventaire une petite boule noire mouchetée d'orange et la jeta. Elle explosa en touchant terre, trente mètres plus bas. Stan, Kat et Charlie sursautèrent, se retenant aux branches comme ils purent. Une fois stabilisés, ils se tournèrent vers Monsieur A.

Il avait disparu.

Ils examinèrent les alentours : aucun trace du griefer.

Puis Kat regarda les deux garçons.

— Si ce débile estime que renverser le Roi n'est pas une bonne idée, alors je suis obligée de penser comme vous. Je vous suis, les gars !

Stan sourit à l'idée que ses deux amis acceptent de l'aider. Puis il remarqua que Rex mâchait quelque chose.

— Qu'est-ce qu'il est en train de manger ? demanda-t-il à Kat.

La jeune fille se baissa et sortit un petit poisson de sa gueule.

— Comment ce truc a pu monter jusqu'ici ? questionna-t-elle.

— Monsieur A a dû le faire tomber, supposa Charlie. Passe-le-moi, Kat, je voudrais essayer quelque chose.

Elle lui tendit le poisson et il siffla deux notes. Il y eut aussitôt un bruissement dans le feuillage au-dessus de leurs têtes. Kat et Stan se préparèrent au combat mais Charlie les arrêta.

— Ne faites pas de mouvement brusque !

Quelques secondes plus tard, un animal jaune descendit d'une branche et se posa devant Charlie. C'était une sorte de chat sauvage au corps fuselé et aux yeux verts. Il avait le pelage doré, moucheté de noir.

— Qu'est-ce que c'est ? demanda Kat.

— Un ocelot[1], répondit Charlie. Les mouvements brusques le font fuir.

L'animal s'approcha de la main de Charlie et mangea le poisson. Sa fourrure commença à se

---

1. Créature passive et craintive que l'on peut apprivoiser avec du poisson cru.

137

modifier. Les taches noires disparurent. L'ocelot se transforma sous leurs yeux en chat tigré.

— Mais où tu as appris tout ça ? s'étonna Kat.

— Vous devriez lire un peu plus ce livre, tous les deux, répondit Charlie en caressant son chat. À partir de maintenant, il nous suivra partout, comme Rex, et il fera fuir les creepers !

— Tu crois qu'ils vont s'entendre ? demanda-t-elle.

Comme pour répondre à sa question, le chat marcha jusqu'à Rex et se lova contre lui. Le chien se mit aussitôt à lui lécher les oreilles.

Stan sourit.

— Comment tu vas appeler ton chat, Charlie ?

— Citron ! répondit-il du tac au tac. Bon, les amis, il faudrait peut-être qu'on dorme un peu si on veut faire la révolution demain !

Avec des feuilles en guise d'oreillers, et Citron et Rex comme gardiens, les trois joueurs tournèrent la page de cette terrible journée et plongèrent dans un sommeil sans rêves.

– 11 –

L'Apothicaire

Un cri réveilla Stan. Ou plutôt un son aigu, sinistre, d'un autre monde, comme un petit oiseau mourant de froid sur le continent Arctique.

Stan ouvrit les yeux. Le panorama de la cime des arbres à contre-jour était impressionnant. Le hurlement se fit de nouveau entendre et Stan tourna la tête. Une silhouette longue et élancée, perchée sur l'arbre le plus haut de la forêt, tenait un bloc indéterminé dans sa main. Elle le fixait. Stan se frotta les yeux et les rouvrit : elle avait disparu de l'arbre.

Les autres se réveillèrent à cet instant et tous trois décidèrent de lever le camp. Ils redescendirent de leur arbre. Stan n'arrivait pas à se débarrasser du sentiment de malaise que ce cri obsédant avait fait naître en lui.

En arrivant au sol, ils firent l'inventaire de tout ce qu'ils possédaient : deux casques, trois plastrons, une épée, une hache et une pioche en fer, une boussole, une horloge, un livre, un arc et douze flèches.

— C'est bien assez pour renverser le Roi ! plaisanta Kat.

Stan réalisa à quel point ils étaient démunis. Ils avaient du pain sur la planche.

— Revenons à l'essentiel ! lança-t-il. Il faut démarrer quelque part. Construisons-nous une maison ! Il y a plein de ressources dans cette jungle. Profitons de cette journée pour rassembler un maximum de choses et on avisera ce soir pour la suite.

Kat et Charlie approuvèrent le plan de Stan.

— Avec ta hache, tu vas t'occuper du bois, lui dit Charlie. On est passés devant une petite mine hier soir, pas loin d'ici, je vais y aller avec ma pioche. Je trouverai bien un peu de minerai. Kat, tu vas essayer de nous dénicher de la nourriture. Et vois si tu peux nous construire un abri en attendant qu'on ait une vraie maison.

— D'accord, dit-elle. Je le creuserai sous terre. Comme ça, si les hommes du Roi nous cherchent, on sera mieux cachés.

— Bien vu ! approuva Stan. Exécution !

Tous trois s'armèrent, enfilèrent leurs armures et s'en allèrent dans des directions opposées.

Stan contourna un petit lac. En marchant au bord de l'eau, il remarqua une plante qu'il ne connaissait pas. On aurait dit une espèce de canne à sucre. Il en coupa quelques plants quand un sifflement familier attira son attention. Il fit volteface en sortant sa hache. La lame métallique dévia de justesse une flèche dirigée vers sa poitrine. Il en esquiva une deuxième en cherchant des yeux un squelette dans l'ombre des bois. Mais son agresseur était en fait un autre joueur, qui portait une belle barbe blanche.

Stan se précipita sur lui, hache tendue, déviant deux autres flèches. Le vieil homme voulut tirer son épée mais Stan ne lui en laissa pas le temps. La lame de fer de son arme brisa net celle de son adversaire, à peine sortie de son fourreau. Pour faire bonne mesure, il coupa la corde de son arc et projeta le joueur au sol.

Ce dernier arracha sa tunique en cuir. Il portait dessous deux ceintures en cuir noir garnies de petites bouteilles contenant des gaz de couleurs différentes. Rapide comme l'éclair, il en prit une verte qu'il lança sur Stan. Elle éclata sur son plastron, libérant une odeur nauséabonde. Stan perdit connaissance et chuta à côté du vieil homme.

Stan revint à lui dans une pièce en pavés gris, éclairée par des torches. Il y avait douze machines autour de lui, six de chaque côté, toutes tournées vers lui.

— Ne bouge pas !

Le vieil homme se tenait à l'autre bout de la pièce, contre le mur, la main sur une console de boutons.

— Coopère et il ne t'arrivera rien ! Si tu essaies de me tuer, de t'enfuir ou simplement de bouger, j'appuie sur cet interrupteur et douze flèches te transperceront simultanément. Autant dire que tu seras mort… Maintenant, dis-moi pourquoi tu détruisais ces plantes ?

— Je n'en sais rien, répondit Stan.

Le vieux joueur ricana.

— Ça fait un an que je suis interdit de séjour à Element City. Alors je suis venu chercher un peu de tranquillité par ici. Et je n'ai pas besoin que des petits délinquants comme toi viennent saccager ma plantation de cannes, tu comprends ?

— J'ignorais que ça vous appartenait, dit Stan en sortant les plants de son inventaire. Voilà, monsieur, reprenez-les !

— Comment je pourrais être sûr que tu n'es pas un espion du Roi ? J'ai respecté mes engagements, je n'ai pas remis les pieds en ville, et je n'ai jamais rien eu à voir avec cette histoire de trafic de potions à Element City.

— Vous êtes un fugitif ? demanda Stan.

Le joueur à la barbe blanche le dévisagea, incrédule.

— Tu ne sais pas qui je suis ? N'importe qui sur ce serveur sait qui je suis au bout de quelques semaines !

— Je ne suis qu'au niveau 9, monsieur. Je joue à Minecraft depuis un peu plus d'une semaine.

— Vraiment ? Ça alors ! Ton maniement de la hache m'a impressionné.

— Mais, vous non plus, vous ne savez pas qui je suis ?

Stan pensait que le Roi avait déjà lancé des avis de recherche avec sa photo dans tout le pays.

— Je devrais ? demanda le vieil homme.

— C'est moi qui ai tenté d'assassiner le Roi, répondit Stan, regrettant aussitôt sa confidence.

Et s'il avait affaire à un joueur de mèche avec le monarque ?

— Toi ? répéta son interlocuteur, stupéfait. Avec un niveau aussi ridicule ? Bon sang, fiston, soit tu es très courageux, soit tu es stupide… soit tu me mens ! Bon, viens par ici, mais ne t'attends pas à ce que je te rende ta hache avant que je sois sûr et certain que tu n'es pas un acolyte du Roi.

L'homme entraîna Stan dans une autre pièce, pleine de tables recouvertes de dizaines et dizaines de bouteilles. Il y avait aussi des coffres et des rayonnages garnis de livres.

Ils s'assirent sur deux chaises autour d'un établi. Un coup d'œil à la fenêtre informa Stan qu'ils se trouvaient dans la jungle et que le soir n'allait pas tarder à venir.

— Je suis navré d'avoir dû t'endormir, petit, mais je dois être prudent. Le Roi m'a envoyé des hommes à de nombreuses reprises. Des griefers, des espions… Mon nom est Apothicaire1.

Il tendit la main à Stan, qui la serra.

— Stan2012 ! Mais vous pouvez m'appeler Stan.

— Pourquoi as-tu voulu tuer le Roi ?

— Il a tué trois de mes amis sans raison. On ne risquait pas de devenir intimes avant longtemps.

— Je veux bien te croire. Il a tué pas mal de mes amis aussi et en a banni encore plus.

Stan pensa soudain à Kat et Charlie.

— À propos, mes amis doivent m'attendre ! s'exclama-t-il. On campe près du lac où vous m'avez trouvé.

L'Apothicaire se montra aussitôt suspicieux.

— Quoi ? Tu es venu ici avec d'autres joueurs ? Combien ?

— Deux seulement. Il faut que je rentre avant qu'ils s'inquiètent.

— Qu'est-ce qui me dit que vous n'êtes pas toute une armée ? Si ça se trouve, d'autres sont en train de surveiller ma maison en ce moment même !

Il se redressa et porta la main sur le manche de son épée.

Stan décida de jouer à quitte ou double. S'il perdait, il mourrait. Dans le cas contraire, il convaincrait le vieux joueur de sa bonne foi.

— On a l'intention de renverser le Roi.

Son interlocuteur le dévisagea. Son expression se modifia. Stan crut y voir du respect.

— Tu es sérieux, mon jeune ami ? demanda l'Apothicaire.

— Très sérieux. Si vous le souhaitez, je vous expliquerai tout ce qui m'est arrivé et comment nous comptons nous y prendre. Mais je vous demande de me laisser retrouver mes amis.

Cette fois, l'Apothicaire donna son accord. Il lui rendit sa hache et lui remit une boussole pour se repérer.

Quand Stan arriva à l'endroit où Kat, Charlie et lui s'étaient quittés le matin même, il remarqua un trou dans le sol. Il descendit une échelle qui le guida jusqu'à une pièce éclairée. Il vit un four, un coffre et un établi, auquel Charlie était assis. Il y avait deux lits dans un coin – Charlie était en train de crafter le troisième. Kat était assise sur l'un d'eux, avec Rex et Citron. Elle avait l'air épuisée.

Tous levèrent la tête lorsque Stan entra.

— Dis-moi que tu nous as rapporté du bois parce qu'on en a vraiment besoin ! lança Charlie.

— Il m'est arrivé un truc incroyable, répondit Stan.

Il leur raconta dans le détail ce qu'il avait vécu depuis le matin. Puis il y eut un silence.

— Donc tu n'as pas de bois, en déduisit Charlie.

— Et tu as parlé de nos plans à un parfait inconnu ! ajouta Kat.

— Mais vous m'avez écouté, oui ou non ? protesta Stan, exaspéré. Ce n'est pas un inconnu. C'est un joueur expérimenté que le Roi a chassé. Il le déteste autant que nous. En plus, il est apothicaire !

— C'est son nom ? demanda Charlie. Ça veut pas dire pharmacien ?... Ou guérisseur ?

146

— Oui ! répondit Stan. Sa maison est un vrai labo. Et il a une très bonne connaissance du serveur. Il peut faire un super allié.

— Tu as peut-être raison, acquiesça Charlie.

Kat ne semblait pas de son avis.

— Stan, ce type te tire dessus, ensuite il te gaze, et tu lui confies des secrets aussi importants ?

— Justement ! Tu sais fabriquer ce genre de gaz ? Tu ne penses pas que ça pourrait nous être utile ?

Elle ferma les yeux un moment pour mieux réfléchir. Un sourire se dessina peu à peu sur son visage.

— D'accord, allons le rencontrer ! Mais craftons quelques armes d'abord. Comme ça, s'il nous trahit, on aura une réserve ici.

Charlie n'avait pas trouvé de fer dans la mine. Seulement du charbon et deux tas de pavés. Il en avait cassé sa pioche et il avait dû en crafter une autre avec le peu de bois qu'il avait pu ramasser à main nue. De son côté, Kat s'était fabriqué une pelle en fer pour creuser leur abri. Le reste du bois, associé au charbon, avait permis de confectionner des torches.

Stan abattit un arbre avec sa hache, qu'il convertit en planches, puis en bâtons. En y additionnant les pavés, il fabriqua une épée, une pioche et une hache en pierre. Kat utilisa le cuir d'une vache qu'elle avait tuée pour crafter une casquette et une tunique, ce qui lui permit de laisser son armure en fer dans le coffre. Puis elle fit de même pour Stan. Ils laissèrent leurs armes neuves et tout ce dont ils n'avaient pas besoin chez eux. Boussole en main, Stan guida ses amis jusque chez l'Apothicaire.

Ce dernier ne leur demanda même pas de déposer leurs armes en arrivant. Stan remarqua qu'il avait crafté deux chaises supplémentaires pour les recevoir.

— Maintenant que nous sommes tous là, dit le vieil homme, expliquez-moi votre projet !

Tous trois racontèrent leurs mésaventures depuis leur arrivée sur Elementia, en n'omettant aucun détail. Stan sentit sa haine pour le Roi se réveiller. Et son désir de convaincre le vieil homme assis face à eux de rejoindre leur cause se renforça.

Quand ils eurent fini, l'Apothicaire reprit la parole.

— Je comprends pourquoi vous souhaitez la mort de mon vieil ami le roi Kevin.

Kat mit instantanément la main à son épée.

— Rassurez-vous, il ne l'est plus. C'est à cause de ce dictateur cruel que je vis ici en ermite. Sinon, je rouvrirais mes pharmacies à Element City.

Stan avait remarqué de nombreuses pharmacies à l'abandon en ville.

— Toutes ces boutiques fermées qu'on a vues vous appartiennent ?

— Oui, fiston. Mais… vous m'avez raconté votre histoire, voulez-vous entendre la mienne ?

Tous trois hochèrent la tête et le vieux se lança. Il avait rejoint Elementia une semaine après sa création. Le Roi venait de fonder Element City au milieu de prairies et il s'entendait très bien avec lui.

— C'est alors que nous avons entendu parler de dimensions parallèles. Bientôt, le Roi ouvrit le premier portail du serveur pour le Nether[1], qui était peuplé de mobs bien plus terrifiants que ceux qu'on croise ici. Tous les joueurs s'en éloignaient, mais moi, ce monde-là m'attirait, et je l'ai exploré de fond en comble. Un jour, ils y ont ajouté des forteresses, dans lesquelles j'ai trouvé des verrues[2] et des bâtons de blaze[3]. Ces bâtons

---

1. Aussi appelé le Nexus, ou le Tréfonds, le Nether est un monde souterrain, faiblement éclairé, essentiellement constitué de lave. Des falaises surplombent l'océan de lave, faisant du Nether un monde très dangereux à explorer.
2. Plantes poussant naturellement dans le Nether.
3. Mob vivant dans le Nether.

servaient à fabriquer des alambics, et les verrues sont très utilisées dans l'élaboration des potions.

L'Apothicaire, qui n'avait aucune attirance pour la construction, avait enfin trouvé sa voie. Il se mit à créer des potions. Il adorait ça, à tel point qu'il ouvrit une chaîne de pharmacies à Element City. Il obtint un siège au conseil des Opérateurs, où il fit la connaissance du meilleur ami du Roi : Avery007.

— Avery était le défenseur des nouveaux joueurs, qui affluaient de plus en plus. Il était très apprécié, ce qui rendit le Roi paranoïaque. Ce dernier finit même par craindre qu'Avery ne le renverse. C'est de là que lui est venue l'idée de la loi de la Mort Unique. Alors, ils se sont battus en duel — ce fut une bataille mémorable, croyez-moi —, et le Roi en est sorti vainqueur. Il tua Avery, qui fut banni du serveur, ainsi que trois autres joueurs très populaires. Le Roi reprit ainsi les pleins pouvoirs.

— Et vous ? intervint Stan. Où en étiez-vous ?

— J'avais encore droit aux faveurs du Roi à cette époque. Mais j'étais en colère. Les joueurs qu'il avait éliminés étaient mes amis. Et il ne s'est pas arrêté là. Il voyait la rébellion partout. Mes problèmes ont commencé à cause d'une fausse rumeur : on a prétendu que mes pharmacies fournissaient des potions à un mouvement rebelle.

L'Apothicaire et quatre de ses amis furent accusés de trahison et bannis de la ville.

— J'ai ouvert mon propre portail pour le Nether, ici dans la jungle, et j'ai commencé à stocker des potions.

Le joueur à la barbe blanche marqua une pause.

— Si vous voulez vraiment renverser le Roi, je serai heureux de mettre à votre disposition ma connaissance des rouages d'Elementia, ainsi que ma réserve de potions.

Stan, Kat et Charlie le remercièrent. L'aide de l'Apothicaire leur serait précieuse.

— À votre avis, combien d'hommes sont nécessaires pour attaquer le château du Roi ? demanda Stan.

Le vieil homme réfléchit.

— Je crois que le Roi dispose d'une armée de deux cents hommes. Et elle est composée des meilleurs combattants du serveur.

Stan fit la grimace et se tourna vers ses amis.

— Où est-ce qu'on va trouver autant de rebelles ?

Kat s'apprêtait à répondre mais l'Apothicaire la devança.

— Pourquoi pas à Adorian ?

Il y eut un silence gêné.

— Vous n'avez pas écouté, monsieur ? demanda Kat. L'armée du Roi a détruit le village. Tous ses habitants sont morts.

— Oh ! Ça m'étonnerait, répondit-il en souriant. D'une part, de nouveaux joueurs rejoignent le serveur chaque jour, et il n'y a aucune raison pour qu'ils ne passent plus par Adorian. Par ailleurs, j'ai oublié de vous dire une chose : quand je faisais partie du Conseil, Avery et moi avons beaucoup aidé la jeune Adoria dans la création de son village. Adoria craignait une attaque de griefers à grande échelle. Aussi a-t-elle fait en sorte qu'on construise un abri de survie sous chaque maison du village. Et puis il y a aussi la mine qui peut cacher pas mal de gens. À mon avis, la majorité de la population a survécu à l'attaque.

Stan se sentit soudain plus léger.

— Et je parie que les rescapés sont furieux contre le Roi après ce qui s'est passé ! ajouta Charlie.

— Je suis sûre que Sally, Jayden et les autres sont encore vivants et qu'ils ne savent pas où aller maintenant ! supposa Kat.

— En tout cas, voilà une bonne chose de réglée ! conclut Stan. Les survivants d'Adorian constitueront la base de notre armée pour attaquer le château. L'un de nous ira à Adorian pour les

prévenir de nos intentions. Les trois autres cher-
cheront du diamant, de la viande, des pommes
d'or… Il va nous falloir beaucoup de choses et en
grande quantité pour réussir notre mission.

Il se tourna vers l'Apothicaire.

— Vous avez une idée d'où on pourrait trouver
tout ça ?

— C'est possible, répondit-il.

Les trois nouveaux se tournèrent vers lui, pendus
à ses lèvres.

— Holà ! Ne vous emballez pas ! Tout ce que
je sais, c'est que du temps où j'étais au Conseil,
des rumeurs circulaient. Le Roi avait soi-disant
fait creuser une cachette souterraine pour stocker
des armes, de la nourriture, des armures, etc. Tout
le nécessaire pour rebâtir une armée puissante si
d'aventure on le chassait du pouvoir. Plusieurs
endroits ont été évoqués pour la cachette. Celui
qui revenait le plus souvent était le centre du
désert Ender. Je ne peux pas affirmer que la
cachette se trouve là-bas, mais je suis certain que
cette réserve existe quelque part.

Stan se tourna vers Charlie.

— Avec ton instinct de mineur, si quelqu'un
peut dénicher ce matériel sous terre, c'est bien toi !

L'Apothicaire se redressa et claqua sa main sur
la table.

— C'est décidé ! J'irai à Adorian aider les instructeurs à former les nouveaux, pendant que vous trois irez dans le désert Ender chercher cette cachette. Et si elle ne s'y trouve pas, je suis certain que vous mettrez la main sur quelque chose qui pourra vous être utile.

Il alla jusqu'à un coffre. Il y rangea son armure en cuir et en sortit un plastron en diamant qu'il observa un instant.

— Cet endroit m'a tant donné, pour finalement tout reprendre. Il est temps pour moi d'œuvrer pour que ce serveur devienne un lieu de paix pour les *générations futures*.

Puis il enfila le plastron et prit dans le coffre le reste de l'armure en diamant : des jambières, des bottes… Quand il fut protégé de la tête aux pieds, il sortit ses armes préférées : deux magnifiques pioches, en diamant également, qui étincelèrent à la lumière des torches.

— Cette vieille pioche m'a rendu bien des services au cours de mes expéditions dans le Nether ! confia-t-il à Charlie en lui en tendant une. Prends-la avec toi, tu en auras besoin !

Il se pencha à nouveau sur son coffre pour en extraire un autre, plus petit, de couleur noire.

— Voici un coffre d'Ender ! dit-il en l'offrant à Stan. Si tu mets un objet dans ce coffre, il sera disponible dans tous les autres coffres d'Ender, où qu'ils se trouvent. Le Roi ne fait pas confiance à ces coffres et n'en possède pas. Quand j'irai à Adorian, j'y placerai le second que je possède. À ma connaissance, ce sont les deux seuls du serveur. Détails importants : ces coffres sont incroyablement difficiles à faire, et on ne peut les poser que pour les remplir, sans quoi leurs pouvoirs disparaissent. Autrement dit, ne pose celui-ci que lorsque vous aurez atteint la cachette. Quand tu auras placé tes objets dedans, la serrure de mon coffre émettra des particules lumineuses de couleur pourpre. Je pourrai alors distribuer les armes aux combattants d'Adorian.

L'Apothicaire expliqua qu'il était difficile d'imaginer un moyen plus rapide, plus discret et plus pratique de transporter d'aussi grandes quantités de marchandises d'un endroit à un autre. Puis il se dirigea vers ses alambics et distribua quatre potions à chaque joueur : trois de guérison – de couleur rouge –, et une de résistance au feu – de couleur orange.

Les trois amis fixèrent les fioles à leurs ceintures de manière à pouvoir les utiliser à tout moment.

Il y avait une table recouverte de velours rouge dans un coin de la pièce. Un livre ancien lévitait au-dessus depuis le début de la soirée.

— Ceci est une table d'enchantement, dit-il aux jeunes. Kat, as-tu des objets que tu aimerais enchanter ?

— J'ai laissé à notre base une armure complète et une épée en fer, répondit-elle, tout excitée. Et là, j'ai cet arc... Vous croyez que votre machin va donner des pouvoirs spéciaux à mes objets ?

— Oui, sourit-il. Lequel choisis-tu ?

— Allons chercher mon épée en fer ! lança-t-elle.

Elle se précipita vers la porte, l'ouvrit et resta stupéfiée.

Un flot de lumière pénétra dans la pièce. C'était pourtant le milieu de la nuit.

- 12 -

Le désert

La forêt était en feu. Le mur de flammes était à environ un kilomètre de la maison de l'Apothicaire. D'ici quelques minutes, elle serait en feu.

— Les hommes du Roi ont dû nous suivre d'une façon ou d'une autre, avança Stan. Vous croyez qu'ils ont trouvé notre cachette ?

— Probablement, répondit le vieux joueur. Ils ont certainement mis la main sur vos objets et en ont déduit que vous n'étiez pas loin. Ils ont allumé cet incendie pour vous débusquer. Je pense que le feu s'éteindra avant d'arriver jusqu'ici, mais ils trouveront quand même ma maison. Il faut que vous partiez tous les trois, sinon ils vous tueront.

— Et vous ? demanda Stan.

— Ne vous inquiétez pas ! J'ai l'habitude de me cacher. Ils ne trouveront jamais mon abri souterrain.

— Et mon enchantement ? interrogea Kat tandis que le vieil homme donnait des réserves de pain à Stan.

— Tu dois choisir un autre objet, répondit-il. Ton épée en pierre ?

— Non, elle est déjà au bout du rouleau. Je préfère mon arc.

Elle le sortit et ajouta :

— Comment je fais ?

— Assieds-toi à la table, pose ton arc dessus et fixe le livre. Ça devrait bien se passer.

Elle s'exécuta et le livre s'ouvrit comme par magie. Elle le fixa intensément et ses yeux, le livre et l'arc se mirent à briller. Puis il y eut un flash et Kat tomba par terre.

— Ça va ? demanda Stan en l'aidant à se relever.

— Oui, ça va, répondit-elle en constatant avec émerveillement qu'une lueur pourpre illuminait son arc.

— Excellent ! s'exclama l'Apothicaire. L'enchantement de l'éternité. Dorénavant, chaque flèche que tu tireras avec cet arc réapparaîtra dans ton carquois. Tu n'en manqueras donc jamais. Maintenant, vous devez partir !

Les trois jeunes joueurs promirent à l'Apothicaire de le rejoindre à Adorian quand ils auraient trouvé la cachette du Roi et s'en allèrent avec Rex et Citron.

Ils coururent longtemps à travers la jungle, armes à la main. En chemin, ils durent se battre contre quelques mobs, mais ils ne prenaient même pas le temps de ramasser les butins.

Ils ne s'arrêtèrent qu'après avoir quitté la jungle et parcouru une partie du désert. Alors seulement ils se retournèrent. Il pleuvait de nouveau sur la jungle, ce qui les rassura : cela éteindrait l'incendie.

Le jour pointait et ils profitèrent de cette halte pour manger le pain de l'Apothicaire. Le cœur de Stan s'arrêta quand il aperçut l'étrange et longue silhouette qu'il avait remarquée dans les arbres, la veille. Elle semblait encore plus menaçante en pleine lumière.

— Regardez ! s'écria-t-il.

— Qu'est-ce que c'est ? demanda Charlie, horrifié.

La créature tremblait, comme si elle grelottait de froid. Ses mâchoires grandes ouvertes dévoilaient des crocs noirs terrifiants.

Elle fixait Charlie. Puis elle disparut dans un nuage de fumée pourpre pour réapparaître quelques secondes plus tard dans le dos de ce dernier. Elle le souleva avec ses longs bras au niveau de sa poitrine avant de le projeter violemment à terre, la tête la première. Charlie s'écrasa au sol, inanimé.

Le monstre poussa alors un cri sinistre. Kat lui avait enfoncé son épée sur le côté et une boue violette s'échappait de sa blessure. Elle retira son arme et s'apprêta à frapper une autre partie de son corps quand il disparut à nouveau dans un nuage de fumée. Stan regarda tout autour de lui. Le monstre s'était téléporté à quelques blocs et lui fonçait dessus. Stan lança sa pioche de toutes ses forces dans sa direction ; elle se planta dans sa poitrine. Le mob cria et se téléporta une nouvelle fois.

Il réapparut alors entre Kat et Stan, et leva la tête vers le soleil levant. Il lança à Stan un regard haineux et disparut encore. Pour de bon, cette fois.

Charlie ne respirait toujours pas. Kat déboucha une de ses potions rouges et la versa dans sa bouche. Il avala et se redressa dans la seconde.

— Je me souviens d'avoir lu un passage du livre qui parlait de ces créatures, dit-il. Ça s'appelle des endermen. Ils sont très forts et ils ont la capacité de se téléporter. Mais ils attaquent que si on les regarde fixement.

Dans la bataille, le plastron et le casque de Charlie avaient été détruits, et Stan avait perdu sa pioche, restée plantée dans la poitrine de l'enderman.

Un cri de douleur attira soudain leur attention. Un zombie solitaire était en train de brûler à la lumière du soleil. Il s'effondra et ils s'approchèrent de lui. En plus de la chair putréfiée, le mob avait laissé une pelle en fer toute neuve. Elle devait se trouver dans son inventaire au moment de sa mort.

Stan donna la viande à Rex et ramassa la pelle.

— C'est pas une pioche, dit-il, mais on fera avec !

Charlie sortit sa boussole.

— Si je me souviens bien, le centre du désert devrait se situer en direction du sud-ouest. Allons-y !

Le trio se remit en route.

Ce fut une marche longue et ennuyeuse. Le désert était incroyablement plat et ils ne rencontrèrent que quelques cactus et de trop rares étendues d'eau. Quelques creepers errants tentèrent de les chasser, mais Citron leur cracha dessus et ils s'enfuirent.

Lorsqu'ils arrivèrent à l'endroit jugé par Charlie comme étant le centre de l'Ender, ils aperçurent une ouverture sur le flanc d'une petite colline de grès. Charlie sortit sa pioche en diamant et, Stan et Kat sur ses talons, descendit dans la mine.

Gino parut satisfait en entendant l'écho des explosions souterraines.

Il portait un pantalon de camouflage, une veste de motard et des tatouages. Un bandeau cachait son œil gauche. Sur sa poitrine, un badge indiquait : « RAT1 ».

— S'il y avait de la vie là-dessous, déclara-t-il, il n'y en a plus maintenant.

Sa collègue Becca descendit vérifier dans le trou.

— Rien vu de particulier ! rapporta-t-elle en remontant. Ils ont dû être prévenus de notre arrivée.

— C'est sûrement à cause de cet incendie que tu as allumé hier soir ! lui reprocha Gino. Idiote !

— Ne me traite pas d'idiote, espèce de crétin ! riposta-t-elle.

— Très bien, finissons-en ! hurla-t-il en tirant son épée.

— Viens un peu par ici, le menaça-t-elle en brandissant la sienne.

Ils étaient sur le point de s'affronter quand deux flèches ricochèrent sur leurs casques.

— Arrêtez de vous battre, bande de gamins, on n'est pas là pour rigoler ! lança le tireur. Et pour info, Gino, c'est moi qui ai mis le feu cette nuit. J'ai utilisé mon arc à feu par erreur. Maintenant fermez-la ou je vous en colle une dans le crâne à chacun, cette fois !

Leonidas tenait toujours ses promesses.

— Je vous rappelle que c'est comme ça que la dernière mission a foiré, ajouta-t-il. À cause de vos enfantillages ! Si on se ramasse encore cette fois, le Roi se fera un plaisir de nous couper la tête. Alors fichons le camp d'ici et continuons à chercher dans la jungle !

- 13 -

La mine abandonnée

Stan regrettait sa hache. La pelle ne lui était pas d'une grande utilité, ni pour creuser ni pour combattre les mobs qui surgissaient dans l'obscurité de la mine.

Cependant, les trois amis progressaient à travers les couloirs, les puits et les galeries. Ils débouchèrent dans une vaste cavité dont ils explorèrent tous les recoins. Quand ils furent au fond de l'abîme, Charlie sortit sa boussole.

— On est sûrement tout près du centre du désert, déclara-t-il. S'il y a une réserve, elle ne devrait plus être loin.

Ils piochèrent encore dans la pierre et tombèrent cette fois sur du bois.

— Qu'est-ce qu'une planche taillée à la main peut bien faire aussi loin sous terre ? demanda-t-il.

— C'est peut-être l'entrée de la cachette ! répondit Stan, tout excité.

— Ça m'étonnerait que le Roi n'ait pas prévu autre chose qu'une simple planche pour sécuriser ses réserves, objecta Kat.

Néanmoins, ils se mirent tous les trois à cogner dans le bois et pénétrèrent dans un labyrinthe de tunnels éclairé par des torches. Il y avait des rails de chemin de fer au sol et un coffre le long d'un mur.

Kat l'ouvrit.

— Génial ! s'exclama-t-elle en extrayant des lingots de fer et d'or. Je vais pouvoir fabriquer une nouvelle épée.

Mais il y avait d'autres choses dans le coffre. La jeune fille en sortit des graines de citrouille et de melon, des pierres de lapis-lazuli, du pain et de la poudre de redstone. Heureusement, Charlie pouvait identifier la plupart des objets et savait comment s'en servir. En quelques minutes, il parvint à crafter une nouvelle horloge avec de l'or et de la poudre de redstone.

— Il est presque midi ! annonça-t-il. Bien, et si on examinait ces galeries d'un peu plus près ?

Stan avait déjà commencé. Il s'était engouffré dans un tunnel. Il appela ses amis. Un couloir partait à angle droit.

— Étrange, non ?

La voie qui s'ouvrait devant eux était obstruée par d'épaisses toiles d'araignée qui s'étendaient du sol au plafond. On n'y voyait pas à trois blocs. Les deux garçons s'interrogèrent sur la marche à suivre. Ils étaient très sceptiques. Kat, elle, ne se posa pas de question. Elle avança et taillada dans l'amas de toiles avec son épée.

— Kat, c'est dangereux ! C'est peut-être un piège ! s'écria Stan.

— Est-ce que j'ai l'air d'avoir peur ? répliqua-t-elle en s'enfonçant dans l'obscurité, Rex sur ses talons. J'en ai marre de toutes ces simagrées. Je veux trouver la cachette du Roi et qu'on en finisse.

Les garçons ne la voyaient plus. Ils entendaient seulement sa voix.

— Et si c'est un piège, eh bien... Aahhhh !

Le cri de terreur de Kat résonna dans toute la mine. Stan se précipita dans son sillage, se faufilant dans le tunnel qu'elle avait taillé dans l'enchevêtrement de toiles. Il la localisa grâce à ses gémissements. Elle était allongée par terre et ne bougeait plus. Rex était dans le même état. Stan vit alors une araignée, plus petite que celles qu'ils avaient combattues dans la forêt, planter ses crocs dans le cou de son amie. Il la délogea d'un coup de pelle, comme on frappe avec une batte de base-ball. Charlie arriva et s'accroupit auprès de Kat. Mais d'autres araignées venaient déjà. Tout en les écrasant les unes après les autres, Stan aperçut une sorte de cage à quelques pas de là, dans laquelle une petite lueur brillait de façon discontinue. Il s'en approcha. Chaque fois qu'elle s'éclairait, une nouvelle araignée apparaissait et attaquait. Il remarqua également qu'une mini-araignée remuait dans la cage. Il ramassa l'épée de Kat qui traînait par terre et alla la planter au cœur de la cage, épinglant du même coup l'araignée miniature. Une intense lumière jaillit alors de son corps et un cri perçant manqua de lui crever les tympans. Comme si mille araignées mouraient en même temps. Puis le silence et l'obscurité revinrent.

— Bien vu, Stan ! le félicita Charlie en essuyant la sueur sur son front.

Le regard de Stan se posa sur Kat, qui grelottait dans son propre vomi.

— Ça va aller ? demanda-t-il à Charlie.

— Oui, mais ça va prendre un peu de temps. C'étaient des araignées bleues[1]. La particularité de leur poison est qu'il fait régurgiter tout ce qu'on avale. Je suis stupide, j'ai gaspillé une potion de l'Apothicaire pour rien, elle a tout recraché. Elle doit guérir toute seule. Son organisme va s'en charger. Faut juste être un peu patient. Quand elle se réveillera, elle sera faible et elle aura très faim.

— Dis donc, heureusement que tu as lu ce livre, plaisanta Stan.

Après de longues minutes, Kat revint à elle. Elle délirait. Charlie lui donna deux miches de pain et son avant-dernière potion de guérison. Elle put alors se lever et marcher lentement, mais elle se sentait très faible. Ce qui l'agaça.

Quand Stan lui expliqua que son épée était restée dans la cage de la reine des araignées, elle piqua une colère noire.

— Tu n'aurais pas pu la récupérer ? T'es vraiment un bon à rien !

Elle cracha de dégoût.

— Si tu ne t'étais pas aventurée dans ce trou, on ne serait jamais tombés dans l'embuscade des

---

1. Appelées aussi araignées des cavernes, ou araignées vénéneuses.

araignées. C'est ta faute si tu n'as plus d'épée, pas la mienne !

Charlie venait de soigner Rex en lui administrant un peu de chair putréfiée. Il tendit à Kat sa pioche en pierre.

— Prends-la en attendant de te fabriquer une nouvelle épée !

Elle fit tourner le manche dans sa main.

— Il me faut une nouvelle arme, grommela-t-elle.

— Bienvenue au club ! commenta Stan en montrant sa pelle. Toi, au moins, tu as ton arc.

Ils errèrent longuement à travers le labyrinthe. Ils ne savaient plus s'ils cherchaient la sortie ou l'entrée de l'éventuelle cachette. Au moment où ils commençaient à désespérer, Stan repéra une porte métallique au bout d'un couloir. Elle portait l'inscription : « Base souterraine – Avery007 ».

– 14 –

L'épopée d'Avery

Les trois jeunes joueurs observèrent la porte un instant, perplexes.

— C'est pas le copain de l'Apothicaire ? demanda Charlie. Vous croyez qu'il habite ici ?

— Le Roi l'a tué, répondit Kat. Mais il a peut-être vécu là...

— Entrons, suggéra Stan. Mais faites gaffe ! On ne sait pas ce qu'il y a là-dedans.

Ils brandirent tous trois leurs armes et Stan actionna la poignée. La porte s'ouvrit lentement. Il fit quelques pas à l'intérieur et se prit le pied dans une corde tendue au ras du sol. Une flèche surgit de nulle part et lui arracha sa casquette en cuir. Aussitôt après, une deuxième ricocha sur son plastron en fer.

— Couchez-vous ! s'écria-t-il en plongeant à terre.

Stan remarqua dans un coin de la pièce une machine semblable à celle que possédait l'Apothicaire. Celle qui envoyait les flèches. Il l'avait déclenchée en trébuchant sur la corde. Avec le tranchant de sa pelle, il sectionna cette dernière d'un coup sec. La machine s'éteignit instantanément.

Stan et ses amis se relevèrent et observèrent les lieux. Il y avait plusieurs établis, des fours, un coffre et un lit. Charlie sortit du coffre une paire de jambières en fer.

— Plutôt décevant ! dit-il. C'est ça, le repaire d'Avery ?

— J'ai du mal à le croire, répondit Stan en remarquant un livre sur une des tables.

Il ressemblait à celui qu'ils avaient récupéré le premier jour sur la colline de Spawnpoint. Cependant, celui-ci ne s'intitulait pas *Bienvenue dans Minecraft* mais *Mon Histoire*. L'auteur était un certain Adam711. Stan le prit dans ses mains. Ses amis s'approchèrent et il commença à lire à voix haute.

« Mon histoire :
La tragédie, ou l'ascension et la chute d'Avery007

Je laisse ce témoignage à quiconque le trouvera,
en espérant qu'il aidera un autre joueur à mettre

à exécution mon plan (dans l'éventualité où mon
entreprise échouerait).

Bien que je m'appelle aujourd'hui Adam711, j'ai
fait mes débuts sur Elementia sous un autre pseudo :
Avery007. Le grand et puissant Avery007, celui qui
a essayé de changer le monde en rétablissant l'égalité de
ses sujets, et qui a été tué pour cela.

Voici mon histoire : j'ai rejoint ce serveur peu après
sa naissance. Le Roi Kev, son créateur, était mon
meilleur ami. Nous avons fondé ensemble Element
City, qui existera encore pendant des siècles. J'étais
au gouvernement, membre du conseil des Opérateurs,
et je faisais tout ce qui était en mon pouvoir pour
promulguer des lois qui favorisaient les citoyens de bas
niveau. Selon moi, ils représentaient l'avenir
de Minecraft.

Plus le serveur prenait de l'importance, plus le Roi
craignait que la jeune génération prenne le pouvoir
sur les joueurs de l'âge d'or, comme il appelait les
anciens. Je pense qu'il avait tort sur ce point, et je l'ai
clairement fait savoir à plusieurs reprises. Notamment
en empêchant de faire voter des lois qui auraient donné
injustement les pleins pouvoirs à la classe supérieure.
Mes actions ont incité le Roi à instaurer la loi de la
Mort Unique, qui bannit à jamais tout joueur du
serveur dès sa première mort. Cette loi me paraissait
très défavorable aux jeunes joueurs inexpérimentés

et donc enclins à mourir rapidement. Je n'aurais jamais pensé qu'elle était destinée à me faire quitter Elementia.

J'ai tenté de me révolter contre le Roi, en vain. J'ai été banni du serveur. Avery007 n'existait plus.

J'ai alors pris une nouvelle identité, Adam711, et je suis toujours déterminé à aider les citoyens de bas niveau à vaincre le Roi. Alors que j'écris ces lignes, j'ai déjà rassemblé suffisamment de ressources pour mener la rébellion. Lors de mon mandat au conseil des Opérateurs, j'ai appris l'existence d'une cachette, dans des catacombes quelque part sous le désert d'Ender. Le Roi y stockait de quoi équiper une armée entière. Je suis actuellement en train de m'y rendre pour mettre la main sur ces ressources. Je veux les utiliser pour renverser le Roi. »

Stan marqua une pause.

— L'important dans tout ça, c'est que cette cachette existe et qu'elle est quelque part ici, fit remarquer Charlie.

— Une minute, intervint Kat. Avery était à sa recherche aussi. Peut-être qu'il l'a trouvée et a tout emporté.

— Y a qu'un moyen de le savoir, répondit Stan.

Il reprit la lecture.

« *J + 2*

J'ai trouvé les catacombes mais je n'y ai découvert aucun trésor. Cependant j'ai mis la main sur un journal de bord du Roi disant qu'il déplaçait ses réserves dans un mystérieux monde parallèle, connu sous le nom de l'End. Selon lui, elles y seront bien mieux protégées. J'ai aussi appris qu'il avait renoncé à ses pouvoirs tout puissants d'opérateur. C'est une très bonne chose. Il n'en sera que plus facile à tuer.

J +5

Je suis toujours à la recherche de l'entrée de l'Ender, mais les yeux d'Ender me laissent entendre que je ne suis pas loin. J'ai fait la connaissance d'un groupe de joueurs de bas niveau. Ils vivent ensemble dans le sud de la toundra. J'espère réussir à les convaincre de m'aider à renverser le Roi. »

Stan tourna la page. Mais la suivante était vierge.

— Ça s'arrête là !

Il jeta le livre sur la table, dégoûté.

— Tu as lu quelque chose au sujet de l'Ender, Charlie ? demanda Kat.

— Ça me dépasse ! La seule autre dimension dont j'ai entendu parler, c'est le Nether.

— Oublions la cachette une minute ! suggéra Stan. Pourquoi le livre s'arrête comme ça, à votre avis ?

Kat haussa les épaules.

— J'sais pas. Peut-être qu'il en a eu marre de tenir un journal.

— Ou alors qu'il a été tué ! proposa Charlie.

Stan était sur le point de soumettre sa version quand un rire diabolique retentit dans son dos.

Tous trois se retournèrent. Monsieur A se tenait face à eux en armure de diamant. Il portait ses lunettes de soleil et souriait d'un air narquois, son épée de diamant à la main. Stan, Kat et Charlie brandirent leurs armes et se mirent en position de combat.

— Ne vous inquiétez pas ! ricana Monsieur A. Je ne vais pas vous tuer... pas encore. Ce serait dommage que vous ayez fait tout ce chemin et que vous repartiez sans connaître la fin de l'histoire d'Avery007.

— De quoi tu parles ? Qu'est-ce que tu sais d'Avery007 ? demanda Stan.

— Je l'ai bien connu, répondit Monsieur A calmement. C'était comme un frère pour moi.

Stan resta silencieux. Il avait du mal à prendre cette confidence au sérieux. Kat, elle, rit franchement.

— Bien joué, mon pote ! Mais tu oublies qu'Avery défendait les bas-niveaux alors que tu ne fais que les attaquer. Je ne vois pas comment vous auriez pu vous entendre.

Monsieur A grimaça de rage.

— Très bien, ne me croyez pas ! Mais laissez-moi quand même vous dire une chose. Ces jeunes vauriens dont Adam parle dans son livre… ce sont eux qui l'ont tué. Ils l'ont pris pour un fou quand il leur a exposé son plan de renverser le Roi. C'est pour cette raison que je n'ai plus qu'un seul but sur ce serveur : mener la vie dure à ces minables de bas niveau ! Ils sont un fléau pour Minecraft !

Monsieur A hurlait à présent. Les veines de son visage étaient gonflées.

— Il est temps que vous mouriez, lança-t-il en se précipitant sur Charlie, lame brandie.

Kat, Stan et Charlie réagirent simultanément et le combat s'engagea. Charlie jeta sa pioche sur son agresseur, Stan visa son estomac avec sa pelle et Kat tira une flèche qui se ficha dans son plastron. Monsieur A marqua le coup, un peu étourdi, et Kat continua à le mitrailler de flèches. Pendant ce temps, Charlie alla récupérer sa pioche qui avait ricoché sur le casque de Monsieur A pour aller se planter dans le mur.

— Je crois qu'on a un problème ! s'écria-t-il.

Le manche de son arme avait heurté malencontreusement un interrupteur près d'une étagère.

Un grondement ébranla le plafond qui explosa. Des blocs de sable se déversèrent sur la pièce, enterrant le bunker à la manière d'un sablier renversé.

Comme les autres, Stan se retrouva enseveli, sa pelle à la main. Il retint sa respiration et rama vers ce qu'il supposait être le haut. Au moment où il pensait être arrivé au bout de ses forces, il donna un dernier coup de pelle et sa tête se retrouva à l'air libre.

– 15 –

Le portail

Stan n'aurait jamais pensé que revoir ces nuages en forme de blocs lui ferait autant plaisir. Il aspira de longues bouffées d'air frais, surpris d'être encore en vie. Il se rappela alors ses amis, mais ne les vit pas. La panique le gagna quand il entendit un aboiement derrière lui. Rex trottait sur le sable en reniflant le sol. Stan se demanda comment il avait réussi à sortir de là, puis il se souvint que le chien avait le pouvoir de se téléporter n'importe où, pourvu que sa maîtresse y soit.

Quelques secondes plus tard, elle apparut à la surface. Quand elle eut à son tour retrouvé son souffle, elle se tourna vers Stan.

— Ne te plains plus jamais de ta pelle ! Elle t'a permis de remonter beaucoup plus vite que moi avec cette fichue pioche !

Stan allait répondre quand Charlie les rejoignit, lui aussi, avec Citron.

— Bien joué, Charlie ! lança Kat. Le mur était pourtant grand. Comment t'as fait pour taper pile là où il ne fallait pas ?

— C'est bon de te revoir aussi, Kat, répliqua-t-il, ironique. Mais tu ferais mieux de me remercier. Premièrement, je pense qu'on est définitivement débarrassés de Monsieur A. Il était mal en point quand le plafond s'est écroulé. Ça m'étonnerait qu'il ait la force de remonter. Et deuxièmement, j'ai eu le temps de prendre ça.

Il sortit de son inventaire un livre intitulé *Le Nether et l'Ender : Comment y accéder*.

Kat en était bouche bée.

— Où t'as trouvé ça ? demanda-t-elle.

— C'était sur l'étagère à côté du bouton. J'ai pensé que ça pourrait nous être utile.

Il se leva, fier de lui, et secoua le sable sur ses vêtements.

— Et si on réfléchissait à la suite du programme ? ajouta-t-il.

Il ouvrit le livre au chapitre « Entrer dans l'Ender » et lut :

— « Pour entrer dans l'Ender, un joueur aura besoin avant toute chose de douze yeux d'Ender. »

Il regarda ses amis.

— Vous savez ce que c'est ?

Kat et Stan secouèrent la tête. Charlie retourna le livre et consulta le glossaire qui figurait au dos. Un œil d'Ender était dessiné. Ça ressemblait à un œil de chat, gris-vert. Une perle d'Ender et de la poudre de blaze étaient nécessaires pour en fabriquer un.

— « La perle s'obtient en tuant un enderman », lut Charlie, « et la poudre provient du bâton de blaze, que lâchent les blazes en mourant. »

— Un enderman ? s'inquiéta Kat. C'est pas ça qui a failli te tuer ce matin ?

Charles soupira.

— Si. Et il va falloir en tuer douze pour espérer entrer dans l'Ender.

Stan eut la gorge nouée. Il n'avait aucune envie de se retrouver face à ces horribles mobs. Il se souvenait par ailleurs que l'Apothicaire avait dit que les blazes vivaient dans le Nether.

— Donc, pour entrer dans l'Ender, on va devoir tuer une brochette d'endermen et faire un tour dans le Nether, récapitula-t-il.

— J'adore ! s'écria Kat en sautillant. En route pour le Nether ! Ça ne peut pas être pire qu'affronter un truc qui se téléporte et veut te tuer parce que tu as osé le regarder. Sans parler du fait que les hommes du Roi sont à nos trousses et qu'ils vont ratisser tout le pays avant de s'attaquer aux autres dimensions.

Charlie se replongea dans son livre.

— Apparemment, il va falloir construire un portail pour aller dans le Nether. Et pour ça, on a besoin de blocs d'obsidienne. Ça s'obtient en mettant en contact de l'eau en mouvement et de la lave. C'est quasiment indestructible.

— On est passés devant un lac de lave en venant ici, intervint Stan.

— Moi, j'ai un seau dans mon inventaire, ajouta Kat. Ce ne sera pas difficile de trouver de l'eau.

En attendant, ils décidèrent de passer la nuit là où ils se trouvaient. Kat alla remplir son seau d'eau à l'oasis la plus proche, tandis que les garçons craftèrent un abri discret. Les toiles des araignées bleues de la mine servirent à faire de la laine pour les matelas. Ils occupèrent leur soirée à confectionner les objets dont ils auraient besoin le lendemain pour leur portail : des torches, un coffre, des plastrons en fer, de nouvelles armes et un anneau d'acier qui servirait à activer le portail. Ils décidèrent de stocker dans le nouveau coffre tout ce qui n'était pas indispensable pour aller dans le Nether. Puis ils se couchèrent.

En faisant son trou dans son matelas en toile d'araignée, Stan repensa à Monsieur A. Il était très heureux de s'être débarrassé d'un dangereux ennemi. Cependant, il ne pouvait pas s'empêcher de penser que cette bataille laisserait des traces. Il imagina, mal à l'aise, l'agonie du griefer, étouffant sous des tonnes de sable. Et même s'il n'avait pas cru à son histoire au sujet d'Avery, Stan pensait que Monsieur A devait avoir une autre raison de haïr les joueurs de bas niveau. Maintenant qu'il était mort, il ne la connaîtrait jamais. Finalement, Stan était si épuisé qu'il ne tarda pas à sombrer dans le sommeil.

Cela faisait longtemps qu'il n'avait pas aussi bien dormi. Il se réveilla au chant du coq, prêt à affronter le Nether.

Charlie ayant lu que les animaux domestiques ne pouvaient pas les accompagner dans cet univers parallèle, Kat et lui ordonnèrent à Rex et à Citron de rester assis dans l'abri et d'attendre leur retour. Puis ils se mirent en chemin avec Stan en direction du lac de lave. Ils l'atteignirent dans la matinée.

Charlie ne perdit pas une minute. Il renversa l'eau du seau sur le bord de l'étendue de lave, la transformant instantanément en un gros rocher d'obsidienne noir comme la nuit. Il sortit alors sa pioche en diamant – la seule capable de travailler cette matière – et commença à tailler des blocs cubiques de taille réglementaire.

Ce fut un travail long et fastidieux. Le soleil était haut dans le ciel et la chaleur de la lave n'arrangeait rien. Charlie terminait son neuvième bloc quand le sol explosa. Stan fut projeté en arrière. Quelques centimètres de plus et il basculait dans la lave en fusion.

Kat visait déjà le nuage de poussière avec son arc, prête à tirer sur ce qui apparaitrait lorsqu'il se dissiperait. La première chose qu'elle vit à travers l'écran de fumée fut une flèche qui fusait vers elle. Elle eut juste le temps de baisser la tête et le projectile emporta sa casquette en cuir. Elle se mit alors à bombarder de flèches l'endroit où l'explosion avait eu lieu. Elle aperçut deux silhouettes. L'une d'elles portait un pantalon de camouflage et un débardeur noir. Un bandeau couvrait un de ses yeux. Le soldat se précipitait dans sa direction, une épée en diamant à la main.

Il fut stoppé dans sa lancée par la pelle de Stan qui lui fracassa les chevilles. Tandis qu'il trébuchait, Stan lança à Charlie qui se joignait à la bataille :

— On va se débrouiller, occupe-toi de finir le portail, qu'on se tire d'ici !

L'instant d'après, Kat jeta son épée à Stan.

— Prends-la, tu en auras plus besoin que moi !

Entre-temps, le joueur au bandeau s'était relevé. Elle lui envoya quelques flèches qu'il dévia sans difficulté.

Kat pouvait à présent distinguer leur deuxième agresseur. Il avait la peau noire et portait une tunique en cuir sur une armure de samouraï. L'arc qu'il utilisait étincelait tout autant que le sien. Cela signifiait qu'il était lui aussi enchanté, mais ne l'informait pas sur la nature de son enchantement. Ils se livrèrent à un combat acharné, s'arrosant mutuellement de flèches.

De son côté, Charlie était en train de placer les trois derniers blocs d'obsidienne du portail quand un troisième soldat jaillit dans son dos. Il fit volte-face, pioche de diamant en main, prêt à se battre.

Le nouvel agresseur était une fille. Elle se désintéressait totalement de lui et sortit une poignée de poudre de redstone de son inventaire, ainsi qu'une torche rougeoyante. Elle répandit la poudre par terre en décrivant une ligne, avant d'approcher la torche d'une des extrémités. La poudre s'illumina aussitôt et projeta de petites étincelles rouges.

— Contact sur cinq ! s'écria-t-elle.

Puis elle tira son épée de fer et se mit en position défensive. Kat et Stan l'observaient sans comprendre. Les deux autres soldats s'étaient mis à creuser des trous dans le sol. Charlie comprit alors ce que tous les trois manigançaient.

— Couchez-vous ! hurla-t-il. Elle va...

Une terrible déflagration l'interrompit.

Stan fit un vol plané d'une vingtaine de blocs. Le sol sous ses pieds avait explosé et il avait été emporté dans un tourbillon de pierres et de feu. Il retomba brutalement, hébété, paralysé par la peur et la douleur. Il eut la présence d'esprit de boire une de ses potions de guérison.

Le corps de Kat s'envola, propulsé par la force ahurissante de l'explosion, son épée toujours agrippée à son poignet. Elle fonçait droit vers la lave en fusion.

La vision de Stan se brouilla. Kat ne pouvait pas mourir. C'était impossible.

Comme son esprit ne répondait plus, son instinct prit le relais. Il ramassa sa pelle et courut vers le samouraï qui s'apprêtait à tirer une flèche en direction de Charlie. Le visage de ce dernier était blême, son regard morne, et sa mâchoire inférieure pendait. Il ne parvenait pas à quitter des yeux le point du lac où Kat avait disparu. Stan abattit sa pelle sur le crâne du samouraï avant qu'il ne tire.

Ce dernier s'écroula. Sa tête penchait dans une position étrange, comme si sa nuque avait été brisée. S'il n'était pas mort, au moins était-il inconscient. Stan fit alors face aux deux autres, tout en hurlant de fureur. Le soldat au débardeur avançait dans sa direction avec son épée, la fille sur ses talons. Tous deux fulminaient de rage, prêts à venger leur ami. Mais la colère qui bouillait en Stan décuplait son courage. Ces deux-là ne lui faisaient pas peur.

Il vit alors jaillir de la lave une silhouette incandescente qui brandissait une épée dont le fer rougeoyait. Elle sauta sur le rivage et transperça le dos de la fille avec sa lame surchauffée. Celle-ci s'effondra, inanimée. Kat, qui ressemblait à un diable personnifié, jeta son corps dans le lac brûlant. Sa puissance paraissait sans limites.

Stan ne se laissa pas le temps de réfléchir à la situation ni de se réjouir de la réapparition de Kat. Il restait un soldat et il fallait lui échapper.

— Active le portail ! hurla-t-il à l'attention de Charlie tout en courant vers l'édifice de blocs d'obsidienne.

Charlie sortit son silex et son anneau d'acier puis les frotta l'un contre l'autre. Des étincelles volèrent. Certaines retombèrent sur la structure qu'il avait bâtie. Des flammèches s'allumèrent et, quand le centre du portail ne fut plus qu'une intense lumière pourpre, Charlie plongea dedans. Kat l'imita sans se poser de question.

Stan chassa son appréhension et les suivit.

Une pénible sensation d'étouffement l'assaillit. Mais elle ne dura que quelques secondes. Il atterrit sur une surface qui ressemblait à de la terre recouverte d'une croûte. Il aspira profondément et de l'air chaud et sec emplit ses poumons.

De l'autre côté du portail, Gino sortit le corps de Becca de la lave avant de lui faire avaler deux potions de contrebande. Les flammes qui brûlaient encore sur son armure s'éteignirent et elle toussa faiblement. Soulagé, il en versa une troisième dans la bouche de Leonidas. Il y eut un léger clic, puis sa tête reprit une position normale.

Gino voulut alors suivre l'assassin du Roi et ses amis dans le Nether. Il courut vers le portail, s'apprêta à plonger dans le trou, mais la structure s'évanouit une fraction de seconde avant. Il jura puis se tourna vers ses compagnons. Leonidas se massait le cou tandis que Becca cherchait à reprendre son souffle.

Finalement, tout était pour le mieux, pensa-t-il. Sous son commandement, le RAT1 ferait en sorte que Stan et ses amis, à présent coincés dans le Nether, n'en ressortent jamais vivants.

- 16 -

Le Nether

Les articulations de Stan le faisaient souffrir. Pourtant, il se sentait soulagé. Ils avaient réussi à fausser compagnie à ces trois voyous de l'Overworld[1].

Kat n'avait pas encore retrouvé son apparence habituelle. Une sorte d'aura rougeoyante enveloppait son corps.

— Dis-moi, Kat, comment tu as fait pour survivre à cette baignade dans la lave ? demanda Stan.

Elle lui montra deux petites bouteilles vides.

---

1. Désigne le monde « normal », tout ce qui ne relève pas d'univers parallèles, comme le Nether ou l'Ender.

— Potion de résistance au feu ! Et potion de guérison pour soigner les brûlures.

Elle jeta les deux flacons qui éclatèrent sur un rocher moucheté de rouge et de noir. Ils se trouvaient dans une immense grotte, dont l'extrémité opposée était illuminée. L'air était si aride que Stan pensa que l'eau n'existait pas dans cet univers.

Charlie jeta un coup d'œil au portail partiellement détruit. Il était impensable de le réactiver en l'état.

— Il faudra trouver de l'obsidienne pour le retaper, dit-il.

— On s'en occupera plus tard, répondit Stan. Je parie que ceux qui nous ont attaqués sont des soldats du Roi. Il ne leur faudra pas longtemps pour nous rejoindre ici. Trouvons ces bâtons de blaze aussi vite que possible. On verra ensuite comment on fait pour retourner dans l'Overworld.

Kat et Charlie approuvèrent sa proposition et tous trois se dirigèrent vers ce qu'ils pensaient être la sortie de la cave. Quand ils arrivèrent à l'autre extrémité, ils durent se rendre à l'évidence : le Nether tout entier semblait n'être qu'une interminable grotte, un monde souterrain, fait presque exclusivement de roche rouge et noir. Un océan de lave tapissait le fond, jonché, çà et là, de petites îles rouge foncé. Des stalactites en cristal incandescent tombaient de la voûte, et des chutes de lave géantes se déversaient du haut des falaises dans la mer en fusion.

Ils n'eurent pas le loisir d'examiner les lieux plus longtemps. Une grande forme blanche s'éleva brusquement devant eux. Stan fit un bond en arrière. La créature ressemblait à une méduse géante en lévitation. Son corps était formé d'un bloc, sous lequel pendait un enchevêtrement de tentacules. Ses yeux et sa gueule étaient fermés. C'était de loin le mob le plus énorme qu'ils aient croisé dans Minecraft.

Soudain, le monstre poussa un cri strident, plus aigu encore que celui de l'enderman. Puis sa bouche cracha une boule de feu dans leur direction.

— Baissez-vous ! cria Kat.

Le projectile explosa au contact du mur situé derrière eux. Une onde de chaleur se répandit alors ; Stan la ressentit sur son visage.

Une nouvelle boule de feu arriva et les joueurs roulèrent sur le côté pour l'éviter. La corniche sur laquelle ils se tenaient une seconde plus tôt fut pulvérisée. Stan dégaina son arc et quelques flèches et visa la boule suivante juste au moment où celle-ci apparut dans la gueule du monstre. Il rata sa cible mais atteignit le front du mob, qui poussa un hurlement de douleur. La créature s'éleva dans les airs et cracha trois autres boules en direction de la voûte. Elles explosèrent en causant une avalanche de pierres.

— Séparons-nous ! s'écria Charlie. Le mob ne pourra plus nous viser tous les trois à la fois !

— Mais où veux-tu qu'on aille ? se désespéra Kat.

En effet, ils étaient acculés contre une paroi et les explosions avaient creusé des cratères de chaque côté. Alors que le monstre envoyait une boule de feu, Stan leva sa pelle devant lui en se préparant à une mort atroce.

Juste avant qu'elle ne l'atteigne, un joueur surgit du mur derrière lui et brandit son épée en diamant. La boule retourna à son expéditeur. Elle lui explosa en pleine face et il dégringola en arrière en hurlant.

— Mettez-vous derrière moi ! s'écria leur sauveur.

Mais le monstre avait déjà récupéré et s'apprêtait à attaquer de nouveau.

Un autre joueur surgit alors du mur, une canne à pêche à la main. Il lança sa ligne en direction de la méduse et le hameçon se planta dans sa tête. Le mob essaya de s'envoler en grognant de douleur, mais le pêcheur le tenait fermement.

— Belle prise, Bill ! lança le premier joueur en parant une nouvelle boule de feu.

— Merci, Ben ! répondit l'autre. Le ghast[1] est en position idéale, là. Vas-y, Bob, on est prêts !

Un troisième joueur apparut avec un arc lumineux et lança à Stan, Kat et Charlie :

— Si vous savez tirer, c'est le moment ! Visez les yeux !

Visiblement, Ben, Bill et Bob prenaient plaisir à chasser le ghast.

Stan, Kat, et Bob se mirent à le bombarder de flèches. Il en eut bientôt plein les yeux, ce qui rendait ses attaques beaucoup moins efficaces.

— C'est bon, on se calme ! s'écria Bill en tirant sur sa canne.

— Mais il est encore vivant, fit remarquer Stan.

— Pourquoi on arrêterait ? demanda Kat.

— Parce que Ben adore cette partie, expliqua Bill, hilare.

Il recula encore, tirant le ghast vers eux. Ce dernier fit une embardée et Stan tressaillit.

Ben sauta soudain sur le monstre et lui enfonça la lame de son épée en plein front. Il répéta son geste plusieurs fois tandis que le mob, à l'agonie, hurlait. Puis ce dernier bascula dans l'océan de lave derrière lui.

---

1. Créature flottante du Nether ressemblant à une méduse.

Bob se tourna vers les nouveaux :

— Voilà comment, madame, messieurs, nous tuons les ghasts !

— Impressionnant ! reconnut Kat.

— On a eu le temps de s'entraîner. Mais vous devriez être plus prudents, les jeunes. Un combat contre un ghast peut mal tourner. Ils sont capables de vous envoyer valdinguer au plafond !

— On dirait que vous les connaissez bien, intervint Charlie. Vous venez souvent dans le Nether ?

— On habite ici depuis que ce traître de Roi nous a bannis de l'Overworld, répondit Bill.

— Et d'ailleurs, intervint Ben, on se fiche de ce que vous pensez de ce pauvre type. Si notre opinion vous pose un problème, on peut régler ça comme on l'a fait avec le ghast.

Les deux autres acquiescèrent en silence.

— Je pense que notre opinion dépasse la vôtre, sourit Kat.

— C'est Stan qui a tiré sur le Roi, ajouta Charlie en désignant son ami.

Les trois anciens changèrent de couleur.

— Quoi ?! s'étonna Bob. Dis donc, t'as du cran, le nouveau !

— Mais comment tu peux encore être en vie après ça ? interrogea Bill.

— Vous êtes venus ici pour échapper à son armée ? questionna Ben.

— Pas vraiment, répondit Stan. En fait, on cherche à renverser...

Kat lui donna un coup de coude pour qu'il se taise. Mais il en avait déjà trop dit.

— Vous voulez renverser le Roi ? répéta Bob d'une voix émerveillée.

Il y eut un moment de silence. Kat s'attendait à ce que les trois anciens révèlent leur appartenance aux services secrets du Roi.

— C'est génial ! s'exclama enfin Bill. Il était temps que quelqu'un défie ce salopard ! Si on pouvait sortir d'ici, on l'aurait fait tôt ou tard.

— Au fait, demanda Bob, vous avez un portail pour sortir d'ici ? On n'en peut plus d'être là. On a laissé plein d'amis dans l'Overworld... Peut-être que l'Apothicaire est toujours en vie...

Stan sursauta.

— Vous connaissez l'Apothicaire ? On l'a rencontré dans la jungle. Il nous aide à organiser la rébellion avec les gens d'Adorian. D'où vous le connaissez ?

— On a travaillé ensemble au conseil des Opérateurs, répondit Ben. On dirigeait l'exploration, jusqu'à ce que le Roi nous soupçonne de vouloir prendre sa place et qu'il nous envoie ici.

— Bon, et ce portail ? demanda Bob. On est coincés dans ce trou à rats depuis une éternité. Je tuerais juste pour revoir une vache ou une fleur.

— On en a bien un, répondit Kat. Mais il est abîmé. Il nous faudrait un bloc d'obsidienne pour le réparer. J'ai un seau d'eau et Charlie a sa pioche en diamant. Mais on peut pas quitter le Nether sans quelques bâtons de blaze. Si on veut mener à bien cette rébellion, il faut qu'on accède à la cachette du Roi dans l'Ender. Et on ne peut pas l'atteindre sans ces bâtons.

— Sans compter, ajouta Charlie, qu'on ne peut pas réparer le portail avant d'être prêts à partir du Nether, sinon les hommes du Roi viendront nous chercher ici et on sera tous foutus.

— C'est impossible de faire de l'obsidienne ici, objecta Bill. L'eau s'évaporerait avant d'entrer en contact avec la lave.

L'information assomma Stan. Comment allaient-ils quitter le Nether ?

— Je crois qu'on peut quand même vous aider, intervint Ben. Il se trouve qu'on possède un bloc d'obsidienne dans notre maison. On va faire un marché avec vous. On vous donne ce bloc pour réparer le portail. Vous nous laissez l'utiliser pour nous tirer d'ici, et en échange, on vous file un coup de main pour trouver ces bâtons de blaze.

— Ça me va ! répondit Stan.

— Marché conclu ! ajouta Kat.

Charlie approuva également.

— Alors, on les trouve où, ces blazes ? demanda-t-il.

— On vous expliquera tout à la maison, répondit Ben. Suivez-nous !

Ils franchirent le trou dans la paroi et marchèrent un bon moment dans le tunnel en pente douce. Quand ils en sortirent, ils étaient au niveau de la mer de lave. Ils traversèrent une plaine de roche rouge et noir. Puis une petite colline se dressa sur leur chemin. Bill leva la main.

— Il faudrait être certain qu'il n'y ait pas de mobs de l'autre côté. Bob et Stan, allez jeter un coup d'œil ! Si vous voyez des créatures hostiles, tuez-les. La maison est juste au-dessus de la plaine.

Stan sortit son arc et suivit Bob sur la colline. Ce qu'ils virent de là-haut lui retourna l'estomac. Il avait combattu un de ces mobs avec ses amis, une nuit d'orage, en route vers Element City. Sans le creeper chargé d'électricité, il n'en serait jamais venu à bout. Sur la plaine qui s'étendait devant eux, il n'y avait pas un cochon zombie, mais une cinquantaine, épée au poing.

— Hé hé ! Je sens qu'on va se marrer. Pas vrai, Stan ?

- 17 -

La forteresse
et le blaze

Le premier réflexe de Stan fut de lancer une flèche en direction du troupeau.

— Non ! s'écria Bob.

La flèche se planta dans l'orbite creuse du premier zombie, qui s'écroula. Les autres se tournèrent vers leur malheureux camarade. Puis, dans un même mouvement, leurs regards se braquèrent sur Stan. Et tous bondirent vers eux.

— Ces trucs sont inoffensifs, expliqua Bob. Si tu ne les attaques pas, ils ne le feront pas non plus.

— Dans l'Overworld, il y en a un qui m'a attaqué ! se justifia Stan.

— J'ignore pourquoi. En tout cas, on a un vrai problème, là.

Les zombies commençaient à gravir la colline. Bob et Stan réussirent à en abattre quelques-uns avec leurs flèches, mais ils étaient trop nombreux.

— Demi-tour ! ordonna Bob.

Ils retournèrent vers leurs amis au pas de course.

— Des cochons zombies ! prévint-il.

Comme les deux autres gars du Nether ne réagissaient pas, il ajouta :

— Stan en a tué un !

— Il y en a une cinquantaine ! s'écria Stan à son tour. Préparez-vous, ça va être une sacrée bataille !

Quelques secondes plus tard, le troupeau apparut au sommet de la colline et le combat s'engagea, rude, intense, cruel.

Ben était expert en élimination de zombies. Kat ne faisait pas aussi bien que lui, mais parvint tout de même à en supprimer quelques-uns. Charlie improvisa une stratégie : il creusa un fossé autour de lui avec sa pioche, et quand un cochon s'en prenait à lui, il tombait dedans. Charlie n'avait plus qu'à l'achever avec son arme. Stan, quant à lui, ne se débrouillait pas si mal avec sa pelle. Mais Bob et Bill étaient ceux qui causaient le plus de dégâts dans le troupeau. Les flèches du premier faisaient mouche chaque fois, à un rythme soutenu. Bill utilisait sa canne à pêche pour harponner les zombies

et les expédier dans la lave en fusion. Ils ne brûlaient pas, mais nageaient en tous sens en se désin-
téressant totalement de la bataille.

Ils finirent par venir à bout du troupeau. C'est
Kat qui décapita le dernier cochon. Les six joueurs
se remirent en chemin et arrivèrent bientôt à la
maison des Nether boys, construite au pied d'une
colline escarpée. Elle se fondait dans le paysage, si
bien qu'on la remarquait à peine. L'intérieur était
entièrement pavé. Enfin un matériau familier ! Le
premier depuis leur arrivée dans ce Nether cau-
chemardesque.

Le mobilier se réduisait au strict minimum : un
établi, un four, quelques coffres. Il n'y avait même
pas de lits. Stan s'en étonna.

— Les lits peuvent exploser, ici, lui expliqua
Bill.

Stan ne chercha pas à savoir pourquoi. Il avait
compris depuis longtemps que Minecraft ne respectait pas toujours les lois élémentaires de la
physique. Il n'en était plus à une aberration près.

Puis ils en vinrent à parler des blazes.

— Il va falloir aller à la forteresse du Nether,
dit Bob. C'est là que se trouve le géniteur de
blazes.

— C'est quoi, cette forteresse ? demanda Kat.

— Un labyrinthe en briques rouges très dangereux, répondit Ben. Mais ça devrait aller, on l'a déjà exploré. Par contre, il faudra être prêts. Une fois qu'on est dedans, on doit affronter un bataillon infini de blazes. Et ces machins sont très difficiles à tuer.

— Pour quelles raisons ? voulut savoir Charlie.

— D'une, ils savent voler ; de deux, ils ont la fâcheuse manie de t'envoyer des boules de feu à la figure ! On a failli y rester la première fois qu'on s'y est aventurés. Mais on s'est bien marrés quand même.

Il se leva.

— La forteresse n'est pas loin d'ici. Il suffit de monter sur la colline au-dessus de la maison.

Il sortit et les cinq autres le suivirent. En fait de colline, ça ressemblait plutôt à une falaise. Son ascension ne fut pas une mince affaire. Néanmoins, lorsqu'ils arrivèrent au sommet, un monstre les attendait : un cube de magma. Le mob attaqua Ben qui le fendit d'un coup d'épée. Le monstre se scinda en deux petits cubes de magma animés. L'un d'eux se jeta sur Stan et le garçon manqua de dégringoler en bas de la falaise. Heureusement, Bill eut la présence d'esprit de lancer sa canne à pêche pour le rattraper. Pendant ce temps, Ben continuait de trancher les cubes de magma en cubes de plus en plus petits. Bientôt, ils furent si minuscules qu'ils ne s'animaient plus. Bob empocha la pâte orange qu'ils gardèrent pour une utilisation ultérieure.

— C'est de la crème de magma, précisa-t-il. Ça sert à préparer la potion de résistance au feu.

Maintenant qu'ils en avaient fini avec leur agresseur, ils purent se tourner vers l'édifice devant eux, une structure en briques rouges. Ils gravirent les marches jusqu'à l'entrée puis empruntèrent un couloir éclairé par des torches.

— C'est nous qui les avons accrochées, indiqua Ben. En les suivant, on arrivera directement dans la pièce où se trouve le géniteur de blazes.

Ils progressèrent en silence dans le gigantesque labyrinthe. Ici et là, des fenêtres creusées dans la paroi laissaient voir de magnifiques chutes de lave rougeoyante. L'océan de magma se trouvait sous eux.

Après avoir parcouru des corridors sans fin et traversé quelques cavités, ils arrivèrent dans un endroit plus sombre, dénué de torches. Stan aperçut une silhouette jaune qui tournait dans une cage noire, semblable à celle de l'araignée bleue dans la mine abandonnée. Le géniteur de blazes.

— Alors ? On fait comment ? demanda Charlie, impatient.

— Personnellement, j'irais volontiers écrabouiller ce truc dans sa cage avant qu'il nous envoie une armée de blazes, répondit Kat en tirant son épée.

— Pas si vite ! tempéra Bill. Je sais que ce serait marrant de taper dessus jusqu'à ce qu'en sortent des bâtons de blaze, mais ces bestioles sont dangereuses. Elles balancent leurs boules de feu trois par trois. Il faut y réfléchir à deux fois... Quelqu'un a une idée ?

— Et si j'avalais ma potion de résistance au feu et que j'avançais vers eux pour faire diversion ? proposa Charlie. Pendant ce temps, Bob, Kat et Stan pourraient les descendre à coups de flèches.

— Pas idiot, estima Bob. Mais fais quand même attention ! Même si tu ne prends pas feu, ces boules t'affaibliront. Et les blazes peuvent attaquer en groupe.

Charlie promit d'être prudent et ils se préparèrent à attaquer. Une fois les tireurs à l'arc en position et la potion de Charlie avalée, ce dernier prit son courage à deux mains et fonça vers le centre de la pièce. La cage dégagea des particules de feu puis la forme jaune qu'elle contenait se mit à tourner sur elle-même. Charlie la regardait avec curiosité quand un blaze apparut juste au-dessus de son géniteur. Il n'avait jamais rien vu d'aussi étrange. Sa tête était constituée d'un cube jaune tacheté de noir avec des yeux globuleux. Son corps était une colonne de fumée plantée de bâtons jaunes. L'ensemble était en flammes. Charlie en était encore à détailler l'incroyable créature quand celle-ci ouvrit sa gueule pour tirer trois boules de feu.

Charlie plongea sur le côté. Le blaze se tourna vers lui et recommença. Le jeune joueur l'esquiva à nouveau. Mais avant de pouvoir lancer une troisième attaque, le mob reçut trois flèches en pleine tête. Il tomba au sol, sans vie, en laissant un bâton orange, dont Charlie s'empara. Mais deux nouveaux blazes apparaissaient déjà et six boules de feu volaient vers lui. Trois flèches abattirent l'un d'eux ; le second tomba quelques secondes plus tard. Seul ce dernier laissa un bâton. Puis Charlie dut faire face à quatre blazes.

À l'entrée de la pièce, les tireurs faisaient ce qu'ils pouvaient pour abattre les blazes aussi vite que possible, mais le géniteur était plus rapide qu'eux. Bill observait la bataille, impuissant. Sa canne à pêche n'était d'aucune utilité en pareilles circonstances. Quant à Ben, s'il y avait bien une chose qu'il détestait, c'était de ne pas pouvoir participer à une bagarre.

— Charlie a dû ramasser assez de bâtons, lança-t-il, la main serrée sur le manche de son épée. Allons tuer le géniteur !

Mais Bill l'en empêcha.

— C'est trop tôt !

Charlie, de son côté, n'attendait plus que leur intervention. Il avait récupéré plus de bâtons qu'il ne lui en fallait pour crafter la poudre de blaze nécessaire à la fabrication des yeux d'Ender. Il était à présent cerné par seize mobs et se demandait si les effets de sa potion n'allaient pas disparaître à un moment ou un autre. Sans compter qu'il avait été touché de nombreuses fois. Il reçut soudain une boule de feu en pleine nuque. Groggy, il chuta.

Ben fit alors irruption dans la pièce. Il se rua vers la cage et, à travers les barreaux, planta son épée dans le petit blaze. Un cri aigu accompagna sa mort. Puis, d'un seul coup d'épée, Ben décapita trois mobs sans recevoir une seule boule de feu. Les tireurs à l'arc éliminèrent les autres blazes encore en vie, et le calme revint.

— C'était plutôt rigolo, non ? lança Ben.

Les six joueurs se félicitèrent et rebroussèrent chemin pour regagner la maison des Nether boys. Ils étaient presque sortis du labyrinthe quand ils entendirent des voix venant de l'extérieur.

Ben, qui ouvrait la marche, leva sa main rectangulaire. Il passa sa tête discrètement pour voir au-dehors. Il la rentra aussitôt et se laissa glisser au sol, le souffle court.

— Qu'est-ce qu'il y a ? demanda Kat.

— Les forces du Roi, lâcha-t-il. Elles nous ont retrouvés.

– 18 –

Une évasion audacieuse

Gino regardait Becca vautrée par terre. Il savait d'expérience que dormir dans un lit dans le Nether n'était pas une bonne idée. Aussi avait-il décidé que quelques blocs de laine feraient l'affaire.

Le Roi avait été très clair : ils devaient éliminer les assassins coûte que coûte. Becca avait beau ne pas avoir retrouvé ses esprits, le RAT1 ne devait pas lâcher les fugitifs.

Becca se mit à remuer.

— Que s'est-il passé ? gémit-elle en se redressant. J'ai tellement mal !

Elle remarqua Gino assis près d'elle, et ce paysage inhabituel. Des soldats patrouillaient alentour.

— Mais… on est où ?

— Dans le Nether, répondit-il. Cette fille, Kat, avait une potion de résistance au feu. Elle est ressortie de la lave et t'a poignardée dans le dos avant de t'y jeter à ton tour. Pendant que je m'occupais de Leonidas et toi, les fugitifs se sont échappés par le portail et l'ont cassé. Après quoi, je suis retourné dans la jungle chercher des soldats et un médecin. On vous a soignés et on a réparé le portail. Maintenant, on sait qu'ils sont dans la forteresse, on attend qu'ils en sortent. Nous avons trente hommes du Roi avec nous. Ils ne vont pas nous échapper.

— S'ils remarquent notre présence, ils peuvent rester dans la forteresse indéfiniment.

— On va la faire péter ! s'exclama Gino avec une lueur d'excitation dans le regard. Léo et une équipe de dix soldats sont en train de poser des TNT tout autour. Soit ils mourront dans l'explosion, soit nos snipers les abattront quand ils tenteront d'en sortir.

— Excellent ! gloussa Becca.

Leonidas les rejoignit.

— Mission accomplie, grogna-t-il. Dès que les soldats auront répandu la poudre de redstone, on pourra tout faire sauter.

Quelques instants plus tard, un joueur en armure de fer vint les prévenir :

— La mise à feu est en place, monsieur. Les hommes ont évacué les lieux. Vous pouvez procéder à la détonation quand vous le souhaitez.

Gino s'éloigna en portant Becca sur son épaule. Leonidas approcha sa torche de la ligne de redstone... avant de s'arrêter. Voulait-il vraiment voir mourir ces trois jeunes joueurs ? Non. En fait, et même si l'admettre publiquement lui aurait coûté la vie, il admirait leur courage et leur mépris pour ce Roi tyrannique.

Leonidas se rappela ces temps de paix et de prospérité, quand le Roi était juste et bon envers tous ses sujets, de haut comme de bas niveau. Et puis ses conseillers César et Charlemagne étaient arrivés, avec leur influence néfaste. Ils avaient volé la vie paisible de Leonidas dans le désert. Ils avaient fait peser des menaces de mort sur sa famille pour l'obliger à commettre des actes haineux pour le RAT1. Jusqu'à ce que tuer devienne pour lui une routine.

Toutes ces pensées traversèrent son esprit l'espace d'une demi-seconde. Leonidas aurait aimé s'opposer aux ordres. Mais il savait quelles en auraient été les conséquences. Il ne pouvait rien faire. Il était prisonnier de son destin.

Il mit feu à la poudre de redstone. La douleur qu'il avait emmagasinée depuis si longtemps jaillit au travers d'une larme qui coula sur sa joue géométrique. Dans le même temps, la forteresse tout entière explosa, provoquant une onde de choc impressionnante.

Stan et ses amis avaient beau se trouver à un demi-mile sous terre, la déflagration les secoua avec une violence inouïe. Ils devaient leur vie à Charlie, qui avait eu la bonne idée de s'enfoncer aussi loin que possible.

Les Nether boys étaient convaincus que le Roi leur avait envoyé sa troupe d'élite, le fameux RAT1, composé de Gino, maître de l'épée, Becca, experte en démolition, et Leonidas, prodige du tir à l'arc. Selon les frères Bob, Bill et Ben, le Roi avait beaucoup d'estime pour ce trio dont la spécialité était de dénicher et d'éliminer les hors-la-loi. Stan en éprouva un sentiment de fierté. Pour autant, si ce trio avait décidé de les pourchasser jusqu'au fin fond du Nether, ils n'étaient pas près de s'en défaire.

— On a les bâtons de blaze qu'il nous fallait, dit-il. Maintenant, on doit quitter le Nether et casser le portail. Pendant qu'ils seront coincés ici, on pourra chasser des endermen et s'éloigner du portail au maximum.

Charles et Kat approuvèrent.

— Et vous ? demanda Stan en se tournant vers les Nether boys. Vous allez faire quoi en arrivant dans l'Overworld ?

— On va commencer par embrasser le sable sous nos pieds, répondit Bill.

— Ensuite on remplira nos poumons d'air qui fera moins de trente degrés, ajouta Bob.

— Et peut-être qu'on construira un temple à la gloire des nuages en jurant de les apprécier à leur juste valeur à l'avenir, conclut Ben.

— Plus sérieusement, reprit Bill, on veut vous aider à organiser la rébellion.

— Vraiment ? s'étonna Stan.

— Si vous accomplissez votre part du marché en nous faisant sortir d'ici, on n'aura rien à perdre à vous filer un coup de main, approuva Ben.

Charlie repensa au RAT1.

— À mon avis, ils ne vont pas tarder à se rendre compte qu'on n'est pas morts dans l'explosion. Ils vont nous chercher partout, y compris là-dessous. Si je ne me trompe pas, on ne devrait pas être loin de la cavité où se trouve notre portail. Si les hommes du Roi sont là, ça veut dire qu'ils l'ont réparé et, du coup, on n'a plus besoin de votre bloc d'obsidienne.

Tous approuvèrent en silence, puis Charlie expliqua son plan d'action. Comme personne ne posa de questions, il creusa un trou dans le plafond avec sa pioche. Bob et Kat se hissèrent dans la cavité supérieure, suivis de près par Stan et les autres.

Charlie avait raison : le portail était là, réparé, et personne ne montait la garde. En revanche, cinq hommes contrôlaient l'extrémité de la porte. Les six joueurs se firent aussi silencieux que possible et se précipitèrent vers le portail. Il était actif. Une lumière pourpre brillait en son centre. Charlie et Ben le traversèrent les premiers. Stan s'apprêtait à plonger à son tour lorsqu'une silhouette surgit, lui barrant le passage.

Sans prendre le temps de réfléchir ou d'étudier l'intrus, il le frappa à mort avec sa pelle. Le mob émit un couinement de douleur en s'écroulant. Stan réalisa qu'il venait d'abattre un cochon zombie. Il craignit, en se retournant, de voir une horde de morts-vivants en colère, mais il n'en était rien. En revanche, le cri du zombie avait alerté les gardes ; ils accouraient en lançant des flèches dans leur direction.

Entre-temps, Kat, Bill et Bob avaient franchi le portail. Il leur emboîta le pas.

Il ressentit la même sensation d'étouffement qu'à l'aller puis se retrouva sur le sable, sous la lueur de l'aube.

— Ils arrivent ! hurla Stan à ses amis qui gisaient, haletant, autour de lui. Aidez-moi !

Ils tapèrent de toutes leurs forces sur les blocs d'obsidienne avec leurs armes. Mais la roche était solide et il leur fallut déployer beaucoup d'énergie pour voir des morceaux se détacher du portail. La lumière pourpre s'éteignit lentement, mais un garde s'éjecta du Nether à la dernière seconde. Il tenait une hache dans sa main et menaçait le joueur le plus proche de lui : Kat. Elle brandit son épée et le combat s'engagea.

Il apparut très vite qu'elle était supérieure. Elle géra prudemment son avantage tandis que les attaques de son adversaire devenaient de plus en plus hasardeuses. Quelques secondes plus tard, la hache du garde s'envola. Kat lui balança un coup de pied dans la poitrine et il s'écroula. Elle leva alors son épée au-dessus de sa tête. Il gisait sur le sable, le souffle coupé. Elle allait le tuer quand Stan l'arrêta.

— Non ! Il est désarmé. À quoi ça servirait ?

— Si on le laisse partir, il reviendra nous tuer ! protesta Bill.

Le bras de Kat tremblait. Elle ne savait plus quoi faire.

— Kat ! s'écria Charlie. Non… !

Trop tard. La lame de Kat s'était plantée dans la poitrine du garde.

- 19 -

La ville
de Blackstone

Les objets du soldat volèrent autour de lui, indiquant qu'il était mort. Kat retira son épée avec dédain puis affronta le regard de ses amis. Ils étaient tous les deux terrifiés par ce qu'elle venait de faire.

— Je suis désolée, dit-elle. Vraiment.

Elle tomba à genoux et éclata en sanglots.

Bill s'approcha d'elle.

— Si tu ne l'avais pas tué, il nous aurait suivis et il aurait informé le Roi de notre position. C'est comme ça.

— Je sais, renifla-t-elle. Mais c'est quand même horrible.

— Tuer quelqu'un, même en cas de légitime défense, c'est difficile. Mais si on doit renverser le

Roi, il va falloir tuer beaucoup de gens. Ce qu'il faut se dire, c'est que ça en sauvera des centaines d'autres, et ça rendra la vie de milliers de joueurs plus belle.

Kat se releva.

— Tu as raison, Ben.

Tous deux s'étreignirent sous le regard grave des autres. Sauf celui de Stan, dégoûté. Il se jura qu'il ne tuerait jamais un joueur sans être lui-même en danger de mort. Il ne ferait aucune exception.

Il était temps de penser à la suite. Les six joueurs se répartirent les objets du soldat mort, puis Bob demanda aux trois jeunes quel était leur plan.

— On doit aller dans l'Ender maintenant, répondit Stan. On vous retrouvera à Adorian.

— Très bien, approuva Ben. Soyez prudents ! Je n'y ai jamais mis les pieds, mais il paraît que c'est beaucoup plus dangereux que le Nether !

Les Nether boys prirent la direction de la jungle ; Stan, Kat et Charlie s'éloignèrent dans le sens opposé. Ils retrouvèrent sans difficulté leur maison de sable, au-dessus de la mine abandonnée. Pendant que Rex et Citron faisaient la fête à Kat et Charlie, Stan s'occupa du coffre. Ils avaient décidé de n'emmener dans l'Ender que le strict nécessaire, comme le livre que Charlie avait remonté de la mine, ou le coffre d'Ender que lui avait confié l'Apothicaire. Stan rangea les objets dans son inventaire.

Comme il fallait attendre la tombée du jour pour aller chasser les endermen, ils décidèrent de partir à la recherche de nourriture. Ils prirent des directions différentes en se promettant de ne pas trop s'éloigner de leur abri.

Stan découvrit un troupeau de vaches près de l'oasis où Kat était allée remplir son seau d'eau. Les bêtes broutaient ou se désaltéraient paisiblement. Il s'en approcha et les abattit les unes après les autres avec sa hache. C'est alors qu'il remarqua, à une vingtaine de blocs, une voie ferrée qui s'étirait à perte de vue. D'un côté elle s'enfonçait dans le désert, de l'autre elle rejoignait la jungle.

Stan s'avança, intrigué, pour mieux l'examiner. Mais un grondement sourd le fit se retourner. Un train arrivait en provenance de la forêt. Il plongea dans un fossé pour ne pas se faire repérer et attendit.

Le convoi traversa l'oasis sans ralentir. Il était composé de sept chariots de mine. Les quatre premiers contenaient des coffres et les deux derniers des fours. Au centre de la rame se trouvait un chariot à bord duquel un soldat en uniforme montait la garde. Curieux de savoir où allait le train, Stan se mit à courir derrière.

Il le perdit de vue rapidement mais continua à longer la voie ferrée, jusqu'à ce qu'un autre bruit dans son dos attire son attention. Un deuxième convoi. Celui-ci ne comportait qu'un seul chariot de mine. Stan monta dedans et se laissa transporter.

Le soleil était au zénith lorsque Stan aperçut des sortes de huttes en bois perdues au milieu du désert. Pour quelles raisons quelqu'un ferait-il construire sa maison sur une terre aussi aride ? Le joueur sauta du chariot en marche avant que celui-ci n'entre dans ce qui ressemblait à une gare.

Le train qu'il avait vu passer plus tôt était à l'arrêt. Le soldat chargé de le garder parlait sur le quai avec un autre joueur. Ce dernier avait l'air catastrophé. Stan fit encore quelques pas pour entendre leur conversation.

Apparemment, le train venait récupérer un chargement de charbon, mais le maire de la ville était incapable de le fournir.

— Nos mineurs ont été confrontés à un grave problème, expliqua celui-ci. Ils ont été surpris par une coulée de lave pendant qu'ils travaillaient. Il va falloir colmater tout ça avant de pouvoir redescendre, pour des raisons de sécurité.

— Le Roi se fiche de votre sécurité, aboya le soldat. En ces temps de troubles, il a besoin de toutes ses ressources disponibles. Je suppose que vous savez qu'un assassin est en cavale !

Stan déglutit, regrettant soudain de s'être autant approché.

— La ville de Blackstone a toujours été la première productrice de charbon d'Elementia, poursuivit l'homme en uniforme. Le Roi entend que vous fournissiez votre quota. Si vous le mettez en colère une fois de plus… les conséquences seront très graves.

Le soldat frotta un anneau d'argent contre du silex, projetant çà et là des étincelles. Puis il remonta dans son train et démarra. Entre-temps, le feu avait pris à plusieurs endroits. La gare était entièrement en bois. Stan se précipita pour aider le maire à éteindre les flammes avec ses poings. Ils en vinrent à bout en quelques minutes.

— Merci, aimable étranger ! lança le maire en s'inclinant devant Stan. Sans votre bravoure, nous aurions sans doute perdu un des derniers bâtiments respectables de la ville.

— Heureux d'avoir pu vous aider. Mais on est où, exactement ?

— Dans la petite ville de Blackstone, vingt-trois habitants, première productrice de charbon d'Elementia. Et pourrais-je savoir d'où vous venez, jeune homme ?

« Il ne m'a pas reconnu », pensa Stan, rassuré.

— J'ai vécu dans plein d'endroits différents, répondit-il.

— Eh bien, si vous recherchez un abri, je serais heureux de vous héberger.

— C'est très gentil, mais mes amis m'attendent avant ce soir. Par contre, si vous aviez quelque chose à grignoter...

Stan n'avait rien mangé depuis le matin et la faim le tenaillait.

— Avec plaisir, répliqua le maire. Suivez-moi !

Ils quittèrent la gare et empruntèrent la rue principale de Blackstone. Elle était bordée d'une dizaine de maisons sinistres, parfois entourées de petits champs de blé. Quelques joueurs étaient appuyés contre un mur ou contre une clôture. Ils avaient l'air brisés, la tête basse et le regard rivé au sol. Certains sentirent la présence d'un étranger et levèrent la tête. Stan lut une expression de souffrance sur leurs visages couverts de blessures et de cicatrices. Ils avaient l'air méfiants : qui était ce jeune joueur bien portant qui avait l'audace de faire irruption dans leur ville ?

— Ignorez-les ! marmonna le maire. Ils sont fatigués et contrariés suite à la charge de travail imposée par l'armée, ces derniers temps. Ils sont prêts à se battre contre n'importe qui. Ne les regardez pas !

Stan suivit ses conseils et regarda droit devant lui. Un bâtiment se dressait au bout de la rue, plus grand et mieux entretenu que tout ce qu'il avait pu voir de Blackstone jusqu'à présent.

— Voici l'entrepôt du gouvernement. Ils viennent tous les jours ramasser leur quota de charbon. Ils contrôlent toute notre production et ils se servent. Même si quelqu'un a besoin de ceci ou de cela pour réparer sa maison, il n'a pas le droit de s'approprier ce qu'il trouve. Le Roi passe en premier.

Stan soupira de dégoût.

Une petite maison était accolée à l'entrepôt. Elle était un peu plus grande que les autres mais tout aussi délabrée. Un panneau au-dessus de la porte indiquait : « Mairie ».

Ils entrèrent tous les deux et Stan constata aussitôt que l'intérieur ne valait pas mieux que l'extérieur.

— C'est joli, chez vous, mentit-il.

Le maire sortit deux steaks de son coffre et en tendit un à Stan.

— Je vois que vous avez deux lits, poursuivit le voyageur. Quelqu'un d'autre vit ici avec vous ?

Quelqu'un toussa dans un recoin de la pièce. Stan se retourna et vit un homme en blouse blanche, hirsute, le visage cadavérique. Il était sale et une puanteur atroce se dégageait de lui. Il tenait deux bouteilles dans ses mains. L'une d'elles était vide. Avant de s'adresser au maire, il lâcha un rot magistral.

— Dis donc, débilos, on est à court de SloPo[1] ! Quand est-ce qu'ils reviennent, les nomades ?... Demain ?

Sa voix était pâteuse, mal assurée.

— C'est que je l'aime, ma SloPo... Il va me falloir de l'argent. N'oublie pas de me le rappeler ce soir... D'accord, débilos ?

Il remarqua alors que le maire n'était pas seul.

— T'as ramené de la chair fraîche ? Encore un nouveau mineur qui nous arrive des prisons d'Elementia ?... Bonne chance, mon p'tit gars ! Tu tiendras pas deux jours dans cette mine !

Il éclata de rire et se roula par terre.

— Mecha ! lança le maire, je te rappelle que tu as été condamné à travailler dans les mines du désert aussi longtemps que tu resteras sur ce serveur.

---

1. Slow Potion, potion de lenteur.

L'effet fut immédiat. Le joueur se releva, puis s'agenouilla, en pleurs.

— Comme il vous plaira, mon Roi !

Puis, tout aussi brusquement, il secoua la tête et se releva. On aurait dit qu'une idée était en train de germer dans son esprit. Il regarda le maire avec dégoût.

— Pourquoi vous faites ça ?

— En dehors de la pomme d'or, je ne connais pas d'autre moyen de te raisonner quand tu as pris trop de SloPo, répondit le maire. Mais je voudrais te présenter quelqu'un.

Il se tourna vers Stan.

— Jeune homme, voici Mecha11, chef de la Compagnie Minière de Redstone.

Stan sursauta.

— L'Apothicaire m'a parlé de vous, s'écria-t-il. Je m'appelle Stan2012 et je connais aussi Bill, Ben et Bob !

Une lueur de lucidité éclaira le visage de l'homme en blouse blanche un bref instant. Il se laissa tomber sur une chaise.

— Je suis heureux d'apprendre qu'ils sont toujours dans le coup. Et à propos de coup…

Il regarda la bouteille dans sa main et la porta à sa bouche. Mais le maire retint son geste.

— Tiens-toi correctement ! Ce jeune joueur m'a aidé à empêcher l'armée de mettre le feu à notre gare. Il mérite ton respect.

— Bravo, petit ! ricana Mecha, sarcastique. Comme ça, le Roi pourra continuer à exploiter les pauvres gars d'ici. Excuse-moi de pas te remercier en t'offrant un gâteau.

— Ferme-la ! gronda le maire.

— Quoi encore ! Tu détestes le Roi et l'armée comme tout le monde !

— C'est exact ! Mais il y a des choses qui ne se crient pas sur les toits.

Il y eut un moment de silence, jusqu'à ce que Stan comprenne qu'il était en cause.

— Quoi ? Vous croyez que je suis un espion du Roi ?

— Il nous en a déjà envoyé, répondit le maire sur ses gardes.

— Vous pouvez me faire confiance, voulut les rassurer Stan, je ne roule pas pour le Roi... En fait, j'ai même l'intention de le renverser.

L'homme en blouse blanche ricana.

— Il est trop mignon !... Tu te crois réellement capable de renverser le Roi, hein ?

— Et pourquoi pas ? J'ai déjà formé une armée et dès que nous aurons le matériel nécessaire, nous irons à Element City tuer le Roi et son gouvernement, et nous ferons d'Elementia un monde meilleur !

Le maire était devenu très nerveux. Il courait de fenêtre en fenêtre pour s'assurer qu'aucun soldat ne les écoutait. Mecha, lui, riait tant et plus.

— C'est formidable, cette assurance ! Mais écoute mon conseil, petit : laisse tomber !

Il se mit à parler de plus en plus fort.

— Les forces du Roi sont partout ! Tous ses soldats sont aussi cruels que lui et ils sont des centaines ! En plus, il possède une réserve d'armes quasi illimitée, bien cachée...

— Je sais tout ça, répliqua Stan. C'est justement là que je vais me servir.

— Tu ne sais pas de quoi tu parles. Il ne s'agit pas que du Roi. Un tiers de la population le soutient. Même si tu arrives à le renverser, ce qui en soit relève de l'impossible, ses idées tordues lui survivront.

— Vous ne comprenez pas !

— Je vais te raconter ce que le Roi m'a fait personnellement. C'est moi qui ai créé le réseau de chemin de fer monorail d'Element City. C'est moi qui ai réalisé tout le câblage électrique du château. C'est moi qui ai conçu toutes les armes qui protègent le Roi contre les envahisseurs comme toi. J'ai inventé le canon à TNT pour lui ! Et comment il me remercie ? Il m'envoie passer le restant de ma vie dans ce fichu désert. Tout ça parce que des gens qui le détestaient ont copié mes armes et les ont utilisées contre lui ! Si quelqu'un veut voir mourir le Roi, c'est moi, l'Apothicaire, Ben, Bill et Bob… tous ses anciens proches, qu'il a chassés de son royaume.

— Ça devrait vous donner envie de le tuer. Pour la petite histoire, l'Apothicaire et les Nether boys ont rejoint mon armée.

Le joueur en blouse blanche inspecta le fond de sa bouteille.

— Ça ne servirait à rien. Ma vie est ici, maintenant. Elle n'est ni heureuse ni épanouissante, mais je ne peux rien faire pour la changer. Pourquoi ne pas la rendre le plus agréable possible ?

Il avala une longue gorgée de SloPo dont l'effet ne se fit pas attendre. Sa tête bascula en arrière puis roula sur le côté. Il s'était évanoui.

Stan était furieux contre Mecha11. Il ne lui pardonnait pas de baisser les bras. Il réfléchit un instant puis se tourna vers le maire.

— J'ai besoin que vous rassembliez tous les mineurs du village devant l'entrepôt. J'ai une déclaration à faire.

Le maire s'approcha de lui et le regarda droit dans les yeux.

— Si je fais ce que vous me demandez, est-ce que j'aurai à le regretter ?

— J'espère bien que non.

Stan sortit de la maison. Il avait remarqué une sorte de plate-forme en bois devant l'entrepôt. Ça ferait un podium parfait pour le message qu'il voulait faire passer aux travailleurs de Blackstone.

Le ciel était rose et le soleil bas quand Stan s'adressa aux habitants du village.

— Je m'appelle Stan2012. Quelques-uns d'entre vous ont peut-être entendu des rumeurs concernant la tentative d'assassinat du Roi, le dictateur d'Elementia, lors de sa dernière proclamation... C'est moi qui ai essayé de le tuer.

Parmi l'assemblée, certains manquèrent de s'étrangler. D'autres serrèrent le manche de leur pioche. Tous attendaient la suite avec inquiétude.

— Depuis ce jour, je suis en cavale. Beaucoup me demandent quelles étaient mes motivations. J'ai voulu tuer le Roi parce que c'est un tyran maléfique qui doit être renversé.

Quelques mineurs semblaient inquiets, comme s'ils craignaient une intervention des forces royales. Mais la plupart fixaient Stan en hochant la tête.

— Je suis en train de mettre sur pied une armée de résistance, poursuivit Stan. Et je la mènerai à la victoire en prenant le contrôle de son château à Element City. J'ai l'intention de le tuer, lui et tous ses collaborateurs qui refuseront de se rendre. Les jours du régime actuel sont comptés. Il sera remplacé par un autre, où l'égalité des droits sera une réalité, et où l'esclavage, si banal de nos jours, y compris ici à Blackstone, sera aboli. Si vous vous demandez pourquoi j'ai le courage de vous parler comme je le fais, c'est parce que je ne crains pas le Roi. C'est un ennemi puissant, certes, et le destituer sera plus facile à dire qu'à faire. Mais nous avons des ressources. Je dis « nous » car je sais que la plupart d'entre vous le détestez autant que moi. Si nous rassemblons nos forces, nous avons une vraie chance de le détrôner.

Il reprit son souffle.

— Maintenant, je vais marcher jusqu'à la gare. Ceux qui veulent se battre à mes côtés devront me suivre. Vous avez une minute pour me rejoindre. Merci de m'avoir écouté.

Stan sauta du podium et fendit la foule pour gagner la gare au pas de course. Il ne se retourna qu'une fois arrivé. Personne n'avait bougé. Cinq secondes s'écoulèrent, puis dix, puis trente. Toujours rien. Il commença à s'inquiéter. Il allait devoir se battre contre tout le village.

À la quarantième seconde, un mineur sortit des rangs et remonta la rue dans sa direction. Un deuxième l'imita. Et tout le reste des villageois suivirent. Quand ils eurent rejoint Stan, le maire se faufila pour lui parler.

— Merci, Stan, dit-il, ému. Tu nous as redonné la force de nous révolter. Dis-moi ce que tu attends de nous, nous sommes à ton service.

Stan lui demanda de suivre la voie ferrée avec ses hommes jusqu'à Adorian. Là-bas, ils retrouveraient l'Apothicaire, les Nether boys et toute la milice. Stan avait encore à faire avec ses amis pour pouvoir aller dans l'Ender. Le maire mit à sa disposition un chariot à moteur et du charbon pour les rejoindre.

Stan s'apprêtait à quitter Blackstone quand il se souvint de l'homme à la blouse blanche. Pendant que les villageois rassemblaient leurs affaires et pillaient l'entrepôt, il alla le trouver dans la maison du maire. On aurait dit que Mecha l'attendait.

— Félicitations, petit ! Tu viens de convaincre vingt-deux personnes de plus de partir en mission suicide. Chapeau !

Stan se força à garder son calme.

— On aurait bien besoin d'un spécialiste en mécanique comme vous. Vous en dites quoi ?

Son interlocuteur réfléchit un long moment, sourcils froncés. Puis il releva la tête et la secoua vivement de droite à gauche.

Résigné, Stan sortit de la pièce. Il était encore sur le palier de la maison quand il reçut un projectile en pleine nuque qui le fit tomber. Il se releva prestement, hache à la main, prêt à affronter Mecha, quand il vit un livre par terre à côté de lui. Il le ramassa et lut son titre.

— *Schémas complets de la sécurité du château d'Element City.* Écrit par Mecha11.

Il releva la tête. Mecha était debout sur le seuil de la maison. Il avait l'air triste.

— Tu vas y laisser ta peau, petit ! grogna-t-il avant de disparaître à l'intérieur.

Stan réalisa à quel point cet ouvrage serait utile à la rébellion. Mais le soleil venait de se coucher et il ne pouvait plus s'attarder. Il courut jusqu'à la gare et sauta dans son chariot. Quelques instants plus tard, il fonçait sur les rails à travers le désert.

Il était presque arrivé quand il tomba sur un essaim d'une vingtaine de zombies qui barraient la voie.

- 20 -

Le tueur
de monstres

Stan sauta du chariot lancé à toute allure et se mit à courir aussi vite qu'il put en direction de l'abri. Il retrouva Kat et Charlie à l'extérieur en train de combattre un squelette et deux araignées. Il les aida à s'en débarrasser rapidement, juste à temps pour faire face à la horde de zombies qui débarquèrent encore plus nombreux qu'ils n'étaient sur la voie ferrée.

Le combat s'engagea et même Rex prêta mainforte à sa maîtresse en mordant les jambes des morts-vivants. Ce fut un véritable massacre. Pour chaque zombie tué, il en apparaissait deux nouveaux, bien vaillants. Mais d'où sortaient-ils ? Stan commençait à désespérer quand un cri lui fit tourner la tête.

— Yahou !

Un joueur venait de sauter du haut de la dune et leur faisait face avec ses lunettes de soleil. Il ne portait pas d'armure mais possédait une épée de diamant qui brillait dans l'obscurité tombante. D'un seul geste, rapide et puissant, il décapita toute la première rangée de zombies. Les autres, derrière, paniquèrent et se marchèrent dessus dans une pagaille indescriptible.

— Salut ! J'ai pensé que vous aviez besoin d'un petit coup de main, leur lança l'intrus. Pour votre information, il y a un vieux donjon près de la voie ferrée. Il abrite un géniteur de zombies… Mais ne vous inquiétez pas, je viens de le tuer. Il n'y en aura plus d'autres. Il nous reste juste à tuer ceux qui sont là. On parlera après, d'accord ?

La horde de zombies était de nouveau sur pied et les quatre joueurs s'employèrent à les anéantir les uns après les autres. Stan était stupéfait par les prouesses de leur sauveur qui tranchait les mobs en deux, laissant leurs corps sans vie en flammes.

Quand il n'y eut plus que cinq morts-vivants encore debout, Stan, Kat et Charlie arrêtèrent de combattre pour observer le joueur à l'épée de diamant. Ce dernier s'en débarrassa avec une facilité déconcertante et rangea son arme dans son fourreau en poussant un léger soupir de soulagement.

Les armures en fer de Stan, Kat et Charlie portaient les marques de la bataille. Le joueur aux lunettes de soleil n'avait pas la moindre égratignure.

« Quoi qu'il soit », pensa Stan, « heureusement qu'il est de notre côté. »

Charlie se présenta.

— Mon nom est Charlie, et voici Kat et Stan. Comment t'appelles-tu ?

— DieZombie97. Je suis l'ancien chef de la Confrérie des Chasseurs d'élite, trois fois champion du monde de la Super Ligue du Spleef, et Roi du Désert autoproclamé. Mais appelez-moi DZ ! Je peux vous demander ce que vous faites ici ? Je croise peu de campeurs dans ce désert de sable.

— On est en mission secrète, répondit Stan. Et il y a des personnes que nous préférons éviter.

L'étranger avait beau leur avoir sauvé la vie, il valait mieux être prudent et ne pas lui donner trop d'informations.

— Et toi ? Pourquoi tu vis ici, monsieur le Roi du Désert ? Et pourquoi tu ne portes pas d'armure ?

— Je trouve la vie bien plus agréable ici. J'ai voulu fuir le monde moderne. Pour l'armure, c'est une vieille habitude qui me reste du temps où je jouais au spleef.

— C'est quoi, exactement, le spleef ? demanda Stan.

DZ tomba des nues.

— Quoi ! Vous ne savez pas ce que c'est que le spleef ? Vous êtes de quel niveau ?

— Je ne vois pas le rapport ! rétorqua Stan sur la défensive.

Il en avait assez de ces attitudes dédaigneuses vis-à-vis des bas-niveaux.

— Rassure-toi, je n'ai aucun préjugé contre les nouveaux joueurs. Au contraire. J'ai même quitté Element City à cause de cette tendance actuelle.

— On a chacun une trentaine de points, finit par répondre Stan. Mais... qu'est-ce que tu entends par « tendance actuelle » ?

DZ hésita un instant.

— Je déteste le Roi. Ça te va ?

— Pourquoi tu le détestes ? intervint Kat.

— Parce qu'il a poignardé dans le dos un tas de ses amis. Parce que c'est un malade paranoïaque.

— Tu aimerais qu'il soit renversé ?

— C'est sûr que si quelqu'un avait le courage d'organiser une rébellion, je le rejoindrais.

— C'est exactement ce qu'on est en train de faire ! lança Charlie.

DZ, incrédule, baissa ses lunettes de soleil pour mieux fixer ses interlocuteurs.

— Vous êtes sérieux ?

— Très sérieux ! répondit Stan. Tu peux te joindre à nous si tu le souhaites. On est en train de mettre une armée sur pied à Adorian. Dès qu'on aura trouvé le matériel nécessaire pour combattre l'armée du Roi, on ira la rejoindre. Et ensuite, on mènera l'assaut contre le château d'Element City.

DZ n'en revenait toujours pas.

— Mais... le château est truffé de pièges et de trucs automatiques censés rendre impossible toute invasion !

Kat et Charlie pâlirent. Voilà une partie du plan d'attaque qu'ils avaient négligée. Stan, lui, sortit de son inventaire le livre que Mecha11 lui avait donné.

— C'est le technicien qui a réalisé le système de sécurité du château qui me l'a remis. Ce livre va nous permettre d'éviter tous les pièges.

Comme les trois autres le regardaient bouche bée, Stan fit un bref résumé de sa journée à Blackstone. Ses deux amis le félicitèrent pour ses nouvelles recrues et DZ fut convaincu par leur projet.

— Je vous suis ! décida-t-il. Qu'est-ce que je peux faire pour vous aider ?

— Eh bien, tu peux rejoindre Ado...

Mais Kat interrompit Stan et le prit à part. Charlie se joignit à eux.

— Pourquoi on ne lui demanderait pas de rester avec nous pour tuer ces endermen ? demanda Kat à voix basse. Il a l'air de s'y connaître en mobs.

— Je suis d'accord avec Kat, intervint Charlie. Il sait se servir de son épée.

— Ce n'est pas très prudent, on le connaît à peine, objecta Stan.

— Moi, je le sens bien, affirma Kat.

— S'il avait voulu nous tuer, il l'aurait déjà fait, ajouta Charlie.

Stan devait reconnaître que Charlie n'avait pas tort sur ce point.

— C'est d'accord, dit-il. Mais surveillons-le tant qu'il n'a pas prouvé qu'on peut lui faire confiance à cent pour cent.

Ils retournèrent vers DZ.

— On aimerait que tu viennes avec nous, lui annonça Charlie. On doit tuer des endermen pour crafter des yeux d'Ender. On en a besoin pour aller dans l'Ender, où se trouve le trésor du Roi.

— Génial ! Je n'y suis jamais allé, mais il paraît que c'est fantastique ! répondit DZ, enthousiaste. On va dégommer tous ceux qui nous barrent la route ! J'ai entendu dire que, quand on est là-bas, on ne peut pas revenir tant qu'on a pas réalisé une tâche bien spécifique.

Stan le regarda avec inquiétude.

— Quel genre de tâche ?

— Aucune idée ! On verra bien quand on y sera.

— Je suis d'accord, approuva Kat. Et si on s'occupait de nos perles d'Ender maintenant ?

— Comme celles-ci ? demanda DZ en montrant une poignée d'orbes bleu-vert.

— Où tu les as trouvées ? s'écria Charlie.

— À ton avis ? Je traîne dans ce désert depuis plus longtemps que vous trois réunis sur le serveur… Ça vous donne une idée du nombre d'endermen que j'ai croisés. Et on ne fait pas toujours exprès de les regarder dans les yeux.

— On est au courant, répliqua Stan. On en a combattu un, une fois.

Charlie compta les perles.

— Grâce à DZ, on en a déjà six ! dit-il en les rangeant dans son inventaire. Il faut donc qu'on tue six endermen.

— Pas exactement, corrigea DZ. Les endermen ne laissent pas tous des perles. Il va falloir en tuer plus que six.

— Super ! commenta Charlie en baissant la tête, accablé.

Le jour s'était levé sur le désert. Stan, Kat et Charlie discutaient toujours avec leur nouvelle recrue.

— Où est-ce qu'on va aller, maintenant ? demanda Stan. On ne peut pas rester ici. Les zombies ont détruit notre porte et il n'y a pas de bois dans le coin. De toute façon, il faut bouger à cause des hommes du Roi qui nous courent après.

— Quand j'ai besoin de me reposer, je cherche souvent refuge dans un village PNJ, répondit DZ. On y trouve des gens sympas et accueillants.

— Je ne crois pas que ce soit une bonne idée, objecta Kat de but en blanc.

Les trois garçons se tournèrent vers elle, très étonnés par sa réaction.

— Pourquoi tu dis ça ? demanda Charlie.

— Je... euh... En fait... je suis pas sûre qu'ils soient très aimables avec tout le monde.

— En tout cas, ils détestent le Roi depuis qu'il leur impose des quotas de blé, ajouta DZ. C'est certain qu'ils vont nous faire la fête si on leur dit qu'on a l'intention de le virer !

— Dans ces conditions... c'est sûr que... enfin, oui... pourquoi ne pas y aller...

Kat se força à sourire. Il était évident que, pour des raisons connues d'elle seule, elle n'avait aucune envie de rejoindre un village PNJ. Mais elle préféra garder son secret.

— Parfait ! déclara DZ. Il y en a un à une petite journée de marche, en direction du sud-est. On devrait y être avant la tombée de la nuit. Et alors, on pourra commencer à chasser les endermen.

Il regarda le soleil levant pour déterminer le cap et se mit en marche. Stan et Charlie lui emboîtèrent le pas. Kat suivit, la tête basse.

- 21 -

Le coup de main d'Oob

Stan ne tarda pas à regretter d'avoir autorisé DZ à voyager avec eux. Ni ses dons à l'épée, ni ses perles d'Ender n'excusaient le fait qu'à la tombée de la nuit, le village PNJ restait introuvable. Ils avaient déjà épuisé les maigres provisions de nourriture que Kat et Charlie avaient faites la veille. DZ avait bien un poulet cru dans son inventaire, mais le risque d'intoxication alimentaire était trop élevé. Il se justifia en expliquant qu'il mangeait en général un animal immédiatement après l'avoir tué. Il stockait rarement de la viande. Cette information ne le fit pas remonter dans l'estime de Stan.

Le soleil descendait dans le ciel rose du soir quand Stan poussa un cri de frustration.

— Mais on va où comme ça ? s'écria-t-il.

DZ fit semblant de ne pas remarquer que sa colère lui était adressée. Il regarda tout autour d'eux en se grattant la tête d'un air innocent. Puis il éclata de rire.

— Que je suis bête ! En fait, on tourne en rond depuis ce matin.

Stan, Kat et Charlie le regardèrent avec des envies de meurtre. Même Rex et Citron levaient la tête dans sa direction, comme s'ils avaient pitié de lui.

Stan était furieux. Il baissa les paupières et serra les dents pour se contenir.

— Tu veux dire qu'on t'a suivi toute la journée pour décrire des cercles dans le sable ?

— Apparemment ! répondit DZ en haussant les épaules. Mais t'inquiète, j'ai compris, on ira tout droit, demain.

— Mais tu es conscient qu'on n'a rien à manger, pas d'abri et qu'il va bientôt faire nuit ! hurla Stan.

DZ resta bouche bée.

— Tu es désespérant, poursuivit Stan sur le même ton. On est perdus au milieu du désert et si on croise autant de zombies que hier soir, on est morts ! DZ, on essaie de faire un truc impossible : on s'attaque au Roi, on combat la nature, parfois

on a même l'impression de se battre contre Minecraft. Si tu ne te remues pas et si tu ne prends pas
les choses plus au sérieux, autant se séparer tout
de suite !

Kat et Charlie furent surpris par la violence de
son attaque. Quant à DZ, il le regardait avec un
air triste et craintif à la fois.

— Je suis désolé, je fais de mon mieux. Je suis
un nomade, moi, je me laisse porter. Je promets
de faire les choses plus sérieusement dorénavant.
Mais n'oublie pas de t'amuser. C'est un jeu avant
tout, non ?

Il sourit faiblement.

— C'est plus qu'un jeu. Tu es mieux placé que
quiconque pour le savoir. On aura tout le temps
de s'amuser une fois notre mission accomplie.

— Tu sais ce qu'on dit ? Qu'à la fin de sa vie,
on regrette surtout les choses qu'on n'a pas pu
faire. Alors prends du plaisir pendant que tu es
vivant, parce que tu ne sais pas combien de temps
ça durera !

Stan dut admettre que DZ n'avait pas tort sur
ce point. Il pouvait mourir demain dans ce désert,
en plein milieu de sa quête de justice.

Ils se remirent à crapahuter dans le désert,
silencieux. Puis le soleil se coucha derrière les collines de sable, et la lune grimpa dans le ciel étoilé.

D'un côté, il faisait moins chaud, ce qui rendait la marche moins pénible. De l'autre, ils n'avaient pas de torches et les monstres commençaient à se matérialiser de toutes parts. Les zombies arrivaient en masse, les squelettes envoyaient leurs flèches, les araignées escaladaient les cactus pour leur tomber dessus. Même les creepers constituaient une menace. Heureusement, Citron, qui marchait avec eux, effraya la plupart des mobs.

À un moment, DZ dut s'éloigner du groupe pour s'occuper de deux araignées et d'un squelette. Il était sur le point de s'en défaire quand il entendit un sifflement caractéristique. La seconde d'après, il fut projeté en l'air.

Il retomba de tout son poids sur un cactus. Une douleur foudroyante à la jambe droite l'empêcha de bouger. Il se pencha et constata qu'une branche épineuse avait pénétré sa chair. Il tira son épée de diamant et se défendit contre les zombies qui affluaient. Comme la veille, il en décapita une rangée, semant la panique dans la horde.

Puis il serra les dents et une idée lui vint. Il outrepassa la douleur et se releva. Il sortit une pelle de son inventaire et se mit à creuser un grand trou dans le sable. Ensuite, il se tourna vers Kat, Stan et Charlie qui n'arrivaient plus à repousser les mobs tant ils étaient nombreux.

— Par ici ! leur cria-t-il.

Il n'eut pas besoin de le répéter.

Tous trois coururent et sautèrent avec Rex et Citron dans le trou. DZ fit de même et couvrit l'abri avec deux blocs de sable.

Ils étaient à l'étroit, il faisait sombre, Kat avait oublié son épée dans la bataille, mais ils étaient en sécurité.

Épuisés de fatigue, ils s'endormirent.

Stan rêvait que Sally et lui se réjouissaient de la chute du Roi. Un vrai moment de bonheur.

— Bonjour !... Bonjour ! fit une petite voix.

Qui venait le déranger dans son sommeil ? Il ne voulait pas quitter son rêve.

— Bonjour !... J'ai retrouvé votre épée !

— Quoi ?... Qu'est-ce que c'est ? sursauta Kat. Quelqu'un a retrouvé mon épée ?

Charlie se réveilla à son tour.

— Arrête de crier, Kat ! Rendors-toi !

— Bonjour ! Y a quelqu'un ? demanda la voix inconnue.

Kat donna un coup dans le bloc de sable au-dessus d'elle et un flot de lumière se déversa dans leur tanière. Kat se trouva nez à nez avec...

— Bonjour, répondit-elle d'une voix embarrassée.

Elle sortit du trou, suivie par Charlie puis Stan, qui se demandaient ce qui se passait. Ils avaient face à eux une sorte d'homme de Neandertal. Il portait une robe marron et avait un visage ridicule, avec un énorme nez. Il tenait dans ses mains jointes l'épée de Kat.

Il n'avait pas l'air agressif. Les trois joueurs ne surent quoi faire ou dire.

— Je m'appelle Oob, se présenta leur visiteur d'un air un peu stupide. J'ai trouvé cette épée sur le sable. Je cherche son propriétaire.

Il parlait lentement, en détachant chaque mot.

— Hé ! Un villageois ! s'exclama DZ en sortant à son tour du trou et en s'approchant de lui. Je ne t'ai jamais rencontré, toi ! Pourtant je connais la plupart des villages PNJ.

— Je m'appelle Oob, répéta le villageois.

Puis il se mit à errer sur le sable.

Comme Stan et Charlie s'étonnaient de son comportement, DZ sourit.

— Ne vous inquiétez pas ! murmura-t-il. Ces types sont sympas, mais un peu idiots. Une fois qu'ils vous connaissent, ils sont plus causants.

Il s'écarta pour aller parler avec Oob. Stan remarqua que Kat était totalement déstabilisée. Elle ne quittait pas le villageois des yeux, guettant ses moindres mouvements. Au lieu de lui demander son épée, elle s'approcha de lui par-derrière et la lui déroba. Il ne s'en étonna même pas.

DZ racontait une histoire drôle à Oob. La chute le fit éclater de rire. Il était clair que DZ connaissait bien les PNJ.

— Je vous aime bien ! déclara soudain Oob. Vous êtes très gentils avec moi. Vous voulez venir visiter mon village ? Ça nous ferait très plaisir de vous recevoir.

— Génial ! répondit Charlie. On mangerait bien un morceau. T'as l'air sympa, toi aussi.

— Alors suivez-moi, mes amis.

Ils partirent tous les cinq dans le désert avec Rex et Citron. Plus ils avançaient, plus Kat semblait nerveuse, ce qui n'échappa pas à Stan. Il voulut en avoir le cœur net et s'arrangea pour marcher à sa hauteur, à l'arrière de la troupe.

— Qu'est-ce qui va pas, Kat ? Je vois bien que ça t'embête d'aller dans un village PNJ.

Elle resta silencieuse.

— Quand on s'est rencontrés, poursuivit Stan, tu nous as dit que tu avais trouvé des objets dans le coffre d'un village PNJ abandonné. C'est faux ?

Comme elle ne répondait toujours pas, il ajouta :

— Kat, qu'est-ce qui s'est passé dans ce village ?

Elle s'arrêta.

— Le village n'était pas abandonné. Tous les villageois étaient très gentils avec moi. Pourtant, j'ai tué le forgeron et je lui ai volé son épée… Alors ils m'ont demandé de partir et de plus jamais revenir.

Elle inspira profondément, puis soupira.

— J'étais différente, à l'époque. Je prenais par la force ce qui me faisait envie. Comme le Roi, ajouta-t-elle en écho aux pensées de Stan. J'ai changé en vous rencontrant, Charlie et toi. Vous êtes des types bien. L'injustice vous révolte. Je sais que ce qu'on fait est bien. Il faut qu'on vire ce fou et qu'on mette en place un système plus juste. C'est ton rôle de mener cette rébellion, Stan. Tu as un truc en plus.

Elle irradiait à présent, comme ce jour où elle était ressortie rougeoyante du lac de lave. Grâce à elle, Stan prit confiance en lui : il irait au bout de leur mission. Quant à ce truc en plus dont elle parlait, il ne savait pas trop quoi en penser. Il avait ressenti que quelque chose de surnaturel s'était produit le jour où il avait combattu le golem de neige. Sans parler de celui où il avait envoyé cette flèche en direction du Roi. Ces actions avaient été comme dictées par une force universelle qui le dépassait.

Il se souvint d'un autre jour, un million d'années plus tôt, à Adorian. Le village n'avait pas encore été détruit par la haine. Sally lui avait demandé : « Est-ce que tu crois que tu es quelqu'un de spécial ? » Et quelque temps plus tard, Steve-le-Dingo lui avait adressé un regard lourd de sens. Tous deux avaient décelé en lui cette espèce d'aura ou de sixième sens qu'il possédait.

La troupe approchait du village. Des bâtiments se découpaient à l'horizon. La perspective d'un bon repas aida Stan à sortir de ses pensées.

Il était environ midi ; Stan, Kat, Charlie et DZ mangeaient avec appétit le pain qu'Oob leur avait servi dans la maison qu'il partageait avec ses parents.

Le village PNJ ressemblait à celui d'Adorian. Le bâtiment le plus haut était une église. Le prêtre était le chef de la communauté. Juste à côté se trouvait une autre construction imposante : la forge. C'est là que le forgeron entretenait les outils des villageois.

— Nous sommes très heureux de vous recevoir, dit Mella, la mère d'Oob. Cela faisait longtemps qu'on n'avait pas vu de joueurs aussi gentils.

— Vous voulez dire que certains vous ont fait du mal ? demanda Kat.

— Oui. Il y a longtemps, celui qui se fait appeler le Roi nous a imposé une redevance, sous forme de blé. Et quand il y avait des pénuries, on mourait de faim.

Mella se mit alors à errer dans la pièce, comme si elle avait oublié leur présence.

— Que s'est-il passé ensuite ? insista Kat.

— Oh ! Un joueur a passé un marché avec le Roi. En échange de ses services, le Roi arrêterait de prélever notre tribut. On n'a plus jamais revu ce brave joueur. Ni aucun autre d'ailleurs.

Mella repartit dans ses pensées et se remit à déambuler de façon mécanique.

— Comment s'appelait ce joueur ? demanda Stan à Oob.

— Nous avons juré de ne plus jamais prononcer son nom. Nous le lui devons, pour honorer son sacrifice. C'est le tout-puissant Notch qui nous a envoyé ce signe.

— Notch ? Qui est-ce ? interrogea Charlie tandis que Blerge, le père d'Oob, entrait dans la pièce.

— C'est le gars qui a créé Minecraft, souffla DZ.

Blerge était stupéfait par la question.

— Vous ne savez pas qui est Notch, le Créateur ? Sans lui, la vie telle que nous la connaissons n'existerait pas. Au début des temps, Notch a créé ce village pour nous protéger des créatures maléfiques. Notch fait en sorte que le soleil se lève et se couche chaque jour. Il est le maître de tout ce qui vit dans ce monde. Sans lui, nous serions tous à la merci de Herobrine, le maître du mal et de la destruction.

— Nous avons l'intention de renverser le Roi, lança soudain Charlie.

— Cet homme a infligé beaucoup de souffrances à mon peuple, répondit Blerge. Je serais très heureux si quatre joueurs aussi sympathiques que vous prenaient sa place. Ce roi Kev pense que nous sommes des êtres inférieurs.

— Seriez-vous d'accord pour que nous établissions notre base chez vous ?

Comme Blerge s'était mis à errer dans la pièce, c'est Molla qui répondit.

— J'en serais très fière, mais nous devons consulter Moganga, notre chef. C'est elle qui prend ce genre de décision. Venez, je vais vous la présenter.

— Mais, c'est votre maison, s'étonna Kat. Pourquoi devez-vous demander à cette femme l'autorisation d'héberger des amis ?

— Parce que le tout-puissant Notch veut qu'il en soit ainsi.

Elle sortit de la maison, suivie de son fils, son mari et leurs visiteurs.

- 22 -
Le siège

Ils remontèrent une rue pavée qui menait à l'église du village. Stan observait silencieusement Kat ; elle semblait plus apaisée depuis qu'elle lui avait révélé son crime.

Moganga se tenait debout face à l'autel, dans une robe violette. Quand ses visiteurs entrèrent dans l'église, elle se tourna vers eux.

— Bonjour, joueurs ! Oob m'a prévenue de votre arrivée.

Puis elle se tourna vers Mella et Blerge.

— En quoi puis-je vous aider, mes frère et sœur ?

— Ces joueurs nous demandent d'utiliser notre maison comme avant-poste pour leur chasse aux endermen, répondit Blerge d'une voix puissante. Pourriez-vous interroger le tout-puissant Notch pour avoir son accord ?

— Je vais tenter de me connecter avec lui.

Elle ferma les yeux et ses sourcils se mirent à remuer. Oob s'approcha d'elle lorsqu'elle les rouvrit, quelques minutes plus tard.

— Quel est le verdict du tout-puissant Notch ? interrogea-t-il.

— Il bénit les efforts de ces joueurs et nous demande de leur offrir refuge, à condition que nous puissions faire face à la pleine lune ce soir.

Oob et DZ parurent déconfits.

— Quel est le problème avec la pleine lune ? s'étonna Charlie.

— S'il y a des joueurs dans un village PNJ un soir de pleine lune, une gigantesque horde de mobs assiège le village, expliqua DZ.

— Il y a des années, ajouta Mella, lorsque notre sauveur était encore des nôtres, le siège se renouvelait à chaque pleine lune. À l'époque, les zombies ne savaient pas entrer dans nos maisons par effraction. Ce n'est plus le cas. Par ailleurs, lors de chaque invasion, une créature particulièrement horrible terrorisait les villageois. Une sorte de squelette associé à une araignée.

— Une araignée chevauchée ! marmonna Charlie avec angoisse. J'ai lu des trucs à propos de ces mobs. Ils font froid dans le dos.

— T'as raison, approuva DZ. Quand j'en vois une dans le désert, j'ai tendance à l'éviter. Et si c'est elle qui me voit, je prends mes jambes à mon cou.

Il se tourna vers Moganga.

— Vous voulez dire que cette araignée chevauchée est de retour chaque fois qu'il y a un siège ?

— Absolument. Elle tuait souvent l'un des nôtres avant que notre sauveur ne parvienne à la chasser, mais il n'a jamais réussi à la tuer, malgré ses dons au tir à l'arc. Par conséquent, si vous restez là ce soir, elle sera là avec tous les autres et vous devez comprendre que vous faites courir un grand risque à notre population.

Chacun l'écoutait avec attention.

— Je vous propose un marché, reprit-elle. Vous pouvez rester au village pour votre chasse aux endermen, en échange de quoi vous nous aidez à tuer cette araignée chevauchée pour de bon. Qu'en dites-vous ?

— C'est d'accord ! répondit Stan, et les trois autres l'approuvèrent.

Seul Charlie semblait encore un peu nerveux, comme chaque fois qu'il s'agissait de combattre des hordes de mobs.

— Voici comment nous procéderons, lança-t-il. DZ et Kat, vous resterez au village et éliminerez tous les intrus. Charlie et moi, on ira dans le désert. On s'occupera des géniteurs de mobs et de l'araignée chevauchée.

Charlie allait protester quand Kat lui coupa la parole.

— Super ! Allons nous préparer, le soleil va bientôt se coucher et la nuit va être trèèèès longue !

Ils avaient laissé leurs armures, leurs potions et leurs armes chez Oob. Ils se dépêchèrent d'aller les récupérer. Puis ils observèrent le ciel virer du bleu azur au violet. Kat, Rex et DZ se mirent à patrouiller dans les rues du village, tandis que Stan, Charlie et Citron empruntèrent l'artère principale qui menait au désert. On aurait dit qu'ils traversaient une ville fantôme. Tous ses habitants se terraient chez eux dans l'attente du siège imminent. Un vent sinistre soufflait depuis les collines de sable, renforçant le sentiment de peur qui régnait sur la cité.

Stan, Charlie et Citron s'aventurèrent dans la mer de dunes. Quand ils eurent parcouru une distance raisonnable, Charlie apostropha Stan.

— Je suppose que tu as une bonne raison de m'avoir imposé de t'accompagner ?

— Je voulais m'assurer que tu en avais les épaules. Le voyage dans l'Ender risque d'être une sacrée épreuve, Charlie, que ça te plaise ou non. J'ai pensé que cette sortie serait un bon test.

Charlie fut surpris par la réponse de son ami, avant de convenir qu'il avait sans doute raison. Il était devenu plus courageux au contact de Stan, certes, mais l'Ender promettait d'être pire que tout ce qu'ils connaissaient de Minecraft. Aussi promit-il de faire tout ce qui était en son pouvoir pour être à la hauteur.

La lune était haute et les étoiles brillaient comme des diamants. Stan et Charlie surveillaient les collines alentour, guettant l'apparition probable de hordes de zombies. Il ne s'écoula pas longtemps avant qu'un grondement diffus se fasse entendre. Des centaines de pieds martelaient le sol en cadence, des os cliquetaient, des endermen criaient, des araignées cliquaient et, par-dessus tout, des zombies gémissaient. La première vague de morts-vivants apparut.

Stan et Charlie entrèrent en action, le premier armé de sa hache, le second de sa pioche. Ils abattirent quelques dizaines de zombies mais de nombreux autres se pressaient en direction du village.

Stan se précipita pour engager le combat avec eux. Charlie s'apprêtait à le rejoindre quand son estomac se retourna.

Une nouvelle vague de monstres était apparue sur l'horizon. Elle était composée des mêmes espèces que la précédente, mais une créature différente menait la charge. Il s'agissait d'un squelette assis sur le dos d'une araignée : l'araignée chevauchée !

Charlie prit conscience que cette bataille serait la sienne. C'était à lui d'éliminer le mob qui avait tant fait souffrir les habitants du village PNJ. Mais comment faire avec tous les autres monstres qui l'accompagnaient ? Un plan germa dans son esprit. Il sortit un bloc de TNT et une torche de redstone qu'il avait récupérés dans l'inventaire du soldat mort du Nether. Il installa son matériel sur le sable et cria de toutes ses forces :

— Hé ! Venez par ici, bandes de morts-vivants !

Son appel détourna leur attention et ils mirent le cap sur lui. Il les laissa approcher le plus possible puis prit Citron dans ses bras, mit le feu aux poudres et se jeta dans un fossé quelques blocs en arrière.

Le TNT explosa au cœur de l'essaim de monstres, creusant un énorme cratère. Charlie se précipita pour constater les dégâts. Il n'y avait aucun survivant. Le trou était jonché de flèches, d'os et de chair putréfiée. Le garçon constata avec émerveillement qu'il y avait aussi deux perles d'Ender. Il les ramassa avant de scruter à nouveau l'horizon.

L'araignée chevauchée était toujours là, elle n'était pas tombée dans son piège. Elle n'avait plus pour escorte que trois creepers. L'un d'eux, visiblement fou furieux de la mort de ses camarades, se mit à marcher lourdement en direction de Charlie, mais l'araignée chevauchée l'arrêta d'un geste de la main. Charlie comprit ce que cela signifiait : le combat serait un duel. Comme il n'avait pas pris d'arc, il se précipita dans le cratère pour en récupérer un, ainsi que toutes les flèches qu'il trouva. Il ne s'était jamais illustré au tir à l'arc, mais il sentit que les circonstances lui donneraient des ailes. Il défia le monstre une dernière fois du regard et tous deux chargèrent en même temps.

Charlie détourna les deux premières flèches à l'aide de sa pioche. Puis il lança cette dernière en direction de la tête de son adversaire, à la manière d'un boomerang. La collision semblait inévitable, pourtant, à la dernière seconde, l'araignée fit un saut sur le côté, sauvant son cavalier d'un coup probablement mortel.

Charlie demeura imperturbable. Il tira son arc et, tout en courant, expédia trois flèches à la suite. Son adversaire fit de même. La troisième ricocha sur son plastron en fer. Le mob eut moins de chance. Une flèche avait transpercé l'un des huit yeux rougeoyants de l'araignée. Celle-ci cracha de douleur et s'agita, forçant le squelette à le lui arracher.

Charlie était arrivé à hauteur de son adversaire et l'araignée découvrit ses dents avant de lui sauter dessus. Mais il fut plus rapide et frappa la bête au visage. Elle tomba sur le côté, désorientée. Charlie en profita pour ramasser sa pioche. L'ignoble créature retrouva sa position verticale une seconde trop tard : la pioche de Charlie lui déchira le flanc. L'araignée s'affaissa, prise de tremblements nerveux, saignant abondamment sur le côté. Le squelette, occupé à placer une flèche dans son arc, fut projeté au sol. Il leva la tête en direction de Charlie tout en levant l'os qui lui servait de bras droit.

Aussitôt après, les trois creepers s'avancèrent vers lui. Charlie ferma les yeux en se préparant aux explosions qu'ils allaient produire. Au lieu de cela, il entendit un bruit d'une tout autre nature. C'était Citron qui crachait sur les creepers. Ceux-ci prirent peur et s'enfuirent. Charlie les poursuivit et les abattit à l'aide de trois flèches. Il s'arrêta avec Citron au bord d'un fossé. Il s'apprêtait à féliciter son chat quand il vit une flèche se planter dans le ventre de ce dernier. Citron tomba dans le fossé. Il le prit dans ses bras et le sentit rendre son dernier souffle en poussant un faible miaulement.

Le ciel lui tombait sur la tête. Il s'était autant attaché à son chat qu'à Kat et à Stan.

En un instant, le choc et l'horreur qui le tétanisaient se muèrent en rage. Il fallait qu'il venge la mort de son chat. Il sortit du fossé. Le squelette qui avait chevauché l'araignée visait sa tête avec son arc. Les réflexes de Charlie, déjà aiguisés par la bataille, s'accentuèrent jusqu'à devenir quasi surnaturels. Il saisit la flèche en plein vol, à quelques centimètres seulement de son visage. Il la plaça dans son propre arc et la renvoya à son propriétaire. La pointe en silex explosa le crâne du squelette, le transformant en nuage de poussière.

Encore sous l'effet de la colère, Charlie chercha tout autour de lui un ennemi à massacrer. Mais le désert était vide. Il avait réussi à tuer l'araignée chevauchée et toute l'armada de monstres qu'elle dirigeait. Il fit alors quelque chose qui ne lui ressemblait pas : il s'en félicita. Depuis le début de la bataille, il n'avait pas eu peur une seule fois.

Bouillonnant de fierté, mais aussi de colère et de tristesse, il courut vers le village PNJ pour combattre les mobs qui avaient dû s'y introduire.

Stan et Kat avaient abattu tellement de zombies qu'ils auraient pu remplir un coffre entier avec la chair putréfiée récupérée. DZ avait fait encore mieux. Son épée enchantée lui permettait d'éliminer les monstres à une cadence infernale.

Bien que la lune fût encore haut dans le ciel, Stan constata que le siège faiblissait. C'est alors qu'il fut soulevé et secoué dans les airs. Il parvint à apercevoir l'enderman qui le portait à bout de bras et s'apprêtait à le projeter sur les graviers de la rue. Au lieu de ça, il retomba en douceur sur le cadavre de l'enderman. Il se releva aussitôt pour tenter de comprendre ce qui venait de se produire. Charlie était en train de retirer sa pioche de diamant de la tête du mob. Il avait l'air sombre, presque absent.

— Merci, Charlie ! lança-t-il. Comment ça s'est passé pour toi ?

— Ils sont tous morts, y compris l'araignée chevauchée, répondit-il d'une voix résignée. Citron aussi est mort.

Stan fut pris de compassion pour son ami.

— Et vous ? ajouta Charlie en se forçant à prendre un ton plus léger. Comment vous vous débrouillez ?

— Je pense qu'on est bons ! intervint DZ en les rejoignant.

Il avait une petite égratignure au bras gauche et paraissait exténué.

Kat surgit à son tour, le visage blême. Elle avait l'air beaucoup moins triomphante.

— Il faut que vous veniez voir ça, lança-t-elle presque sans remuer les lèvres.

Elle guida les trois garçons jusqu'à la maison d'Oob qui se trouvait à quelques blocs. Plusieurs centaines de monstres maléfiques de toutes sortes arrivaient dans leur direction depuis le désert.

— Joueurs ? ! appela Oob de l'intérieur de la maison. J'ai quelque chose à vous montrer.

— Pas maintenant, Oob ! rétorqua Stan.

Malgré la fatigue, les quatre joueurs se préparèrent pour cette nouvelle bataille.

— Joueurs ?

— Pas maintenant, Oob ! répéta Stan, agacé.

— Mais… c'est très, très, très important !

— Oob, je te signale qu'on est en train de défendre tes arrières, là ! Alors on se parle plus tard, d'accord ?

— Allez ! insista Oob en ouvrant la fenêtre. Vous ne voulez pas voir mon nouveau petit frère ?

— Quoi ? Un petit frère ?

Oob disparut un instant puis revint avec une version miniature de lui-même dans les bras.

— Papa et maman ont pensé que, si nous voulions rester dans ce village, il fallait de nouveaux villageois. Ils se sont regardés un moment, l'image d'un cœur est apparu au-dessus de leurs têtes et mon petit frère Stull est né.

Son sourire était si grand qu'on le voyait malgré son nez colossal.

— Vous êtes combien d'habitants ? demanda Charlie.

— Je suis le dixième ! répondit Stull d'une voix incroyablement grave pour un nourrisson.

Un grondement métallique les fit soudain sursauter. Une énorme créature avançait dans la rue. Elle était plus grande que les joueurs, mais surtout deux fois plus large. Son visage ressemblait à ceux des villageois. Stan pensa qu'elle allait les attaquer, mais elle passa devant eux sans même s'arrêter. C'était la horde de mobs qui l'intéressait.

Quand elle arriva à leur hauteur, la créature éleva ses longs bras et se mit à frapper tout ce qui était à sa portée. Elle était d'une force et d'une rapidité incroyables, si bien que les mobs volaient en tous sens.

— Qu'est-ce que c'est que ce truc ? demanda Stan, qui n'en croyait pas ses yeux.

— C'est un golem de fer, répondit DZ en observant la créature avec admiration. Ils apparaissent dans les villages suffisamment peuplés pour protéger les habitants des sièges comme celui-ci.

— C'est sûrement la naissance de Stull qui l'a fait surgir, en déduisit Charlie.

Pendant qu'ils parlaient, le golem faisait un véritable carnage. Aucun mob ne lui résistait et leurs attaques ne le blessaient en aucune façon.

Quand il en eut terminé avec eux, le golem de fer resta immobile, le regard braqué sur le désert. Sa silhouette impressionnante se détachait sur le ciel qui s'éclaircissait. Dans quelques minutes, il ferait jour et le siège serait enfin terminé.

- 23 -

Les douze yeux d'Ender

Aucun des villageois n'avait été tué ni même blessé au cours de la nuit. Mais tous semblaient dévastés par la mort de Citron. En fait, ils n'avaient jamais vu de chat auparavant. En revanche, ils appréciaient beaucoup leur golem de fer, qui présentait désormais un aspect plus sociable de sa personnalité. Il jouait avec les enfants, dont Stull, et ses gestes n'avaient rien en commun avec ceux, terriblement violents, qu'il avait montrés la nuit précédente.

Stan, Kat et DZ étaient satisfaits de leur action. Ils avaient rempli leur mission. Kat avait hâte de passer à la suite, tandis que Charlie accusait le coup. Il passa la journée dans le jardin des Oob à fixer le désert, l'air pensif. De temps à autre, une larme coulait sur sa joue.

Stan et Kat profitèrent que DZ amusait les villageois en leur racontant des histoires à peine drôles pour aller parler à leur ami. Ils contournèrent la maison des Oob et s'assirent de chaque côté de lui.

— Ça va, Charlie ? demanda Stan.

Il ne répondit pas.

— Qu'est-ce qui se passe ? enchaîna Kat.

— Charlie, on est tous désolés pour Citron, ajouta Stan. Mais on doit continuer à avancer. On a un roi à renverser. Tu t'en souviens ?

— À quoi ça servira ? répliqua Charlie d'une voix morne. Si ce n'est à faire plus de morts… Mon chat est mort et je suis malheureux. Comment je vais me sentir si l'un de vous deux se fait tuer ?

— Charlie, il n'y a pas d'autre solution, déclara Kat. S'il y en avait une, je ne serais pas là. Parfois, la guerre est la seule solution.

— Tu sais bien que si on ne renverse pas ce fichu Roi, ce sera de pire en pire, argumenta Stan. On n'a jamais été aussi près du but et tu es en train de nous dire que tu abandonnes ?

Charlie soupira.

— Je sais que vous avez raison. C'est juste que…

Il essuya la larme qui coulait sur son visage.

— C'est pas facile.

Kat se pencha contre lui et le prit dans ses bras, quand Oob et le golem les rejoignirent.

— Tu fais le bon choix, Charlie, dit Oob d'un air solennel. Et je te remercie pour ce que tu as fait pour notre village.

Stan sourit. Voilà pourquoi ils faisaient tout ça ! Ils se battaient pour les bas-niveaux, pour les villageois, parce que ceux-là n'étaient pas capables de se défendre, et parce que le Roi s'enrichissait en exploitant leurs faiblesses. Mais il y en avait d'autres comme eux, l'Apothicaire, les Nether boys, DZ, les gens de Blackstone, et même le golem de fer, prêts à les aider.

Il y eut un grincement métallique. Stan leva la tête. Le golem s'inclinait devant Charlie pour lui offrir une rose rouge. Le cœur lourd, Charlie accepta son cadeau et le remercia.

Puis il se leva et se tourna vers ses amis.

— Allez ! Il faut qu'on s'occupe des endermen !

DZ les attendait dans la maison d'Oob, plus excité que jamais.

— Vous êtes prêts à botter le derrière de ces trucs téléportables ? demanda-t-il.

Pour la première fois de la journée, Charlie sourit.

— J'avoue que j'en étranglerais bien quelques-uns.

— Préparons-nous et allons-y ! lança Kat en retirant son armure du coffre d'Oob.

Une fois armés et protégés, tous les quatre, avec Rex, s'acheminèrent vers le désert.

— Combien on a de perles ? interrogea Kat.

— J'en avais six, répondit DZ.

— J'en ai trouvé deux de plus hier soir, ajouta Charlie.

— Et moi une, dit Stan.

— Parfait ! conclut Kat. Il n'en manque plus que trois.

Ils étaient arrivés au milieu d'une vaste étendue de sable.

— On se sépare, poursuivit-elle. Le premier qui voit un enderman appelle les autres pour couvrir ses arrières.

Le soleil venait de disparaître derrière l'horizon. Le ciel s'assombrissait lentement lorsque Stan aperçut son premier enderman. Il tenait un bloc de sable entre ses mains. Quand il réalisa qu'il était observé, il se mit à trembler comme s'il était secoué par des spasmes.

— J'en ai un ! hurla Stan.

Les autres accoururent et tous les quatre attaquèrent la créature. Celle-ci se téléporta et réapparut quelques instants plus tard dans le dos de Kat. Charlie alerta leur amie qui fit volte-face. Dans son mouvement de rotation, elle décapita l'enderman avec son épée.

— Super ! s'exclama-t-elle en se baissant.

Elle ramassa une perle turquoise et ajouta :

— Plus que deux !

La stratégie de Kat était bonne. Récolter la onzième perle fut presque un jeu d'enfant. En revanche, l'enderman suivant ne donna pas de perle. Qu'à cela ne tienne ! Ils ne craignaient plus ces monstres. Ils se remirent en chasse quand Stan sentit une présence dans son dos. Il se retourna brusquement pour faire face au mob. Ce qu'il vit le prit au dépourvu. S'il n'avait pas porté son plastron en fer, la flèche de Leonidas lui aurait transpercé le cœur. Il poussa un petit cri qui alerta ses amis.

Kat et DZ surgirent, arc à la main, et tirèrent en direction de l'assaillant. Ce dernier esquiva la première flèche, la seconde se planta dans le bois de son arc.

Charlie arriva à son tour. Kat et lui se ruèrent sur Leonidas pour l'entraîner dans un combat rapproché, ce qui les avantageait. À quelques pas de là, Gino jaillit du sol avec son épée de diamant scintillant sous le clair de lune. DZ se sentit prêt à l'affronter et engagea le duel. Stan regarda avec admiration les deux épéistes les plus puissants qu'il ait jamais vus croiser le fer. Puis il entendit un grésillement derrière lui. Des étincelles couraient sur le sol. Il eut le réflexe de sectionner d'un coup de hache la ligne de poudre de redstone qui se consumait. Quelques secondes de plus et il sautait avec le bloc de TNT placé à quelques pas de lui. Becca n'apprécia pas que Stan déjoue ses plans. Elle bondit sur lui. Non contente d'être experte en matière d'explosifs, elle était aussi très douée à l'épée. De son côté, Stan avait progressé à la hache, et le combat était équilibré. Cependant, grâce à un uppercut un peu chanceux, il parvint à faire voler l'arme de son adversaire.

Becca ne se démonta pas. Elle sortit deux petites charges explosives auxquelles elle mit feu d'un mouvement du poignet. Elle disparut alors dans un nuage de fumée noire. Stan remarqua que le même sort était arrivé à Gino et Leonidas. À peine avait-il ouvert la bouche pour demander où ils étaient tous passés qu'il reçut une flèche à l'avant-bras droit. Ignorant la douleur, il tira son arc et se mit à lancer des flèches les unes après les autres dans la fumée où avait disparu Becca. L'une d'elles dut atteindre sa cible car il entendit un grognement. Alors il se pencha sur sa blessure, serra les dents et retira la flèche d'un coup sec.

Les nuages de fumée se dissipèrent et il vit d'un côté Kat affronter Gino, de l'autre DZ se mesurer à Becca. Leonidas le visa avec son arc. Il dévia la flèche avec sa hache à la dernière seconde et se rua vers son agresseur en brandissant son arme bien haut au-dessus de sa tête. Ce dernier eut le temps de lui lancer une bouteille de potion en plein visage. Elle explosa contre son front et le liquide se répandit sur lui.

Stan s'effondra, étourdi, et le monde se mit à tourner. Il voyait vaguement des volutes de fumée s'élever de son corps. Mais il n'avait plus d'énergie pour se relever. La potion avait endormi ses réflexes. Il remarqua quand même que Leonidas était debout à côté de lui et que son pied le clouait au sol, au niveau de la poitrine.

Puis il entendit une fille crier. Ce ne pouvait être que Kat, puisqu'il apercevait Becca du coin de l'œil, toujours aux prises avec DZ. Rex et Charlie se ruèrent sur Gino pour venger Kat. Stan lutta pour ne pas sombrer. Tandis que la bataille faisait rage autour de lui, il fit un effort surhumain pour apporter son aide. Sa main chercha son arc à tâtons. Ensuite il plaça une flèche contre la corde et tira. Elle traversa l'armure en cuir de Leonidas et pénétra dans sa poitrine.

La blessure n'était pas profonde et ne lui serait pas fatale, mais Leonidas ne s'y attendait pas. Il hurla de douleur et tomba. Libéré de son poids sur la poitrine, Stan se sentit soudain plus léger. Il inspira profondément et les effets de la potion se dissipèrent. Il s'assit et constata que Kat était allongée sur le sable, inconsciente. Tandis que Gino s'inquiétait de la blessure de Leonidas, Rex se jeta sur lui, tête baissée, à hauteur d'estomac, comme l'aurait fait un bélier. Gino fut projeté à la renverse et sa tête alla heurter un cactus, dont les épines se plantèrent dans son crâne. Il resta au sol, immobile.

Les choses s'accélérèrent quand Becca coupa le souffle de DZ en lui jetant son pied dans le ventre. Elle sentait que le contrôle de la situation leur échappait et décida de battre en retraite.

— Allez, Léo ! s'écria-t-elle en prenant la fuite.

Leonidas s'était relevé. Il bascula le corps de son camarade sur son épaule et se retourna vers Stan. Il y avait quelque chose dans son regard qui le laissait perplexe. Était-ce de la pitié, de la tristesse, de la jalousie ? Quelque chose qui ne collait pas avec le rôle de Leonidas en tout cas.

— Léo, dépêche-toi ! hurla Becca.

Cette fois, le joueur la suivit, comme DZ revenait à lui. Ce dernier lui adressa une volée de flèches qui se perdirent dans l'obscurité.

Stan constata peu après qu'il n'en était rien. Un enderman surgit de nulle part en proie aux flammes, une flèche plantée en pleine poitrine. La créature tituba avant de s'écrouler aux pieds de Stan, morte. En s'évaporant, elle laissa la douzième perle dont ils avaient besoin.

Stan se précipita auprès de Kat. L'épée de Gino l'avait blessée en dessous du cou. Il sortit une de ses deux dernières potions de guérison et la répandit sur la plaie qui cicatrisa aussitôt. Il l'entendit soupirer et sut qu'elle s'en sortirait.

Mella et Blerge s'occupaient de Kat à l'intérieur de leur maison. Charlie était allé à la bibliothèque du village. Il y avait là-bas un établi où il pourrait transformer les bâtons de blaze et les perles en yeux d'Ender. Ils en avaient besoin pour localiser l'entrée du fameux univers parallèle et y pénétrer.

Les autres parlaient et plaisantaient autour du puits. Stan se tenait à l'écart, perdu dans ses pensées. Il y avait bien quelque chose à propos de Leonidas qui l'intriguait. Voilà deux fois qu'il l'affrontait. Il était aussi violent et cruel que ses compères du RAT1. Pourtant, son regard était différent. Stan enrageait de ne pas comprendre pourquoi. Puis il repensa à Monsieur A. Ils ne l'avaient pas revu depuis leur rencontre dans la mine abandonnée, ce qui n'était pas pour lui déplaire. Mais comment Avery007, que l'Apothicaire avait décrit comme quelqu'un de bien, avait-il pu se lier d'amitié avec un griefer au cœur aussi sombre ? Non, Monsieur A leur avait menti.

Tout naturellement, Stan en vint à penser à lui-même. À ce truc spécial qu'il avait, selon Steve, Sally et Kat. Il ne savait toujours pas de quoi il s'agissait. Un pouvoir surnaturel ? Une force venue d'ailleurs ? Quoi qu'il en soit, il en aurait sûrement besoin dans l'Ender. Ce voyage serait le test ultime.

Il y avait une dernière chose qui occupait l'esprit de Stan. Sally. Mais il la chassa, craignant qu'elle ne le déconcentre. Il s'interdit de penser à la jeune fille avant son retour de l'Ender.

Il aperçut alors Charlie qui revenait de la bibliothèque et alla à sa rencontre.

— Alors ? Ça a marché ?

— Oui, répondit Charlie en lui montrant un œil d'Ender.

On aurait dit un œil de chat à la pupille rétrécie. Même si l'objet n'était pas activé, Stan ressentit comme de l'électricité. En le regardant de plus près, il remarqua les minuscules volutes de fumée pourpre qui en émanaient.

Charlie lui montra les onze autres yeux dans son inventaire en souriant.

— Génial, pas vrai ? On est prêts pour l'Ender, mon pote !

Stan était heureux de constater que Charlie avait retrouvé son humeur habituelle. Le voyage qu'ils s'apprêtaient à faire n'aurait pas pu se faire sans cela.

DZ les rejoignit.

— Je vois qu'on a nos yeux ! Excellent ! s'exclama-t-il. Donc on part demain ?

— Je suppose, répondit Stan. À condition que Kat ait récupéré.

À cet instant précis, la porte des Oob s'ouvrit et la jeune fille en sortit. Elle courut jusqu'à eux.

— T'as l'air en pleine forme pour quelqu'un qui a failli y rester ! lança Charlie.

— Tu rigoles ? Je me sens super bien. Mella et Blerge m'ont préparé du pain et Moganga a ajouté de la poudre de glowstone[1].

---

1. Pierre lumineuse qui brille indéfiniment ; on la trouve dans le Nether. La poudre est utilisée dans certaines potions.

Elle se tourna vers Stan.

— Je te dois un grand merci. Sans ta potion, Moganga dit que je serais morte.

— Bah, t'aurais fait pareil, non ? répliqua-t-il en haussant les épaules.

— Certainement.

— Bien, reprit Charlie. Puisque tu es guérie, Kat, on va pouvoir aller dans l'Ender demain !

— Pourquoi demain ? demanda-t-elle. Pourquoi pas maintenant ?

Les trois garçons se regardèrent. Ils se sentaient prêts.

— Allons nous préparer ! dit Stan.

Les villageois furent très déçus d'apprendre que les joueurs les quittaient déjà. Ils s'étaient pris d'affection pour eux. Néanmoins, ils firent leur possible pour leur fournir ce dont ils avaient besoin pour affronter le monde inquiétant de l'Ender. Leol, le forgeron, alla jusqu'à offrir à Stan et à Kat une hache et une épée de diamant. Il donna à chacun des joueurs une armure complète de la même matière. Moganga s'occupa aussitôt d'enchanter tous ces nouveaux objets.

Quand ils furent prêts à partir, les villageois vinrent les saluer. Oob sortit des rangs et parla au nom des siens.

— Chers et courageux amis, nous tenons à vous remercier pour les services que vous avez rendus à notre communauté. Principalement en nous débarrassant de l'araignée chevauchée qui nous avait fait tant de mal. Merci aussi pour votre action en faveur des plus faibles sur ce serveur. Vous serez toujours les bienvenus dans notre village. Au revoir et bonne chance !

Les villageois s'inclinèrent. Stan était très touché par la simplicité et la loyauté de ces gens. Même si le massacre d'Adorian n'avait pas eu lieu, même si Blackraven et Steve n'avaient pas été assassinés, ces villageois méritaient à eux seuls que le Roi tombe.

Tandis qu'ils quittaient le village, Stan se conforta dans l'idée que rien dans l'Ender ne serait insurmontable tant qu'ils garderaient à l'esprit l'image d'Elementia libéré du roi Kev.

- 24 -

À l'intérieur
du bastion

omme Stan l'avait prédit, la marche à travers le désert fut harassante. Il n'imaginait pas à quel point l'étendue de sable était vaste et monotone. En dehors de quelques collines, de cactus épars et d'un étang d'eau ou de lave ici ou là, il n'y avait rien.

Charlie guidait le groupe et Stan se demandait comment il faisait pour ne pas se perdre dans cette mer de dunes infinie. Au bout d'un moment, il le rattrapa pour le questionner à ce sujet. Il n'eut pas besoin de le faire. De temps en temps, Charlie jetait un œil d'Ender en l'air et celui-ci flottait en prenant une certaine direction avant de retomber dans sa main. Stan en déduisit que le précieux objet désignait le chemin qui menait à l'entrée de l'Ender.

Il redescendit à hauteur de Kat.

— Alors, tu sais ce qui nous attend dans l'Ender ?

— Honnêtement, je n'en ai aucune idée, sourit-elle. Mais j'avoue que ça me fait un peu peur. Je suis prête à parier que le Roi a planqué ses réserves là-bas parce que ses pouvoirs d'opérateur lui permettaient d'y aller. Et à lui seul.

— J'en ai déjà entendu parler, mais c'est quoi exactement, ces pouvoirs d'opérateur ?

— Ce sont les pouvoirs qu'on te donne quand tu ouvres un serveur. Une fois que tu les as, tu peux les donner à qui tu veux. En fait, tu peux tout contrôler sur ton serveur. Tout faire ou tout défaire à n'importe quel moment.

— Il n'y a pas un autre moyen de les obtenir ? En les apprenant, par exemple ?

Elle eut un rire bref.

— Stan, si on pouvait les étudier, tout le monde le ferait. S'ils existent, c'est pour réguler ce qui se passe sur un serveur.

Il parut déçu.

— Mais le Roi a renoncé à ses pouvoirs d'opérateur, non ?

— Exact. Sinon on n'aurait jamais pu sortir du château. Il l'a fait parce qu'il pensait que ça calmerait la rébellion des habitants.

— On dirait qu'il s'est mis le doigt dans l'œil. Regarde ce qu'on est en train de faire !

— Tu as raison. Mais son plan a marché pendant pas mal de temps. On est les seuls à avoir tenté quelque chose depuis la fin de ses pouvoirs. Sauf si on tient compte de ce qu'a fait Avery.

— C'est juste parce que les gens ont peur de lui. Plus de la moitié des joueurs nous ont aidés à quitter le château.

Kat faillit répondre, puis renonça. Au lieu de ça, elle caressa son chien tout en continuant de marcher.

Le soleil se couchait quand Stan repéra des chaînes montagneuses à l'horizon. Après ces plaines désertiques interminables, il y vit un signe de bienvenue.

Plus ils approchaient, plus le spectacle était grandiose. En disparaissant derrière la barrière rocheuse, le soleil inonda le ciel de couleurs chaudes. Charlie était si admiratif que Kat prit la relève à la tête du groupe. Des sources d'eau et de lave apparurent sur les flancs de la montagne.

Un troupeau de moutons sauvages vagabondait dans une prairie.

Les yeux d'Ender, qui continuaient de montrer le chemin à Kat, lui apprirent qu'ils approchaient du but. Puis ils indiquèrent une grotte au pied d'une falaise, dans laquelle ils s'engouffrèrent.

— Vous avez vu ces blocs ? demanda Charlie. Vous savez ce que c'est ?

Stan approcha sa torche. Il y avait dans la cloison une rangée de blocs de couleur grise qui se détachaient du reste. Kat et DZ secouèrent la tête.

— Je crois que le château du Roi était fait avec ces blocs-là, se souvint Stan.

Kat lança fébrilement un œil d'Ender en l'air.

— C'est l'entrée de l'Ender, conclut-elle. Charlie, creuse là-dedans !

Charlie était en train de vérifier quelque chose dans le livre qu'il avait trouvé dans la mine abandonnée.

— Ça dit que les yeux d'Ender nous guideront jusqu'à un bastion[1]. Le portail sera à l'intérieur.

Il tira sa pioche de diamant et se mit à cogner dans la paroi. Mais au troisième coup, la pointe de son arme resta coincée dans le bloc gris. Il se

---

1. Structure souterraine naturelle.

démena comme un beau diable pour la ressortir, sans succès.

— Laisse-moi faire, poule mouillée ! lança Kat en lui prenant le manche des mains.

Comme elle était plus forte que lui, d'un geste puissant, elle arracha la pioche, puis se mit à frapper de toutes ses forces contre la paroi réfractaire. Encore et encore. Jusqu'à ce que DZ pâlisse soudain et s'écrie :

— Non, Kat, arrête !

Le coup de trop était parti. Le bloc éclata comme une poche d'eau, éclaboussant tout le monde de boue grise. De cette boue sauta une petite bête rapide qui s'accrocha au visage de Kat. La joueuse cria tout en tentant de s'en débarrasser, en vain. La créature rampait sur elle à une vitesse incroyable. Personne n'osait intervenir de peur de rater la chose et de blesser Kat. De temps à autre, celle-ci poussait un cri qui voulait dire qu'elle avait été mordue ou piquée.

Comme elle se tortillait en essayant de se donner des coups de poing dans le dos, Stan devina que la créature s'était infiltrée sous son plastron. Il retourna sa hache et frappa Kat entre les omoplates avec le manche. L'armure en diamant se compressa et la jeune fille fit un bond en avant. Stan perçut un sifflement et un craquement, couplés au grognement de douleur de Kat. Un petit insecte tomba de son plastron, sorte de croisement entre un tatou, un ver et un porc-épic. Il émit des cliquetis d'araignée en se contractant, puis ne bougea plus.

— C'était un bloc 97 ! s'écria DZ en tirant son épée. C'est lui qui engendre ces poissons d'argent. Préparez-vous, il y en aura d'autres !

La brèche que Kat venait d'ouvrir dans le mur donnait sur une pièce. Tout autour de celle-ci, des blocs cédèrent, libérant un essaim de poissons d'argent. Leur morsure n'était pas grand-chose comparée à celle de l'araignée ou à la flèche d'un squelette, mais ils étaient nombreux et rapides. Stan en massacra une grande quantité d'un seul coup de hache, mais pour chaque mort, plusieurs surgissaient des murs de briques. Le rythme était si infernal que Stan faillit proposer à ses compères un repli stratégique. Cependant, le rythme des apparitions se mit à baisser sans explication, jusqu'à s'arrêter tout à fait.

Ils reprirent leur souffle en silence. En moins de deux minutes, ils avaient tué plus de deux cent cinquante poissons d'argent.

— Tu peux nous expliquer ce qui vient de se passer ? demanda enfin Stan à DZ.

— Quand on détruit un bloc 97, il génère ces poissons d'argent. Le problème, c'est que ça se propage aux blocs 97 voisins. En fait, je n'étais même pas sûr que ça existait. Je croyais que c'était juste une rumeur.

— Si je comprends bien, dit Stan, le chemin vers l'Ender est quelque part dans ce bastion. Mais on ne peut pas miner sans prendre le risque de faire naître des milliers de poissons d'argent...

— C'est ça, confirma DZ.

Apparemment, personne n'avait envie de revoir ces bestioles.

— Alors on n'a plus qu'à visiter les lieux en espérant que l'entrée nous sautera aux yeux, ajouta Kat, désabusée.

Stan et DZ soupirèrent.

— Faites pas cette tête ! Si ça se trouve, le portail est juste là derrière, intervint Charlie. Allez, suivez-moi !

Le fort était un vrai labyrinthe, composé de nombreux couloirs, de halls, d'escaliers et de pièces annexes. Les yeux d'Ender continuaient d'indiquer une direction, au cœur de l'édifice. Cependant, il sembla à Stan qu'ils traversèrent la même bibliothèque encombrée de toiles d'araignée trois fois de suite. Il en fit part aux autres.

Tous les quatre se disputèrent car tous avaient une opinion différente sur la question, comme s'ils ne voyaient pas les mêmes choses. Le ton monta.

— Il y a une pièce avec de la lave et un portail en pierre blanche. C'est ça que vous cherchez ? demanda une cinquième voix.

Les quatre joueurs se retournèrent. Oob se tenait devant eux, une bêche archaïque à la main. Il sourit et leur fit un petit signe.

Charlie brisa le silence.

— Mais qu'est-ce que tu fiches là ?

— J'aimerais vous aider. Je pense que je dois participer au renversement du Roi.

— Oob ! s'écria Stan, furieux. Tu es devenu fou ? Tu ne peux pas venir dans l'Ender avec nous. Tu vas te faire massacrer !

— Mais je veux vous aider ! J'ai trouvé le portail, venez avec moi !

Oob sortit par où il était entré. Stan pressentit un danger et lui emboîta le pas. Au bout du couloir se trouvait une pièce plus éclairée que les autres. Oob y pénétra. Mais il en fut aussitôt éjecté. Sa tête heurta violemment le mur et il tomba, inconscient ; une flèche dépassait de son épaule. Stan se précipita pour lui administrer sa dernière potion de guérison pendant que DZ, Kat et Charlie les dépassaient pour aller s'occuper de son agresseur.

Heureusement, la préparation de l'Apothicaire fit rapidement de l'effet. L'épaule d'Oob rejeta la flèche et sa respiration reprit un rythme normal. Rassuré, Stan bondit pour prêter main-forte à ses amis... et sa mâchoire inférieure se décrocha.

Il y avait des bassins de lave aux quatre coins de la pièce. Au centre, au sommet d'un escalier, se trouvait une cage noire et vide. Le géniteur avait probablement été anéanti. Derrière la cage, Stan aperçut un cadre fait de blocs inconnus. On aurait dit de la roche lunaire pour la base et de la turquoise pour la partie supérieure. Il y avait une ouverture en son milieu, qui surplombait une fosse remplie de lave.

Mais ce fut autre chose qui coupa le souffle à Stan. Charlie, DZ et Kat étaient tous les trois allongés par terre, inanimés. Cette dernière avait une énorme bosse sur la tête. Une barre métallique était plantée dans la poitrine de DZ. Et une flèche dépassait du talon de Charlie. Rex gémissait au sol à leurs côtés. Monsieur A se tenait debout face à eux, en armure de diamant.

Ainsi le griefer n'était pas mort dans la fosse de sable de la mine abandonnée. Tandis que Stan digérait cette information, Monsieur A sortit une perle d'Ender de son inventaire et la lui jeta. Stan fit un bond en arrière et elle atterrit à ses pieds. Puis elle disparut, comme par enchantement, dans un nuage de fumée pourpre. Monsieur A surgit alors du nuage, son épée sur le point de le transpercer. Par un mouvement réflexe, Stan para le coup avec sa hache, mais la puissance de l'attaque le fit tomber à la renverse. Monsieur A n'en resta pas là, il bondit sur Stan et frappa de nouveau. Un bras de fer s'engagea. La lame appuyait contre le manche de la hache en écrasant le cou de Stan contre le sol.

Ce dernier commença à manquer d'air et sa vue se troubla. Il voyait des étincelles. Cependant il ne mourrait pas sans un dernier sursaut d'agressivité. Il rassembla tout ce qui lui restait d'énergie pour repousser l'épée et pouvoir rouler sur le côté. Dans le même temps, il frappa à l'aveuglette dans l'espoir de toucher son adversaire.

Le bruit du choc l'informa qu'il avait réussi. Le grognement de douleur poussé par Monsieur A le lui confirma. Mais lorsqu'il put voir à nouveau, son adversaire était en train d'armer une flèche. Il se baissa pour l'éviter puis, fulminant de rage, il se rua sur lui avec sa hache pour le forcer à se défendre avec son épée.

Un duel intense s'engagea : les deux joueurs se livraient à une danse de la mort autour du portail de l'Ender. Stan prit conscience de la supériorité de son adversaire. Il fut pourtant surpris de voir voler en l'air l'épée du griefer. Pour le contrer, Monsieur A lui lança une série de boules de feu qui éclatèrent à ses pieds, créant un rideau de fumée. Stan recula et se prépara à sa riposte.

Monsieur A surgit alors du brouillard, épée à la main, à une vitesse fulgurante. Stan n'eut d'autre choix que de bondir en arrière et de monter à reculons l'escalier du portail pour éviter de se faire couper en deux par les coups furieux de son adversaire. Il se retrouva bientôt en haut des marches, au bord de la fosse de lave. Il sauta de l'autre côté, poursuivi par Monsieur A. Le combat reprit de plus belle. Puis ce fut au tour de Stan de perdre sa hache.

Cette fois, la bataille semblait perdue. Stan protégeait son visage avec ses mains quand un cri sauvage retentit. Il rouvrit les yeux et vit Oob, au bord du portail, sa houe fendant l'air en direction du crâne de Monsieur A. Suite au choc, ce dernier tomba dans la fosse de lave la tête la première. Il se débattit un moment, secoué par d'atroces souffrances, puis cessa de remuer.

Stan se posait toujours mille questions au sujet de ce joueur. Il n'obtiendrait sans doute jamais de réponses.

— Ça aurait pu se passer autrement, lâcha-t-il tristement. On aurait pu être amis.

Ensuite il se tourna vers Oob.

— Merci, dit-il, sans toi, je serais mort. Et je me suis trompé tout à l'heure : où qu'on aille, quoi qu'on fasse, ton aide sera toujours la bienvenue.

— Bien parlé ! s'écria quelqu'un dans leur dos.

C'était DZ, tout sourire. Charlie se tenait à ses côtés, deux bouteilles de potion de guérison vides à la main. Quant à Kat, elle était en train de donner de la chair putréfiée à Rex.

Stan et Oob se précipitèrent vers eux pour les prendre dans leurs bras. Ils étaient tellement heureux de se retrouver ensemble, sains et saufs ! Stan prit la parole.

— Je crois que le moment est venu.

— Oui, approuva Kat, finissons-en !

Charlie avait étudié la question. Il grimpa jusqu'au portail, composé de douze blocs. Au milieu de chacun d'eux se trouvait une encoche, de la taille d'un œil d'Ender. Il y logea avec précaution les objets qu'ils avaient eu tant de mal à rassembler. Quand le douzième fut en place, tous se mirent à briller simultanément d'une lumière pourpre. Pendant quelques secondes, ils émirent un son étrange et provoquèrent de multiples étincelles. Puis, tout à coup, l'espace intérieur du portail dévoila un spectre multicolore fantastique. Comme si une partie inexplorée du cosmos leur tendait les bras.

Les autres joueurs montèrent les marches à leur tour.

— On y va ? demanda Stan.

Son regard se posa sur quatre braves guerriers, parfaitement équipés, prêts à faire face à tous les coups tordus que leur réservait l'Ender.

DZ fut le premier à sauter dans le portail noir qui l'avala instantanément. Puis ce fut au tour de Charlie et d'Oob. Kat caressa son chien, qui ne pouvait pas participer au voyage, et suivit les autres. Enfin, Stan prit une longue inspiration et se jeta à l'eau. Il tomba en chute libre dans les ténèbres.

- 25 -

L'Ender

Contrairement au passage à travers le portail du Nether, celui de l'Ender ne procurait aucune sensation d'étouffement. Stan retomba sur un bloc d'obsidienne aussitôt après l'avoir franchi. L'atmosphère était semblable à celle de l'Overworld.

Stan regarda tout autour de lui et vit ses amis explorer la grotte dans laquelle ils avaient atterri.

— Comment on va sortir de là ? demanda-t-il.

Les autres avaient l'air aussi angoissés que lui.

— Ne vous inquiétez pas ! voulut les rassurer Charlie.

Il se mit à donner des coups de pioche dans une paroi en prenant soin de frapper vers le haut.

Ses amis le suivirent dans le tunnel qu'il créait, jusqu'à ce qu'ils débouchent à l'air libre, sous un grand ciel sombre. Ils n'eurent pas le temps d'examiner les lieux : ça grouillait d'endermen. Deux d'entre eux s'attaquaient déjà à Stan, qui avait été le premier à porter le regard sur eux. Il en élimina un avec sa hache tandis que Kat s'occupait de l'autre.

— Baissez les yeux ! Ne les regardez pas ! hurla DZ.

Les autres obéirent.

— Oob, jette un coup d'œil pour savoir combien ils sont ! ajouta-t-il.

— Quoi ? Mais ils vont me tuer ! trembla Oob.

— T'es un PNJ, ils ne te remarqueront même pas !

Oob finit par accepter de relever la tête puis répondit :

— Il y en a partout ! Ils sont impossibles à compter.

— Pas de panique, les amis ! tempéra DZ. Je sais comment on peut les tuer.

Il tâtonna dans son inventaire avant de lancer des citrouilles aux pieds de chacun d'eux.

— Qu'est-ce que tu veux qu'on fasse avec ça ? demanda Kat d'une voix irritée.

— Enlevez vos casques et mettez-les sur vos têtes !

DZ n'attendit pas que les autres le fassent pour enfiler le sien. Lorsqu'il se redressa, les autres le regardèrent du coin de l'œil.

— Tu as l'air ridicule, tu vas où comme ça ? demanda Kat.

Sans répondre, DZ marcha jusqu'au premier enderman en le regardant dans les yeux. Ce dernier ne remarqua même pas sa présence. Stan en profita pour lui planter son épée dans la poitrine. L'instant d'après, le mob s'était transformé en perle d'Ender.

DZ ne s'était pas trompé. Sa démonstration avait convaincu tout le monde.

— Que le grand massacre des endermen commence ! déclara-t-il, triomphant.

En l'espace de quelques minutes, il n'y avait plus d'enderman en vue et ils s'en félicitèrent.

Ils prirent alors le temps de mieux étudier l'environnement. Ils remarquèrent d'étranges colonnes en obsidienne qui grimpaient vers le ciel noir. Il y en avait une dizaine. Les joueurs étaient venus si facilement à bout des endermen qu'ils se demandèrent quelle autre difficulté allait leur tomber dessus.

Ils n'eurent pas longtemps à attendre. Un hurlement long et perçant déchira le silence de l'Ender. C'était comme les cris simultanés de mille endermen, d'un troupeau d'éléphants et de quelques tyrannosaures. Stan repéra alors quelque chose dans le ciel qui lui retourna l'estomac. Des yeux violets brillèrent, puis le corps d'une énorme bête noire et argentée apparut. Elle volait droit dans leur direction. Sans se concerter, Kat, Stan et DZ sortirent leurs arcs et visèrent la tête du monstre volant. Les flèches des garçons rebondirent sur son front écailleux tandis que celle de Kat se planta dans son œil gauche. Le mob était sur le point de les écraser quand il modifia sa trajectoire en rugissant de douleur. Il reprit de la hauteur et regagna le ciel sombre.

Stan et ses amis réalisèrent alors qu'ils étaient en présence d'un gigantesque dragon noir. Ils étaient terrifiés. Il était si grand qu'ils ressentaient les courants d'air provoqués par ses puissants battements d'ailes.

À présent, le dragon blessé tournoyait autour des colonnes d'obsidienne. Les joueurs ne le quittaient pas des yeux. Le sommet de ces piliers émettait des ondes d'énergie multicolores qui semblaient apaiser le dragon. Quelques instants plus tard, la flèche de Kat retomba au sol près d'eux.

— Il doit y avoir quelque chose là-haut qui le guérit, en déduisit DZ.

— Alors, il faut le détruire ! répliqua Stan.

— Voilà ce qu'on va faire, dit Kat. Stan et DZ, vous vous occupez de désactiver ce qu'il y a là-haut. Pendant ce temps, Charlie et Oob, vous vous débrouillez pour distraire le dragon. Il ne faut surtout pas qu'il remarque ce que Stan et DZ font.

— Et toi ? demanda Stan.

— J'ai l'impression qu'on va avoir affaire à d'autres endermen bientôt, répondit-elle en replaçant la citrouille sur sa tête. Je m'en charge.

Alors que le dragon piquait de nouveau dans leur direction, Stan et DZ s'éloignèrent pour remplir leur mission. Charlie et Oob tirèrent leur pioche et leur houe et frappèrent le museau de la bête, ce qui l'éloigna pour un temps.

Lors de sa dernière bataille contre Monsieur A, Stan avait remarqué que la perle d'Ender lui avait permis de se téléporter. Il en parla à DZ et tous deux se mirent à ramasser quelques butins d'endermen qu'ils venaient de tuer.

Stan lança de toutes ses forces une perle dans le ciel en visant le haut d'une colonne noire. Dans le mille ! L'instant d'après, il ferma les yeux. Lorsqu'il les rouvrit, il se tenait debout en haut du pilier. En son centre se trouvait un cube de cristal qui tournait lentement dans un bloc d'admininium[1] en fusion. Le cristal lançait des lueurs bleues, roses et rouges.

— Dépêche-toi de détruire ce truc ! s'écria DZ quelques dizaines de blocs en-dessous de lui.

Stan sortit son arc et visa le cristal. L'impact de la flèche provoqua une lumière intense. Quand elle se fut dissipée, Stan constata qu'il ne restait plus rien dans l'admininium en feu. Satisfait, il jeta un regard panoramique. Chaque obélisque possédait son bloc de cristal qui tournait sur lui-même. Il ne lui restait plus qu'à répéter l'opération autant de fois que nécessaire.

Quand il eut anéanti le dernier cube de cristal, Stan envoya au sol une perle près de DZ et se téléporta dans un nuage de fumée pourpre.

— Bravo, Stan ! le félicita DZ.

À présent, le dragon n'avait plus la possibilité de guérir ses blessures.

— Et si on allait tuer ce mob de malheur ? proposa Stan.

Ils se précipitèrent vers Oob et Charlie.

— Vous avez réussi ? s'écria ce dernier.

---

1. Roche indestructible.

— Affirmatif ! répliqua DZ. Et vous ? Vous avez compris la stratégie du dragon ?

— Apparemment, il se contente de foncer sur nous et d'essayer de nous donner des coups de tête, répondit Oob.

— Si je comprends bien, intervint Stan, la difficulté n'est pas de combattre le dragon, ni les endermen, ni même de détruire les blocs de cristal. La difficulté, c'est de faire tout ça à la fois. On a bien fait de venir en équipe. Le Roi n'a pas pensé que ses ennemis pouvaient se regrouper pour venir lui piquer son trésor de guerre.

Tout à coup, Charlie se mit à hurler en voyant le dragon jeter son dévolu sur Kat, qui lui tournait le dos. Alertée, la fille fit volte-face. Charlie ne s'était pas contenté de donner de la voix, il avait bondi pour lui prêter main-forte. Il arriva à temps pour se jeter au-devant de la bête et la frappa comme il put. En se débattant, le dragon tailla une brèche dans son plastron avec sa griffe antérieure gauche. Puis il reprit de la hauteur.

Kat, paniquée, se précipita auprès de Charlie, allongé à plat ventre, immobile. Elle le retourna et fut aussitôt soulagée. Il avait le visage déformé par la douleur, mais il était vivant.

— Ça va, Charlie ? demanda-t-elle.

— Ça va aller, grogna-t-il.

Il retira son plastron en grimaçant. Son T-shirt était déchiré et une plaie s'étendait de sa poitrine jusqu'à son ventre.

— Ce n'est pas profond ! dit-il pour rassurer Kat. Au fait, tu sais où est passée ma pioche ?

Stan guettait le dragon, sa hache prête à servir. Il ne tarda pas à le voir revenir en piqué et remarqua que l'arme de Charlie était solidement plantée dans sa narine droite. Il l'attira à lui et lui donna un grand coup sur le museau. La bête rugit avant de s'éloigner à nouveau.

Il se tourna alors vers DZ : son ami était en train de viser leur agresseur avec une perle d'Ender.

— Mais qu'est-ce que tu fais ? s'écria Stan.

— Je vais en terminer avec cette andouille.

Et il disparut dans un éclat de fumée pourpre.

Stan releva la tête et aperçut DZ sur le dos du dragon qui gigotait en se débattant dans les airs. Charlie, Kat, Oob, tous avaient le regard rivé sur le spectacle qui se déroulait au-dessus de leurs têtes. Le dragon était à l'agonie. Il secouait la tête pour se défaire de la pioche de Charlie et de son passager indésirable. Ce dernier, à califourchon sur son cou, tailladait sans relâche son cuir noir avec son épée. Puis il se mit debout sur sa tête, sauta en l'air, se retourna et le fusilla d'une flèche entre les deux yeux, presque à bout portant.

Aussitôt après, il jeta une autre perle au sol et réapparut à côté de Stan.

Stan le regarda, bouche bée.

— T'as vu ? lança DZ en désignant le ciel.

Le dragon émettait des rayons de lumière blanche. Tout à coup, une série d'explosions se produisirent, comme un feu d'artifice, provoquant un nuage de fumée. Quand celui-ci se dissipa, Stan et ses amis constatèrent que le dragon avait disparu.

Tous se tournèrent vers DZ, admiratifs.

— Au fait, Charlie, je t'ai ramené ça, ajouta le héros.

— Ma pioche ! s'exclama Charlie, fou de joie.

Mais son sourire se transforma en grimace de dégoût. Une matière verdâtre et visqueuse recouvrait l'extrémité de son arme.

— C'est quoi ? articula-t-il, prêt à vomir.

— Euh… c'est-à-dire qu'elle était plantée dans son nez, donc…

Après quelques secondes de silence, ils éclatèrent de rire. Tous les cinq étaient soulagés d'avoir vaincu la bête.

— Maintenant, il faut trouver la cachette du Roi, dit Kat.

— Je propose qu'on se sépare, suggéra Charlie. Si vous décelez un endroit qui pourrait ressembler à ce qu'on cherche, appelez-moi !

Ils s'éloignèrent dans des directions différentes et examinèrent les blocs qui constituaient la surface de l'Ender. Pour ne pas provoquer les endermen, ils évitaient de lever la tête. Oob, qui n'avait pas besoin de prendre cette précaution, fut le premier à alerter les autres. Il avait repéré une petite encoche dans le sol au pied d'une colonne d'obsidienne.

Charlie jugea que cela valait la peine de creuser à cet endroit et se mit au travail sous le regard de ses amis. Il donna des grands coups de pioche et Stan remarqua qu'il grimaçait de temps en temps. Sans doute avait-il minimisé sa blessure.

Ce ne fut qu'au bout du dixième bloc à la verticale que la lumière jaillit du fond du trou. Il élargit l'ouverture de manière à pouvoir passer au travers et les cinq amis descendirent. Ils se retrouvèrent dans une salle équipée de torches murales et garnie de coffres. Chacun se précipita sur l'un d'eux et l'ouvrit.

Stan fut saisi d'exaltation ; le sien était rempli de pommes d'or et de diverses potions. Il se retourna et vit Charlie manipuler des armures de diamant enchantées, tandis que Kat examinait des blocs de TNT et autres boules de feu. Les bras de DZ croulaient sous des centaines de diamants bruts.

Stan était sous le choc. Chaque coffre apportait son lot d'objets de grande valeur. La cachette secrète du Roi surpassait ses attentes les plus folles. Il ne faisait aucun doute qu'ils possédaient à présent plus qu'il n'en fallait pour lancer une attaque d'envergure sur le palais royal.

Stan sortit le coffre d'Ender de son inventaire et le posa au sol. L'œil d'Ender qui servait de fermeture se mit à briller instantanément. Les mains tremblantes, il saisit le couvercle noir et le souleva avec précaution. Une brume pourpre tourbillonnait à l'intérieur. Puis il distingua au fond du coffre le visage souriant de l'Apothicaire. Leur ami était sain et sauf.

— Stan, ça me fait plaisir de te voir ! s'écria le vieux joueur.

— Et moi donc ! Vous ne croiriez pas tout ce qui nous est arrivé ces dernières semaines.

— Je suppose que si tu as activé le coffre, c'est que vous avez trouvé la cachette du Roi ?

— Oui, on l'a trouvée, sauf qu'elle n'était pas dans le désert d'Ender, mais dans l'Ender lui-même !

Le vieux joueur ouvrit de grands yeux. Il avait l'air étonné.

— Quoi ? Mais qu'est-ce qu'elle fiche là-bas ?

Stan dut lui résumer tout ce qui s'était passé depuis qu'ils s'étaient quittés.

— Je comprends mieux pourquoi vous avez mis tant de temps à vous manifester. Je craignais le pire.

— Non, tout va bien. À part Charlie que le dragon a griffé au ventre.

— Tu parles du dragon d'Ender ? J'ai toujours pensé que c'était un mythe. Mais tiens, prends ça !

L'Apothicaire arracha une bouteille de sa ceinture et la plaça dans la brume du coffre, où elle flotta en attendant que Stan la saisisse. Ce dernier s'empressa de répandre son contenu sur la plaie de Charlie. Elle se referma sur-le-champ.

— À présent, place dans le coffre tout le butin qui se trouve dans la cachette, comme je viens de le faire !

Ils se mirent tous les cinq au travail et déposèrent dans la brume tourbillonnante du coffre tous les précieux objets contenus dans la cachette du Roi. De l'autre côté, l'Apothicaire les récupérait au fur et à mesure. Puis ils se saluèrent et le vieil homme referma le coffre.

— Bien ! dit Stan. Comment on fait pour retourner dans l'Overworld, maintenant ?

Charlie sortit son livre de son inventaire et parcourut le passage qui concernait la sortie de l'Ender.

— Apparemment, puisqu'on a réussi à vaincre le dragon, un portail noir a dû apparaître. Il faut juste qu'on le traverse. Durant le passage, un processus appelé « Illumination » se déroulera. Et ensuite on réapparaîtra sur la colline de Spawnpoint.

— C'est quoi, l'Illumination ? demanda Kat, à bout de nerfs. J'en ai marre de tous ces mystères, je veux simplement retourner à Adorian et aller botter le derrière du Roi.

— T'inquiète ! la rassura Charlie. D'après le livre, il n'y a rien à faire, juste à écouter pendant qu'on nous téléporte.

— Alors allons-y ! lança Stan.

Ils s'éclipsèrent de la cachette et constatèrent la présence d'un portail noir qui les attendait, semblable à celui qu'ils avaient emprunté à l'aller. Ils étaient tous tellement impatients de retourner dans l'Overworld qu'ils sautèrent dedans les uns après les autres sans un mot de plus.

L'Illumination

Je vois de quel joueur vous voulez parler.

Stan2012 ?

Oui. Faites attention. Il a atteint un bon niveau,
maintenant. Il peut lire dans nos pensées.

Ça ne veut rien dire.
Il croit qu'on fait partie du jeu.

J'aime bien ce joueur. Il se débrouille plutôt pas mal.
Et il ne renonce pas facilement… Il rêve de lumière et
d'arbres, de feu et d'eau. Il rêve qu'il crée et qu'il détruit.
Il rêve qu'il chasse et qu'on le chasse. Il rêve d'un abri.

Ah, l'interface originale !
Elle a un million d'années
et elle fonctionne toujours.
Mais quelle véritable structure ce joueur a-t-il
créée en réalité, derrière l'écran ?

Il a sculpté, avec un million d'autres, un monde dans
un… et créé un… pour… dans la…

Il ne peut pas lire cette pensée.

Non. Il n'a pas encore atteint le plus haut niveau.
C'est quelque chose qui s'acquiert au cours d'une vie,
pas le temps d'une partie.

Respire maintenant, joueur ! Encore une fois.
Sens l'air emplir tes poumons. Reprends
conscience de tes membres. C'est ça,
remue tes doigts. Retrouve ton corps,
redécouvre la gravité. Reviens à la vie.
Tu y es. Ton corps est de nouveau en contact
avec l'univers, comme si vous vous étiez séparés.
Comme si nous nous étions séparés.

Qui sommes-nous ? Jadis nous étions l'esprit de la
montagne. Le père soleil, la mère lune. Des esprits

ancestraux, animaux, des djinns, des fantômes.
Puis des dieux, des démons, des anges,
des poltergeists, des aliens,
des extraterrestres. Des particules élémentaires…
Les mots changent. Mais pas nous.

Ce joueur croit parfois qu'il est un humain évoluant sur la fine croûte d'un globe de roche en fusion qui tourne sur lui-même. Et cette boule de roche en fusion tourne autour d'une autre boule de gaz en flammes dont la masse lui est trois cent trente mille fois plus importante. Elles sont si éloignées l'une de l'autre que la lumière émise par la seconde met huit minutes pour franchir l'espace qui la sépare de la première. Cette lumière est capable de brûler la peau à cent cinquante millions de kilomètres de distance.

Parfois, le joueur rêve qu'il est un mineur à la surface d'un monde plat et infini. Le soleil est un carré blanc. Les journées sont courtes ; il y a tant à faire, et la mort est un désagrément passager.

Et parfois le joueur croit que l'univers lui parle par le biais de la lumière solaire qui se fraie un chemin à travers le feuillage remuant d'été.

Les chroniques d'Elementia : Le combat pour la justice

et l'univers dit : je t'aime

et l'univers dit : tu joues bien

et l'univers dit : tout ce dont tu as besoin est en toi

et l'univers dit : tu es plus fort que tu ne penses

et l'univers dit : tu es la lumière du jour

et l'univers dit : tu es la nuit

et l'univers dit : les ténèbres que tu combats sont en toi

et l'univers dit : la lumière que tu recherches
est en toi

et l'univers dit : tu n'es pas seul

et l'univers dit : tu n'es pas séparé de toute chose

*— et l'univers dit : tu es l'univers qui se goûte,
qui se parle, qui lit son propre code*

et l'univers dit : je t'aime car tu es amour.

Et la partie est terminée et le joueur se réveille.
Et le joueur commence un autre rêve.

L'Illumination

Et le joueur rêve encore, il rêve mieux.
Et le joueur est l'univers.
Et le joueur est amour.

Tu es le joueur.

Réveille-toi !

Troisième partie
Le soulèvement

- 26 -

Le discours

E t Stan se réveilla.
Il se retrouva debout sur la colline de Spawnpoint. Le passage s'était fait en douceur. Mais l'Illumination l'avait laissé perplexe. Il avait encore à l'esprit cette mystérieuse expérience lorsqu'il entendit Kat crier :

— Couche-toi !

Il se jeta au sol et vit alors quatre machines les bombarder de flèches. Des lignes de poudre de redstone couraient de ces machines jusqu'à la grande dalle en pierre sur laquelle il se trouvait avec Kat, Oob, DZ et Charlie. Il devina que c'était leur propre poids qui, en appuyant sur des capteurs de pression placés sous la dalle, avait déclenché les tirs. Charlie se mit à taper furieusement à divers endroits de la pierre avec sa pioche. Elle se brisa en mille morceaux et les machines s'arrêtèrent.

Stan était révolté. Le système avait certainement été mis en place par le Roi pour tuer tout nouveau joueur débarquant sur la colline de Spawnpoint. Si ses amis et lui n'avaient pas porté des armures en diamant, ils seraient morts. De rage, Charlie alla démolir les machines à grands coups de pioche.

La colline avait bien changé depuis leurs débuts dans Minecraft. Jadis, des torches étaient disposées ici et là pour protéger les débutants contre les mobs. Des coffres munis de livres, d'armes sommaires et de pain étaient là pour les accueillir. Tout cela avait été remplacé par des tirs de flèche en guise de bienvenue.

Maintenant qu'ils étaient sur le point de lancer leur attaque contre le Roi, Stan réalisa que ce qui avait pu apparaître au départ comme un désir un peu fantaisiste était devenu au fil des jours une obsession dévorante. Il voulait que le Roi meure. Et il voulait le tuer de ses propres mains. Être celui qui l'achèverait d'un coup d'épée, de hache ou avec une flèche. Il avait vu tellement d'injustices sur Elementia, qu'il tenait personnellement à mettre fin à la vie du responsable. Quel qu'en soit le prix.

Stan, plongé dans ses pensées, n'avait pas remarqué que les autres descendaient déjà la colline. Il les rattrapa et ils prirent ensemble la direction d'Adorian.

— Tu te rappelles notre première journée, Charlie ? demanda Stan. Le zombie, l'abri, les araignées ?

— Bien sûr ! Ça paraît loin. Ça fait bizarre de refaire ce chemin.

— Ouais, c'est comme visiter son école primaire dix ans après.

Le voyage fut beaucoup plus rapide que la première fois. Ils ne firent qu'une bouchée des quelques zombies qu'ils croisèrent sur leur route et déjouèrent un nouveau piège du Roi. Une autre dalle en bordure de route, posée sur des capteurs de pression. Cette fois, ils n'étaient pas reliés à des machines distribuant des flèches mais à des blocs de TNT.

Tous furent sous le choc en arrivant à Adorian. Le village était en ruine. Seules les maisons en pavés avaient résisté au feu. L'unique bâtiment reconnaissable était la mairie, même s'il avait été éventré en divers endroits par des explosions de TNT.

Les sentiments d'horreur et de dégoût qu'avait ressentis Stan le soir de l'assaut revinrent en force et il eut à nouveau envie de vomir. Mais une flèche frôla soudain son épaule gauche en sifflant. Une autre frappa l'armure de DZ, qui poussa un petit cri de douleur. Puis une pioche vola au-dessus de leurs têtes. Stan se retourna pour faire face à un joueur en armure de diamant qui abattit violemment son arc sur son front.

Stan tituba. Son assaillant n'était pas seul. Son collègue s'attaquait à Kat. C'est alors que Stan remarqua des dorures sous l'armure de l'un d'eux et un squelette sous celle de l'autre.

— Arrêtez ! s'écria-t-il tout à coup. C'est nous !

Les agresseurs n'étaient autres que Archie et G, qui ne les avaient pas reconnus non plus, à cause de leurs casques.

— C'est toi, Stan ? demanda Archie, incrédule.

— Ouais, tu m'as fait mal avec ton arc.

— Désolé, s'excusa Archie en lui tendant une potion de guérison.

Un autre joueur qui venait de les rejoindre soignait Charlie à cause d'une flèche nichée dans son plastron. Il s'agissait de Bob, le tireur à l'arc des Nether boys.

Goldman était à genoux. Il berçait la tête de Kat dans ses bras. Il versa la moitié d'une bouteille de potion sur la blessure qu'il lui avait infligée à la tête et l'autre moitié dans sa bouche. Quand la jeune fille revint à elle et reconnut la personne qui la serrait contre elle, elle poussa un cri de joie et l'embrassa. Ils restèrent ainsi de longues secondes, jusqu'à ce qu'ils se rendent compte, un peu embarrassés, que tout le monde les regardait. L'instant d'après, ils étaient tous debout et célébraient leurs retrouvailles. Les voyageurs racontèrent leurs exploits avant de questionner ceux qui étaient restés à Adorian.

— L'Apothicaire est arrivé peu après votre départ, expliqua G. Il nous a parlé de votre projet de rébellion. Vu que le Roi venait de brûler notre village, de tuer notre maire et de massacrer la moitié des habitants d'Adorian, on n'a pas hésité longtemps à adhérer à votre décision.

— On est venus ici directement après notre séparation dans le désert, Bill, Ben et moi, continua Bob. Ensuite, un troupeau de mineurs a débarqué en provenance de Blackstone avec leur maire. Ils voulaient être de la partie, eux aussi. Mais au fait, qui est le gentleman avec vous ?

Il désigna DZ du menton, qui se présenta en souriant à pleines dents :

— Je m'appelle DZ, mais vous me connaissez peut-être mieux sous le nom de DieZombie97.

— DieZombie97 ? demanda Bob, incrédule.

— Le DieZombie97 ? répéta G.

DZ se tourna vers ses amis d'un air prétentieux.

— Voyez ? Je vous avais dit que je m'étais fait un nom dans le spleef.

Bob semblait très impressionné.

— T'es un génie, mec ! Mais je croyais que le Roi t'avait tué ?

— Non, c'était juste une rumeur. J'ai préféré me tirer plutôt que d'essayer de la contredire.

— Et t'as fait quoi, tout ce temps ?

— J'ai vécu en solitaire dans le désert, jusqu'à ce que je rencontre ces trois-là.

DZ désigna du pouce Stan, Kat et Charlie. Ces derniers présentèrent ensuite Oob, leur ami PNJ, lequel paraissait encore terrorisé par la violence de l'attaque lancée par G, Archie et Bob. Puis tous les huit s'acheminèrent vers la mine. L'Apothicaire et les autres y avaient établi leur camp. D'après Archie, c'était l'endroit le plus sécurisé du village.

— Le Roi nous a envoyés au moins cinquante griefers depuis votre départ. On en a emprisonné une dizaine au fond de la mine. Les autres ont été chassés par nos systèmes de défense automatique.

— Ah bon ? Vous savez faire ça ?

— Les gars de Blackstone nous ont bien aidés. Notamment un dénommé Sirus666, un as en la matière. Il nous a installé des canons à TNT à longue portée, des systèmes déclencheurs de lave, des trappes remplies de poissons d'argent... Maintenant, on a tout ce qui peut exister.

Ils étaient arrivés au fond de la mine où se tenait leur QG. Goldman lança sa hache sur une corniche du mur devant lequel ils se trouvaient. Le poids de l'arme déclencha l'ouverture d'un passage étroit. Ils s'y engouffrèrent les uns après les autres et débouchèrent sur une grande pièce. Cinq autres joueurs s'y trouvaient, assis sur des chaises.

L'Apothicaire accueillit les visiteurs d'un sourire chaleureux. Bill, Ben et Jayden se retournèrent pour les saluer. Quant à Sally, elle se jeta au cou de Stan.

— Je suis si heureuse que tu sois de retour ! Je me suis fait un sang d'encre.

— Je suis là, répondit-il, savourant son bonheur. Tu m'as beaucoup manqué, tu sais.

— C'est bon de te revoir, le nouveau ! souritelle. Il paraît que vous avez fait des trucs de dingue. J'ai même entendu dire que avez massacré un dragon. C'est pas rien !

Stan sourit à son tour. Il retrouvait la Sally qu'il connaissait.

— Et vous, quoi de neuf ? demanda-t-il.

Tandis que les uns et les autres fêtaient leurs retrouvailles, Sally raconta à Stan le calvaire des griefers qui les harcelaient et le travail harassant à la mine.

— On a dû creuser une toute nouvelle section et on a perdu deux joueurs dans la lave l'autre jour.

Mais Sally avait envie d'en savoir plus sur les exploits de Stan et de ses amis.

— Comment vous avez réussi à sortir de l'Ender ?

— C'était plus facile que d'y entrer, en fait, répondit Stan. Le plus bizarre, c'est qu'en traversant le portail, on est passés par l'Illumination. C'est comme ça que ça s'appelle, d'après le livre sur l'Ender.

— Qu'est-ce que c'est ?

— En fait, je n'en sais rien. Il y avait deux êtres qui parlaient de moi... Je ne comprenais pas grand-chose à ce qu'ils disaient... Et tout d'un coup, je me suis retrouvé sur la colline de Spawn-point.

— Par ici, tout le monde ! s'écria une voix dans son dos. Steak et côtes de porc à volonté !

Stan changea de couleur. Il connaissait cette voix. Mais son propriétaire était mort ! Il avait vu de ses propres yeux la maison du marchant brûler, et lui avec. Comment était-ce possible ? Il se retourna brusquement.

C'était bien Blackraven qui venait d'entrer, les bras chargés de nourriture. Leurs regards se croisèrent. Ils se fixèrent de longues secondes, incrédules. Puis Stan courut vers lui, le visage rayonnant, bientôt imité par Kat et Charlie.

— Tu es vivant ? parvint à articuler ce dernier.

— La dernière fois que j'ai vérifié, je l'étais, plaisanta Blackraven. C'est très simple : il y avait une cave secrète sous ma maison. J'ai attendu que la rue se soit vidée et je me suis enfui. Mais... qu'est-ce que vous faites là ?

— Comment ça, qu'est-ce qu'on fait là ? rétorqua Stan, surpris par sa question.

— C'est nous qui avons démarré tout ce truc ! intervint Kat.

Blackraven semblait complètement perdu.

— Ce sont eux qui ont essayé de tuer le Roi, expliqua Jayden. On n'a jamais prononcé leurs noms devant toi ?

— Mais ce sont aussi les trois joueurs dont je vous ai parlé, ceux que j'ai employés à Element City ! affirma Blackraven, sidéré.

Il fallut un peu de temps à chacun pour intégrer toutes ces informations. Puis tous mangèrent de bon appétit.

On en vint ensuite à parler de l'avenir. En l'absence de Stan, Kat et Charlie, l'Apothicaire avait pris le commandement de l'équipe d'Adorian. Il avait été décidé que l'assaut sur le château du Roi serait donné une semaine après le retour des voyageurs. C'était le temps qu'il faudrait pour entraîner ces derniers aux techniques de combat qui seraient utilisées. Il servirait aussi à parfaire la préparation des cent cinquante joueurs qui composaient la Grande Milice d'Adorian.

Des tâches spécifiques avaient été attribuées à chacun. Celle de Kat consisterait à éliminer les membres du RAT1. Charlie commanderait un bataillon de joueurs qui sécuriserait les bases des deux tours principales du château. L'Apothicaire savait que le Roi dirigerait ses troupes depuis le pont entre les deux tours. Stan devrait gagner ce pont au moyen de perles d'Ender et engager le combat avec le Roi. Sa mission étant naturellement de le tuer.

Les Nether boys s'occuperaient de César, le conseiller principal du Roi, et Sally de Minotaurus, le leader de la destruction d'Adorian. Jayden se chargerait de Charlemagne et l'Apothicaire agirait en tant que médecin sur le terrain. DZ, Archie, G, Blackraven et le maire de Blackstone commanderaient les cinq bataillons de soldats dont le rôle serait de capturer le plus possible d'hommes du Roi. En cas de nécessité absolue, ils devraient les tuer.

Les dispositifs de sécurité installés dans le périmètre du château constituaient cependant un problème. Heureusement, il fut décidé que Sirus666 étudierait le livre de Mechall et qu'il se rendrait clandestinement dans la forteresse du Roi la veille du coup d'État. Il aurait pour mission de saboter un maximum de circuits avant l'attaque de la Grande Milice.

Stan se sentait de plus en plus nerveux. Il passa les cinq jours suivants, de l'aube au crépuscule, à s'entraîner plus durement qu'il ne l'avait jamais fait. Jayden et DZ le coachaient. Le premier était celui qui avait le plus d'expérience en matière de duel hache contre épée. Et personne, dans le village, ne connaissait mieux que DZ les techniques de combat du Roi. Stan découvrit à cette occasion qu'il n'était pas rare que Kev utilise deux épées à la fois — particularité réservée aux meilleurs.

Tous ceux qui virent Stan durant ces cinq jours purent constater que son maniement de la hache était exceptionnel, tout comme l'était sa détermination à gagner son duel contre le Roi.

Kat passa la semaine sous la tutelle de Sally, qui l'entraîna à combattre avec deux épées. Quant à Charlie, il fit des progrès considérables à la pioche. G l'aida à se perfectionner dans le combat rapproché, tandis que Sirus lui enseigna la technique du tunnel. Celle-ci consistait à creuser un passage souterrain, à la manière d'une taupe, pour apparaître à l'endroit le plus déstabilisant pour son adversaire. Archie lui permit également de hausser son niveau de tireur à l'arc – son point faible.

Les joueurs dont le niveau était supérieur à 15 furent chargés d'encadrer les quelque cent vingt bas-niveaux de la milice. Ils passèrent la moitié du temps à s'entraîner au combat, et l'autre moitié à crafter des outils et du matériel de guerre.

L'Apothicaire et un petit groupe de joueurs se consacrèrent à la préparation de potions. Certaines d'entre elles étaient offensives et constituaient de vraies armes qu'il suffisait de lancer contre l'ennemi. Seul motif d'inquiétude : ils ne disposaient pas de cube de magma ni de bâton de blaze pour brasser de la potion de résistance au feu. Il fut décidé qu'il était trop tard et trop risqué de retourner dans le Nether pour se ravitailler. Le château était pourtant encerclé par un anneau de lave...

La veille du grand jour arriva. Le lendemain, à midi, la Grande Milice d'Adorian pénètrerait en territoire ennemi, engagerait le combat contre les forces royales et tuerait le Roi. Ensuite, elle libérerait les citoyens de bas niveau emprisonnés dans la ville. Toute l'opération se ferait sous le commandement de Stan.

Ce dernier était allongé sur son lit et avait du mal à trouver le sommeil. Il partageait une chambre avec Kat, Charlie et DZ. À en juger par leurs respirations, ils ne dormaient pas non plus. Stan crut entendre des chuchotements. Il se tourna et aperçut dans l'ombre la silhouette de Goldman qui se penchait sur le lit de Kat pour l'embrasser. Puis il quitta la pièce sur la pointe des pieds. Stan reprit sa place en souriant. Une paire d'yeux juste au-dessus de lui le dévisageait.

— Salut, le nouveau ! chuchota Sally.

Stan sursauta.

— Tu m'as fait peur ! siffla-t-il en se redressant.

— Désolée, j'avais envie de te parler. Qui peut dire si on aura encore l'occasion de le faire ?

— Ne dis pas des choses pareilles ! On sera de retour ici demain soir tous les deux. Tu le sais bien.

Elle sourit, puis il en fit autant. En fait, il n'avait jamais imaginé qu'un ou plusieurs d'entre d'eux puissent mourir au combat. Mais maintenant qu'elle évoquait le sujet, des dizaines de scénarios catastrophes se bousculaient dans son esprit. Bien sûr, il ne voulut pas lui en faire part.

— On devrait se reposer maintenant, murmurat-il en serrant sa main.

Elle se pencha pour l'embrasser sur la joue.

— À demain, le nouveau !

Elle se leva et quitta la chambre en silence.

— Mais moi aussi, je veux combattre !

Oob avait passé une bonne partie de la semaine à errer. Son cas avait été parfaitement ignoré. Maintenant que le soleil se levait et que la Grande Milice d'Adorian se préparait pour le départ, il s'indignait d'être mis à l'écart.

— Tu dois rester ici ! martela Charlie, exaspéré. Tu vas te faire massacrer là-bas !

— Je vous ai aidés à vous débarrasser de Monsieur A, protesta le villageois en faisant preuve d'une détermination absolue. Je devrais pouvoir me battre à vos côtés.

— Oob, il faut que tu comprennes, expliqua DZ. On ne va pas se battre contre un seul homme, on va affronter une armée entière. Tu n'es pas préparé à ça. C'est trop dangereux.

— Ça m'est égal ! Je serais heureux de mourir pour notre cause.

Il se mit à pleurer comme un petit enfant. DZ, Charlie et le maire de Blackstone n'eurent d'autre choix que d'enfermer Oob dans une pièce de la mine pour l'empêcher de les suivre.

Stan et Sally étaient occupés à enchanter des armures non loin de là. Ils s'amusèrent de la scène, qui s'était déroulée dans la pièce principale du bunker souterrain.

— Ça me fait de la peine de le priver de cette bataille, dit Stan. Il en a tellement envie.

— Tu privilégies sa survie et tu as raison, répondit Sally.

Toute la milice était là. Chacun vérifiait son inventaire, enfilait son armure, s'assurait du bon état de son armement.

— Tu arrives à croire ce qui se passe ? demanda Sally.

— Non ! répondit Stan.

En effet, comment imaginer que tout ce qui se tramait sous ses yeux était la conséquence directe de la flèche qu'il avait envoyée quelques semaines plus tôt en direction du Roi ?

— On a un plan d'attaque, reprit Sally, mais on n'a pas pensé à un éventuel repli. Tout le monde dans cette pièce est prêt à mourir pour l'idéal que tu défends. Je crois que tu devrais prendre la parole et dire quelque chose.

— Quoi ? Mais pourquoi ?

Stan était pris au dépourvu.

Elle le tira à elle d'un coup sec.

— Tu sais ce qu'il faut dire, murmura-t-elle. Tu es spécial, je l'ai remarqué depuis le début. Je t'aime, Stan, parce que tu nous dépasses tous.

Que voulait-elle dire ? Stan était troublé. Il repensa à l'étrange conversation qu'il avait entendue durant le passage de l'Illumination. Elle prenait un autre sens à présent.

— Tu veux dire que… c'est moi qui possède le pouvoir ultime… de l'univers ?

Elle hocha la tête.

— Et c'est pour cette raison que c'est à moi de tuer le Roi ?

— Oui, répondit Sally.

Stan la regarda dans les yeux de manière intense. Il sut ce qu'il avait à faire. Il grimpa sur une chaise et s'éclaircit la voix.

— Votre attention, s'il vous plaît. J'aimerais m'adresser à vous tous qui avez rejoint la Grande Milice d'Adorian.

Le silence se fit instantanément. Stan ne savait pas exactement ce qu'il allait dire mais il était confiant.

— Dans quelques instants, nous allons quitter ce village pour nous lancer dans une aventure qui va modifier nos destins. Ce soir, nous serons soit victorieux, soit morts. Mais vous saviez cela en rejoignant nos rangs.

Une vague d'inquiétude parcourut l'assistance.

— Nous allons gagner ce combat parce que nous sommes bons, poursuivit-il. Parce que nous sommes du côté de la justice et que la justice finit toujours par l'emporter. Le Mal a toujours existé, dans l'histoire de l'humanité comme dans celle de Minecraft. C'est dans la nature des choses et nous ne pouvons rien y changer. Cependant, le Bien est toujours présent et nous avons le pouvoir de choisir notre camp. Je n'ai que du mépris pour le Roi, qui a choisi de fraterniser avec le Mal. Mon devoir est de le tuer aujourd'hui. Je n'ai que de la pitié pour les hommes et les femmes qu'il a ralliés à sa cause.

Le Mal sera toujours capable de nous déchirer, parce qu'il est infiniment plus facile de détruire que de construire. Cependant, Minecraft a été conçu pour créer et non pour massacrer. Pour chaque partisan du Mal, il y a cent acteurs du Bien. Nous sommes ceux que l'existence a enrôlés pour redonner de la grandeur à Elementia. Nous sommes cent cinquante joueurs, du même serveur, du même monde, du même univers. Il est de notre devoir de sauver cet univers de l'obscurité.

Frères et sœurs du Bien, allons vers cette forteresse qui se trouve entre les mains de nos ennemis ! Prenons-en possession ! Restaurons l'image que les fondateurs d'Elementia ont voulu lui donner ! Ceci est notre quête, notre quête de justice !

Les acclamations fusèrent et s'emballèrent comme les moteurs d'un jet. Puis les joueurs se mirent à scander :

— Jus-tice ! Jus-tice ! Jus-tice !…

Blackraven et l'Apothicaire sourièrent de toute leur sagesse. Les autres amis de Stan lui manifestèrent, chacun à sa manière, leur soutien. Ceux qui comptaient le plus se tenaient à côté de lui. Kat et Charlie le fixaient avec admiration. Quant à Sally, elle arborait ce petit sourire narquois et si caractéristique qu'il aimait tant.

Quelques minutes plus tard, la troupe se mit en marche. Stan avançait seul devant. Archie et

Bob, les meilleurs tireurs de la milice, étaient juste derrière lui. Leur rôle était d'abattre avec leurs arcs enchantés tout projectile pouvant menacer le groupe. Puis suivaient cinq colonnes de vingt-cinq soldats chacune, avec à leurs têtes : Kat, Charlie, Jayden, G et Sally. L'Apothicaire et quelques autres fermaient la marche.

Après un voyage sans difficulté, la milice franchit l'entrée principale d'Element City. Stan, qui l'avait connue grouillante, découvrit une ville fantôme. Les rues étaient désertes. Les seuls signes de vie qu'il perçut étaient les regards apeurés des habitants à l'intérieur des maisons.

Stan s'arrêta et ordonna à Archie de donner le signal. Ce dernier envoya haut dans le ciel une flèche enflammée. Si Sirus ne se manifestait pas dans les trente secondes, cela voudrait dire qu'il était mort ou qu'il avait été capturé. Au bout d'une vingtaine de secondes, deux points lumineux volèrent au-dessus de la ville. Cela signifiait qu'il avait anéanti, en partie, le dispositif de sécurité du château. Stan, qui s'attendait à cette réponse, reprit la marche.

La milice remonta la rue principale sans encombre. Pour se donner du courage, les soldats scandèrent de plus en plus fort : « Jus-tice ! Jus-tice ! Jus-tice !... »

Au moment où ils atteignirent l'enceinte du château, ils étaient galvanisés. Stan leur rappela qu'ils devaient, dans la mesure du possible, éviter de tuer. Il aperçut alors Sirus qui courait dans leur direction en longeant les remparts.

— Tu as du nouveau pour nous ? demanda-t-il.

— J'ai réussi à désactiver la plupart des pièges à redstone et des chausse-trappes. Pareil pour les canons à TNT et les coulées de lave automatiques. Par contre, il reste quelques machines à flèches et à boules de feu.

— Très bien !

— J'ai aussi placé une charge de TNT sous ce rempart, ajouta Sirus, tout excité. Il suffit d'appuyer sur ce bouton. Ça vous évitera de sonner pour entrer !

— Bonne idée, Sirus !

Stan se tourna à nouveau vers ses troupes.

— Soldats ! Dans quelques secondes, ce mur volera en éclats. Une fois ouvert, vous foncerez à l'intérieur du château et chargerez contre tout ce qui s'opposera à vous. Bonne chance à tous !

Un tonnerre d'applaudissements s'ensuivit. Tous affichaient la même détermination que lui. Même Rex, conscient du combat à venir, montrait les dents. L'adrénaline courut dans les veines de Stan comme un chariot de mine le long d'une voie pentue. Le silence retomba.

— Sirus, appuie sur le bouton ! ordonna-t-il d'une voix métallique.

Sirus obéit.

Il y eut un sifflement et, l'instant d'après, la déflagration retentit, créant une brèche impressionnante dans le mur.

Toute appréhension avait disparu dans l'esprit de Stan.

Il poussa un cri sauvage et chargea.

– 27 –

La bataille d'Element City

Le Roi inspectait la cour du château du haut du pont, à l'endroit même où il avait failli perdre la vie lors de sa dernière proclamation. Mais ce jour-là, il avait pris ses précautions. Il portait une armure complète en diamant. Deux épées enchantées pendaient à sa taille. Il tenait également un arc enchanté en bandoulière.

Il était seul. Il savait que Stan2012 viendrait le chercher pour le tuer. Il voulait qu'il soit satisfait de constater que tout se présentait comme prévu. Mais l'issue de la bataille serait très éloignée des plans de Stan…

Le Roi savait que l'attaque du château était imminente. Un espion au sein de la Grande Milice d'Adorian l'avait renseigné sur le jour exact, l'heure et la stratégie de cette attaque. D'ailleurs, cette dernière était incroyablement simpliste. Mais qu'attendre d'une milice d'aussi bas niveau ?

Le Roi avait décidé de jouer le jeu de Stan et de n'engager que les cent cinquante soldats de son armée régulière. La puissance, l'habileté et la loyauté de ses hommes feraient comprendre aux rebelles qu'il ne serait jamais évincé du pouvoir.

Le soleil était au zénith quand une partie de son rempart explosa. L'informateur avait pourtant précisé que les Adoriens ouvriraient une brèche à la pioche. Peu importe. Les pièges les affaibliraient au point de devenir des cibles très faciles pour son armée.

L'anxiété frappa soudain le Roi. L'ennemi progressait sur son territoire de manière inquiétante. Aucun des pièges ne fonctionnait. Kev saisit son microphone et se mit à hurler :

— Minotaurus, César, Charlemagne, le RAT1, CHARGEZ !

Tandis qu'il regardait avec agacement ses troupes se lancer tardivement dans la bataille, il eut une idée. Et s'il utilisait son arme ultime, la plus puissante de toutes ? Puis il se ravisa. Certes, elle anéantirait tous ses adversaires d'un seul coup, mais elle était aussi dangereuse pour lui que pour les autres.

Stan et ses hommes étaient à mi-chemin entre les remparts et le château quand les forces du Roi apparurent. Soudain, un bloc de terre remua devant Stan. Il s'immobilisa, s'attendant à voir surgir un soldat du Roi. Au lieu de ça, c'est la tête de Mecha qui apparut.

— Ça boume, Stan ? demanda-t-il en ôtant la terre de ses vêtements.

Stan était bouche bée. Qu'est-ce qui avait bien pu faire changer d'avis le vieil inventeur ?

— Mais qu'est-ce que vous faites là ?

— J'ai fini par m'ennuyer, tout seul à Black-stone. Alors j'ai pensé que...

— Vous êtes venu nous aider ? le coupa Stan, plein d'espoir.

— Je l'ai déjà fait. Vous ne vous êtes pas demandé pourquoi aucun piège ne s'était déclenché ? Un indice : c'est moi qui les ai conçus !

— Vous les avez tous désactivés un par un ?

— Mieux que ça ! J'avais construit un ordinateur à redstone là-dessous, dans le temps. Ça permet de contrôler les circuits de redstone de toute la ville. Même le Roi n'est pas au courant de ça. Ce truc, c'est mon bébé. Je peux annuler n'importe quel ordre venant du château d'un coup de pichenette sur un interrupteur.

Stan se sentit soudain plus léger.

— Mais dis donc, t'as pas un roi à tuer, toi ? plaisanta Mecha.

Stan lui adressa un clin d'œil et sortit une perle d'Ender de sa ceinture.

Charlie et ses hommes avaient bataillé dur pour atteindre une des tours qui portaient le pont. Ils luttaient maintenant pour garder leurs positions.

Les forces royales virent d'un très mauvais œil cette avancée des rebelles et envoyèrent des renforts. Une idée traversa alors l'esprit de Charlie. Il sortit quatre blocs de fer de son inventaire et les positionna en forme de T. Puis il déposa une citrouille dessus. En un éclair, sa sculpture se transforma en golem de fer. Le géant de métal bondit en avant vers la légion de soldats. Il distribua des coups puissants en agitant ses bras dans tous les sens, faisant de nombreuses victimes et forçant les autres au repli.

Charlie se félicitait de son initiative quand il crut défaillir. Oob courait après le golem sur la pelouse du château. Que faisait-il là ?

— Golem ! C'est moi, Oob ! Tu ne me reconnais pas ?

Le malheureux pensait que le golem était celui de son village.

Charlie s'apprêtait à hurler sa colère mais n'en eut pas le temps. Le visage d'Oob venait de changer d'expression. La lame d'une épée en diamant sortait de son ventre. Puis son corps bascula, face contre terre. Gino se tenait derrière lui. Il récupéra son arme tandis que Charlie balayait du regard son armure dans l'espoir d'y trouver une faille. Il y avait une fissure au milieu de son plastron. Charlie se jeta sur lui et planta sa pioche à cet endroit exact. La protection ne résista pas et la pointe de l'arme s'enfonça profondément dans la poitrine de Gino. La blessure était probablement suffisante pour le tuer, mais Charlie préféra lui asséner un second coup au niveau de la gorge. Le corps de Gino s'écroula. Les objets de son inventaire se consumèrent en formant un anneau de feu autour de lui.

Charlie se précipita vers Oob et dut utiliser ses trois potions de guérison pour soigner la terrible blessure causée par l'épée de Gino. Cela ne suffit pas. Un de ses hommes lui fit don d'une des siennes. Alors, lentement, puis de manière de plus en plus régulière, la poitrine du PNJ se souleva et se rabaissa en rythme.

Charlie se tourna une dernière fois vers Gino. Son épée était plantée dans le sol à côté lui. Charlie avait assassiné le chef du RAT1. C'était la guerre.

S'il ne l'avait pas fait, son adversaire n'aurait pas hésité. Gino ne réapparaîtrait plus jamais sur le serveur.

Charlie alla récupérer son épée et l'accrocha à sa ceinture, comme un trophée.

Les combats faisaient rage sur la pelouse du château.

Bill et Bob étaient aux prises avec César. Le premier avait piégé le bras droit du Roi dans les fils de sa canne à pêche tandis que le second l'avait pris pour cible avec ses flèches. Mais César était un redoutable guerrier. Il esquivait les projectiles tout en se rapprochant subrepticement de Bob. Kat, qui se battait non loin de là, se rendit compte de son stratagème. D'un moment à l'autre, il pouvait se défaire de l'enchevêtrement de fils d'un coup de lame avant de frapper Bob. La jeune fille lança son épée qui alla heurter la nuque de César, au moment où celui-ci attaquait. La lame du premier conseiller du Roi eut le temps de se planter dans le genou de Bob.

Ce dernier grogna de douleur et César fut un peu désorienté durant quelques secondes. Il décida ensuite de s'en prendre à Bill, qui n'avait rien d'autre que sa canne pour se défendre. Kat voulut se lancer dans la mêlée pour lui prêter main-forte quand elle vit surgir Ben. César réalisa qu'il lui serait impossible d'éliminer autant de combattants chevronnés à lui tout seul. Il lança une perle d'Ender aussi loin que possible et disparut l'instant d'après dans un nuage de fumée pourpre.

Kat laissa Bill et Ben soigner leur frère pour aller retrouver DZ. Elle arriva juste à temps pour lui ordonner de se jeter à terre. Une fraction de seconde plus tard, la lame en diamant de Charlemagne lui brisait la nuque. Kat profita de la surprise de Charlemagne et d'un instant de déconcentration pour bondir et lui planter sa propre épée en pleine face. Charlemagne mourut sur le coup. La jeune fille ne prit même pas la peine de récupérer son arme. Elle préféra s'emparer de celle de sa victime. C'était également une épée en diamant, mais son enchantement de feu était bien supérieur au sien.

— Hé, Becca ! s'écria-t-elle en apercevant l'experte en explosifs du RAT1 qui courait non loin.

Becca se tourna vers elle et se figea. Elle avait une blessure à la joue et ses yeux injectés de sang lui adressèrent un regard fou où se mêlaient frustration, haine et peur. Il était clair que rien ne lui aurait fait plus plaisir que d'empaler Kat au bout de son épée.

Becca agit la première. Elle se téléporta grâce à une perle d'Ender juste à côté de Kat et engagea le combat. Kat réalisa qu'elle avait sous-estimé les talents de son adversaire à l'épée. Celle-ci bloquait chacune de ses attaques avec une facilité déconcertante. Quand elle passerait à l'offensive, Kat aurait alors du souci à se faire.

Une idée traversa son esprit. Elle tira sa seconde épée, comme Sally l'avait entraînée à le faire. La décision était risquée, cependant elle déstabilisa Becca. Très vite, Kat parvint à désarmer sa rivale de la main gauche. Puis, l'épée de Charlemagne qu'elle tenait avec son autre main traversa son plastron, le faisant littéralement fondre. En même temps que les yeux de Becca sortaient de leurs orbites, elle poussa un cri sauvage. Elle arracha ensuite son armure et se jeta sur Kat pour engager un corps à corps. Très habilement, elle frappa simultanément ses deux poignets pour lui faire lâcher ses épées.

Kat n'était pas du tout préparée à ce type de combat. Elle résista autant qu'elle put mais ne tarda pas à se retrouver clouée à terre. Elle s'attendait au pire quand une flèche atterrit à quelques centimètres de son visage. Les deux jeunes filles tournèrent la tête et virent Leonidas planté près d'elles, arc à la main. Ce dernier semblait totalement désorienté.

Son regard se posa sur l'une, puis sur l'autre, comme s'il se demandait laquelle il devait tuer.

À cet instant, Rex surgit de nulle part. Il bondit sur Becca, la faisant tomber en arrière, puis il chargea Leonidas. Kat sut qu'il fallait qu'elle tire avantage de la diversion. Elle donna un coup de coude à Becca en plein visage, récupéra son épée rougeoyante, puis se mit à la frapper à la poitrine. Le corps de la jeune fille prit feu. Kat fut prise d'effroi à la vue de Becca qui se contorsionnait au sol en tentant vainement de s'extraire du brasier qui l'avait engloutie. Puis elle succomba, face contre terre. Juste avant de mourir, pourtant, elle avait eu la présence d'esprit d'appuyer sur un petit bouton dissimulé dans le sol.

L'explosion de TNT fut aussi aveuglante qu'assourdissante. Elle libéra une vague de chaleur à plusieurs mètres à la ronde et propulsa en l'air le corps de Kat et le cadavre de Becca.

Kat se retrouva à des dizaines de mètres au-dessus du sol. Ses avant-bras étaient en sang car elle avait eu le réflexe de protéger son visage avec. Elle regarda en bas et vit le trou noir au centre du champ de bataille. Puis ce fut la chute.

La tête de Kat frappa le sol violemment et ses pensées s'arrêtèrent.

- 28 -

Le sacrifice ultime

Stan approchait de la base du pont quand l'explosion se produisit. Il avait été retardé par Jayden qui n'arrivait pas à se défaire seul d'une bande de griefers, dont celui qui avait tué son frère Steve à la ferme d'Adorian.

Mais tout cela n'avait que trop duré. Il était temps d'entrer dans le vif du sujet. Il sortit sa dernière perle d'Ender et la jeta de toutes ses forces en direction du pont. Puis il ferma les yeux et se laissa guider par le flux de la téléportation. Il ne les rouvrit que lorsqu'il sentit la brique solide sous ses pieds. Des hordes de combattants affluaient en contrebas. Il prit alors une profonde inspiration et se tourna pour faire face à son adversaire.

Le Roi se tenait à l'autre extrémité du pont, le soleil se reflétant sur le diamant de son plastron et de son casque. Il le regardait comme un aigle fixe sa proie. Lentement, il tira son épée de son flanc gauche et la pointa dans sa direction. Il le défiait tout en lui laissant l'initiative du premier pas.

Stan s'y attendait et brandit l'une de ses deux haches. Il soutint le regard du Roi un bon moment. Il repensa aux sorts d'Adoria, de Steve et de tant d'autres, et sa rage se manifesta par un cri de guerre tandis qu'il s'élançait vers le Roi. Ce dernier eut un léger sourire de dédain. À quelques mètres de sa cible, Stan jeta sa hache de fer de toutes ses forces. De toute évidence, le Roi ne s'y attendait pas. Cependant, il évita le projectile en plongeant sur le côté. Son épée se leva juste à temps pour contrer la hache de diamant que Stan avait entre-temps tirée de son inventaire.

Le Roi se remit sur ses jambes en le repoussant avec son arme. Stan avait encore l'avantage mais il devint vite évident qu'il n'avait pas le niveau de son adversaire. Il donnait tout ce qu'il avait, pourtant le Roi semblait jouer avec lui. Sa lame fendait l'air de manière fluide, anticipant chaque geste de Stan.

Le garçon décida de changer de tactique. Il prit le Roi de côté et le frappa à la poitrine avec le manche de sa hache, dans le but de le faire tomber du pont. Le contact du bois et du diamant causa une onde de choc qui traversa le Roi. L'attaque surprise l'assomma un court instant. Stan voulut enfoncer le clou en le pressant encore contre le parapet, mais Kev posa une main dessus et, faisant preuve d'une force ahurissante, se propulsa en l'air. Avec une incroyable agilité, il réussit à tirer cinq flèches avant de retomber. Chacune d'elles rebondit sur l'armure de Stan.

Il était clair que le Roi était passé à la vitesse supérieure. Sur son visage, la fureur avait remplacé les petits sourires narquois. En moins de dix secondes, Stan fut dépossédé de sa hache, qui se retrouva en équilibre au bord du vide. Lui était allongé sur le dos, respirant difficilement. Le pied du Roi le clouait au sol.

— Je n'aime pas ceux qui essaient de me tuer, dit le monarque, tremblant de rage. Je les trouve… désagréables. Ce sont des gens à problèmes.

Sa voix se fit métallique tandis que la haine déformait son visage.

— Je n'en veux pas dans mon royaume !

Il enfonça un peu plus son pied dans la poitrine de Stan. La pression devint insupportable et le leader de la rébellion en vint à souhaiter que le Roi l'achève avant que ses organes n'éclatent. Il le vit armer une flèche dans son arc et tirer sur la corde. Alors il ferma les yeux.

Lorsqu'il sentit la pression sur sa poitrine se relâcher, Stan sut que c'était fini. La flèche s'était frayée un chemin dans son corps. Pourtant, il n'avait rien senti. Il rouvrit les yeux et ce qu'il vit n'avait pas de sens : le Roi s'envolait, comme propulsé par une force mystérieuse. Et Monsieur A se tenait debout à côté de lui, main tendue.

— Ça va, Stan ? demanda-t-il, visiblement inquiet.

Quelque chose clochait.

Néanmoins, Stan accepta sa main et se releva.

— Voilà ta hache ! ajouta le griefer.

— Mais… qu'est-ce que… ?

— Tu te poses certainement plein de questions, le coupa Monsieur A, et j'en ferais autant à ta place. Deux choses. Un : je ne te veux aucun mal. Deux : je vais t'aider à tuer le Roi. Les explications viendront plus tard.

Stan n'eut d'autre choix que d'accepter car le Roi avait recouvré l'usage de ses jambes et fonçait sur eux, plus furieux que jamais.

— Qui es-tu ? Qu'est-ce que tu fais là ? aboya-t-il.

— Tu me reconnais pas, mon vieux Kev ? répondit Monsieur A.

Le Roi blêmit, comme s'il avait un fantôme devant lui.

— C'est toi… ? Avery… ?

— Ben quoi ? T'es pas content de me revoir ? Rassure-toi, à ta place, je ne le serais pas non plus.

Stan était de plus en plus confus.

— Mais tu es mort, Avery ! s'exclama le Roi. Je t'ai tué !

— Moi aussi, je t'ai tué, ajouta Stan d'une voix tremblante. Et pourquoi il t'appelle Avery ?

— Très bien, répondit Monsieur A. Je vais vous faire un résumé des épisodes précédents. Après que tu m'as tué, Kev, je me suis retrouvé banni d'Elementia. Pour empêcher que ça arrive à d'autres, j'ai créé un nouveau compte et je me suis réinscrit sous le pseudo d'Adam711. J'ai refait tout le jeu depuis le début pour redevenir le guerrier que j'étais avant que tu me tues. Mon but était de te renverser. J'ai appris que des joueurs que tu avais bannis s'étaient retrouvés dans la toundra avec un tas de débutants. J'ai compris que c'était là-bas qu'il fallait que je forme une armée pour te détruire. Adorian n'en était qu'à ses balbutiements, à l'époque.

Mais les choses ne s'étaient pas passées comme prévu. Adam711 avait été mal reçu. Les habitants de la toundra l'avaient tué. Il en était alors venu à penser que les joueurs de bas niveau étaient la cause du déclin du serveur.

— J'étais perdu et je discernais mal les choses. Surtout, je voulais me venger. J'ai rejoint le jeu une troisième fois, sous le nom de Monsieur A. Je t'ai rencontré peu de temps après, Stan. Je m'excuse pour toutes les misères que j'ai pu te faire. Quoi qu'il en soit, vous m'avez échappé cette première fois, Kat, Charlie et toi. Et c'est devenu une obsession pour moi de vous tuer. Jusqu'à ce jour où vous m'avez cru mort dans la fosse de lave. Heureusement pour moi, j'avais une potion de résistance au feu dans mon inventaire. Ce qui m'a fait changer d'avis, ce sont tes dernières paroles, Stan. Tu as dit : « On aurait pu être amis. » Tu te souviens ? C'est là que j'ai compris que j'étais corrompu. Et le seul moyen de me racheter était de t'aider. Tu m'avais dit que tu projetais de renverser le Roi, alors je me suis juré de tout faire pour te soutenir. C'est lui, le corrompu. C'est lui, le responsable de tous ces morts.

Il se tourna vers le Roi.

— Je suis là pour te tuer, Kev.

— Parfait, Avery, répondit le Roi avec un petit sourire. Mais n'oublie pas que je t'ai tué une fois. Tu peux être sûr que je vais recommencer.

— Sans tes pouvoirs d'opérateur, le combat sera très différent. T'es pas de mon avis, Stan ?

Ce dernier adressa à Avery un clin d'œil confiant.

Avery tira son épée de diamant. En réponse, le Roi en tira une seconde pour sa main gauche.

Avery et Stan se jetèrent simultanément sur le Roi, chacun par un côté. Les quatre lames s'affrontèrent dans un bruissement métallique. Mais même à deux contre un, le Roi se défendait sans difficulté. Stan donnait tout ce qu'il avait mais comprit vite qu'il n'était pas à la hauteur. Il reçut un coup à la poitrine qui le projeta à la renverse plusieurs mètres en arrière.

Il regarda Avery se battre en duel et décida de le laisser poursuivre sans lui. Il ne lui était d'aucune utilité. Avery était d'une habileté redoutable et, au bout de quelques minutes, il prit l'ascendant sur le Roi.

— Qu'est-ce qui t'arrive ? ironisa-t-il. Tu fatigues, mon vieux Kev ?

Le visage du Roi était écarlate. L'instant d'après, l'une de ses épées vola en l'air. D'un coup rapide sur le poignet, Avery lui fit lâcher l'autre. Le Roi se retrouva désarmé. Il fixa la lame de son adversaire avec terreur.

— Un dernier mot, Kev ? interrogea ce dernier avec un sourire triomphal.

Aussi rapide que l'éclair, le Roi fit un bond en arrière. Il sortit une autre épée de son inventaire et contre-attaqua. C'est au reflet de sa lame que Stan réalisa que celle-ci possédait un enchantement différent.

— Attention, Avery ! s'écria-t-il.

Trop tard. En frappant Avery à la poitrine, l'épée libéra une onde de choc qui le propulsa au bord du pont. Le Roi en profita pour lui asséner un uppercut qui l'envoya par-dessus le parapet. Il rengaina son épée, sortit son arc et transperça la tête de son adversaire d'une flèche. Stan se précipita pour regarder, horrifié, la chute d'Avery dans la douve de lave en contrebas. Mais il n'eut pas le temps de se lamenter sur le sort de son nouvel allié : le Roi le défiait à son tour. En quelques coups d'épée, il se retrouva à plat ventre. Kev le fixa de toute sa hauteur, le visage pourpre.

— Ne t'attends pas à une fin aussi douce que celle d'Avery !

Une fraction de seconde plus tard, Stan sentit une charge explosive lui brûler le dos. La douleur fut atroce. Le Roi s'amusait à l'humilier avec un rire sadique. Stan ne pouvait plus ouvrir les yeux. L'impuissance, la souffrance et le goût amer de l'échec avaient eu raison de sa volonté.

Tout à coup, la douleur disparut. Il reconnut l'odeur de la potion de guérison. Il trouva la force de rouvrir les yeux et vit l'Apothicaire à son chevet qui, après lui avoir guéri le dos, jetait à présent des potions offensives sur le Roi. Ce dernier, aveuglé, reculait en titubant. L'Apothicaire continua à le bombarder de gaz toxiques puis il lui lança sa hache de diamant en plein dans l'estomac.

Entre-temps, Stan s'était relevé. Il frappa le Roi avec le manche de sa pioche. Mais Kev tenait encore debout, crachant de douleur et secouant désespérément son épée enchantée devant lui. Ses deux agresseurs le forcèrent à reculer, et il finit par s'écrouler contre le mur de la tour, désarmé.

— Tue-le, Stan ! dit l'Apothicaire d'une voix grave.

Il suffisait d'un geste pour l'achever.

Stan leva sa hache.

Cependant, maintenant que le tyran était à sa merci, sa conscience se réveillait. Comment se résoudre à assassiner un joueur devenu inoffensif ? Ne s'était-il pas juré de ne jamais…

— Tu dois le faire ! insista l'Apothicaire.

Le Roi rouvrit alors les yeux. Il tira sur un levier dans le mur de la tour, puis il ramassa son épée, la retourna contre lui et l'enfonça à travers son armure jusqu'à son cœur.

Stan n'avait jamais imaginé que le Roi puisse se suicider. Ses objets étaient éparpillés autour de lui, indiquant qu'il était bien mort. Le roi Kev était mort de ses propres mains.

L'Apothicaire fixait d'un regard halluciné le levier que le Roi avait actionné avant de mourir.

Un terrible grondement fit alors trembler le pont.

— COURS ! hurla-t-il avant que l'édifice explose.

Leurs deux corps furent propulsés dans les airs. Stan eut le temps de voir les objets de son vieil ami se rassembler en plein ciel pour former un anneau. Puis il entama sa chute vertigineuse. Le Roi était mort. Il avait rempli sa mission sur Elementia.

Il ressentit la brûlure une fraction de seconde avant de plonger dans la lave.

– 29 –

La dernière victime

Les survivants de l'armée du Roi fuyaient le champ de bataille. D'autres étaient retenus prisonniers dans un camp de fortune établi sur place. Les cadavres des deux bords jonchaient le sol. Les Adoriens avaient pris possession de tous les points stratégiques du château. L'opération avait réussi.

L'explosion de la tour coupa le souffle à tout le monde et sonna la fin des combats. Durant de longues secondes, ce fut le silence. Les blocs de pierre volaient, le brasier enflammait ce qui restait de la tour et du pont.

Charlie regardait, bouche bée. Selon lui, il était impossible que Stan et le Roi aient survécu à une telle déflagration. Il était temps de faire un bilan de la situation. Il sortit un livre de son inventaire et nota quelques faits.

Charlemagne, Gino et Becca étaient morts. Leonidas et le Roi l'étaient probablement aussi. En revanche, il ne savait rien au sujet de César et de Minotaurus. Autrement dit, sur leurs sept principales cibles, cinq pouvaient être considérées comme hors d'état de nuire.

En outre, la moitié des cent cinquante soldats de l'armée royale avaient péri. Une cinquantaine avaient été faits prisonniers. Les autres étaient parvenus à s'échapper.

Dans leur propre camp, la moitié des soldats étaient morts également. Pour ce qui concernait leurs leaders, il fallait déplorer plusieurs victimes. Bob avait reçu l'épée de César dans le genou. Il ne remarcherait plus jamais. Grâce à un coup chanceux, Minotaurus avait tué Sally. Stan était vraisemblablement mort, lui aussi. On était sans nouvelles de Kat et le cadavre de l'Apothicaire venait d'être découvert.

Pendant que Charlie écrivait son rapport, les autres officiers d'Adorian s'étaient joints à lui, les uns après les autres : Jayden, Archie, G, Blackraven, Mecha, le maire de Blackstone, les Nether boys – Bill et Ben portant Bob par les épaules.

La victoire avait un goût amer. La mort de Stan laissa chacun stupéfait. Cependant, ils étaient tous trop fatigués et choqués pour réagir. Quant à G, il ne voulut pas se résoudre à la disparition de Kat.

— Cherchons-la ! s'écria-t-il. S'il y a la moindre chance de la retrouver vivante, on doit y consacrer toute notre énergie.

Au même moment, une voix rauque et faible s'éleva à quelques pas de là.

— Au secours… ! Au secours… !

Elle venait du cratère causé par l'explosion qu'avait provoquée Becca avant de mourir. G se précipita et se mit à creuser dans les blocs de terre. Kat gisait là, ensevelie, mais vivante. Sa respiration était lente et superficielle. Il lui administra une potion de guérison et la jeune fille ouvrit les yeux. Elle sourit à son petit ami qui versa une larme de bonheur, sous le regard ému de tous leurs amis.

Une autre voix les interpella dans leurs dos.

— Ils ont peut-être besoin qu'on les laisse un peu seuls !

Sans armure, les vêtements en lambeaux et calcinés, le visage et les bras parsemés d'égratignures, Stan les avait rejoints. Il se détachait sur le ciel orangé de la fin d'après-midi.

Une explosion de joie éclata. Tous se précipitèrent vers lui pour l'embrasser.

— Tu es vivant ! s'exclama Charlie qui n'en croyait pas ses yeux. Mais comment... ?

— J'avais une potion de résistance au feu dans mon inventaire. Tu te souviens ? L'Apothicaire nous en avait donné quand on l'avait rencontré dans la jungle. Je n'avais pas encore utilisé la mienne. Je l'ai bue juste avant de tomber dans la lave.

— Et le Roi... il est mort ? demanda Charlie avec inquiétude.

— Oui, le rassura Stan. Mais ce n'est pas moi qui l'ai tué. Il s'est suicidé avec son épée.

— Pourquoi il a fait ça ?

— Je n'en sais rien. Je n'arrive pas à comprendre. Il était très affaibli d'avoir lutté contre l'Apothicaire, moi et Avery.

— Avery ?... Dis donc, Stan, et si tu nous racontais en détail ce qui s'est passé sur ce pont ?

Stan devait en effet quelques explications à ses amis. Il fit un résumé de la bataille épique qui s'était déroulée là-haut, sans omettre la surprenante confession de Monsieur A. Puis il questionna à son tour Charlie.

— J'ai raté quelque chose d'important ?

L'estomac de Charlie se noua. Comment lui annoncer la terrible nouvelle concernant Sally ?

Tout le monde savait qu'ils en pinçaient l'un pour l'autre.

Il commença par faire un point sur les pertes de l'adversaire. Puis il en vint à celles de leur propre camp. Il semblait de plus en plus nerveux, ce qui n'échappa pas à Stan. Mais ce dernier était encore étourdi par la potion qu'il venait d'absorber.

— Deux de nos officiers ont été touchés, finit par lâcher Charlie. Bob a une sale blessure au genou et... Sally...

— Quoi, Sally ? Qu'est-ce qui lui est arrivé ? le pressa Stan d'une voix creuse.

Charlie fut incapable de continuer. Il se mit à sangloter comme un enfant.

Stan sentit ses entrailles se crisper. Une tension insupportable s'installa dans le groupe. Jayden fit un pas en avant.

— Sally a reçu un coup de hache de Minotaurus. Elle est morte, Stan.

Stan tomba à genoux, le regard rivé au sol. Il ne remarqua pas qu'une douzaine de mains se tendaient amicalement vers lui. La personne qu'il aimait le plus sur Elementia était morte.

Il prit soin de durcir son visage avant de se relever. Il ne pouvait pas se permettre de pleurer devant ceux qui l'avaient pris pour chef.

— Ça va aller, Stan ? s'inquiéta Oob qui portait un bandage autour de l'abdomen.

Stan sentit qu'il devait prendre la parole. Tous les regards étaient braqués sur lui. Il sortit une pile de blocs de terre de son inventaire et les positionna en escalier. Il grimpa lentement dessus. Tous les Adoriens qui avaient survécu à cette terrible journée étaient rassemblés devant lui. Le silence se fit naturellement. Refoulant ses émotions, il se racla la gorge et parla :

— Mes frères et mes sœurs, nous avons réussi ! Le Roi est mort ! Tous ses sympathisants sont morts, en fuite ou prisonniers. En d'autres termes, Elementia n'a plus ni chef ni gouvernement. Il faut les remplacer et faire en sorte qu'on ne puisse plus mettre en place un système corrompu comme l'était celui du roi Kev. Si vous souhaitez me voir lui succéder, je vous demande de vous manifester.

Des cris de joie et d'encouragement fusèrent de toutes parts. Il n'y eut pas un seul signe de désapprobation.

Stan leva la main.

— Votre confiance m'honore. Ma première action sera d'abolir la monarchie. Il n'y aura plus de royaume d'Elementia. Je propose d'établir un système démocratique à la place : la Grande République d'Elementia. Je me présenterai le moment venu aux élections présidentielles. Si vous m'élisez, je promets de guider la population d'Elementia vers des lendemains meilleurs.

À nouveau une salve d'applaudissements et de cris de joie s'éleva.

« Je te promets, Sally, que tu n'es pas morte en vain », pensa Stan. « À partir de maintenant, chaque décision que je prendrai sera prise en ton nom. Et je remercie tous mes amis pour leur aide, particulièrement Adoria, Steve, Avery, l'Apothicaire. Sans vous, je ne serais pas là. »

Le royaume fut l'ultime victime de la guerre contre le Mal entreprise par Stan et les siens. Une nouvelle ère voyait le jour à Elementia.

Les festivités pouvaient commencer.

- 30 -

L'ordre nouveau

Depuis que Charlie s'était défoulé sur les machines à flèches de la colline de Spawnpoint, au retour de l'Ender, l'endroit était redevenu aussi accueillant que le jour où Stan2012 avait fait ses premiers pas sur le serveur.

Le soleil venait de disparaître derrière les arbres de la forêt et les zombies commençaient à errer de leurs pas lourds.

La silhouette géante de Minotaurus jaillit soudain des bois et apparut dans la clairière où les nouveaux joueurs faisaient habituellement leur apparition. Il brandissait sa hache, prêt à affronter les mobs de la nuit. César le suivait en titubant.

Une araignée chevauchée l'avait blessé dans la forêt. Heureusement, Leonidas, qui fermait la marche, avait abattu la créature avec son arc.

Les trois joueurs avaient fui le champ de bataille d'Element City quelques heures plus tôt. Ils étaient essoufflés.

— Bon, où on va, maintenant ? demanda Minotaurus.

— Pourquoi ne pas essayer la toundra ? suggéra Leonidas.

— Non, grogna César, c'est devenu un repaire d'indésirables. Je ne vois que le désert d'Ender où on pourrait se retirer.

— Mauvaise pioche ! contra Leonidas. Il y a trop de nomades là-bas. Et je parie que Stan va mettre une prime sur nos têtes et qu'il enverra des patrouilles partout.

— Alors, où aller ? insista Minotaurus.

Tandis qu'ils se creusaient la tête tous les trois pour trouver un endroit où se cacher, une voix posée s'éleva derrière eux.

— Si vous voulez venir avec moi, vous êtes les bienvenus !

Ils se retournèrent brusquement. Un inconnu les regardait. Se sentant menacés, ils se mirent en position de combat.

— Oh là, on se calme, César, Leonidas et Minotaurus ! Je suis au courant de la situation. Votre
chef, le roi Kev, a été renversé par la racaille des
bas-niveaux. Tous ses alliés les plus puissants sont
morts, eux aussi. Tous, sauf quatre. Vous trois,
et l'espion qui fait maintenant semblant de célé-
brer la victoire parmi les vainqueurs de la bataille.
Vous êtes l'héritage du Roi et moi la réincarna-
tion de son esprit. Vous savez qui je suis et ce
dont je suis capable. C'est nous qui sommes du
côté du Bien. Si vous me rejoignez, ensemble,
nous créerons un ordre nouveau sur Elementia.
Un ordre où les faibles seront soumis et où il leur
sera impossible de changer les choses. Le roi Kev
était prisonnier de ses obligations politiques. Je
ne m'imposerai plus de telles restrictions. Alors,
voulez-vous être l'épine dorsale de la reconquête
d'Elementia ?

Leonidas et Minotaurus se tournèrent vers César.
Quoi qu'il décide, ils le suivraient.

Après une brève réflexion, César s'agenouilla et
s'inclina face au joueur qui les ramènerait au pouvoir. Les autres l'imitèrent.

— Je vous demande de vous engager vis-à-vis
de moi. Répétez après moi : je vous promets allé-
geance, Seigneur des Ténèbres !

Tandis que tous trois répétaient la phrase, un jeune joueur apparut sur la colline de Spawnpoint. L'un des trois disciples du Seigneur des Ténèbres prit son arc et l'abattit d'une flèche dans le crâne.

Le royaume d'Elementia venait à peine de tomber qu'un ordre nouveau voyait le jour.

À suivre...

Ouvrage composé par
PCA – 44400 Rezé

Cet ouvrage a été imprimé
en Espagne par

Industria Grafica Cayfosa
(Impresia Iberica)

Dépôt légal : octobre 2016

MIXTE
Papier issu de
sources responsables
FSC® C003309

Pocket Jeunesse, une marque d'Univers Poche,
est un éditeur qui s'engage pour
la préservation de son environnement
et qui utilise du papier fabriqué à partir
de bois provenant de forêts gérées
de manière responsable.

PKJ • www.pocketjeunesse.fr
POCKET JEUNESSE

12, avenue d'Italie - 75627 PARIS Cedex 13